Hanna Brotherus

*Mein einziges Zuhause*

HANNA BROTHERUS

ROMAN

# MEIN EINZIGES ZUHAUSE

Aus dem Finnischen
von Elina Kritzokat

Ullstein

*Müttern und Töchtern gewidmet*

*Als ich klein war, besaß ich ein Buch, das so anfing:*
*Ich mag dich. So soll auch mein Buch anfangen.*
*Ich möchte mit mir sprechen. Ich möchte mein Gesicht*
*mir selbst zuwenden, alles auf den Kopf stellen und von*
*außen nach innen kehren.*
*Ich möchte hinter den Spiegel treten, dorthin,*
*wo ich gelte, wie ich bin.*

# TEIL 1

Ich träumte, dass meine Haut sich umstülpte. Sie brach auf und offenbarte mein schutzloses, rohes Ich. Mein getriebenes, verrücktes Inneres ließ mir keine Ruhe, und ich wollte verstehen, warum.

Dafür musste ich meine gewohnten Bahnen verlassen und zum ersten Mal im Leben ein paar Wochen allein sein. Ich fuhr nach Paris, der Stadt, die meine Mutter und meine Großmutter gemeinsam besucht hatten. Es sollte die einzige Reise bleiben, die die beiden je zusammen unternahmen. Meine Wahl fiel auf diesen Ort, weil ich mich der Welt meiner Mutter nähern wollte. Zugleich wurde mir klar, dass ich Abstand brauchte, um meine Mutter klar sehen zu können. Paris–Helsinki, das war weit genug, jetzt konnte ich schmerzhaft ehrlich sein. Außerdem lebte ich hier in einer Sprache, die meine Mutter immer gern gesprochen hat.

Vom Fenster des gemieteten Zimmers aus sah ich eine verfallene Steinmauer und den meist bewölkten Himmel. Hinter mir standen ein Flügel, auf dem ich nicht spielen, und ein Bett, in dem ich nicht schlafen konnte. Ich ging nach draußen, rannte am Seineufer entlang und hielt erst an, als mein Körper nicht mehr konnte. Es begann zu regnen, und ich ließ die Tropfen auf meine Haut prasseln, auf jede Pore, besonders die Stellen, die verstopft schienen. Ins nasse Heft in meiner Tasche schrieb ich hundertmal, dass ich eine kluge Frau und produktive Autorin bin. Und gleich danach, dass das nicht stimmt und ich mich überschätze, dass ich alles vortäusche und mich schämen sollte und eine durchgeknallte Amateurin bin.

In dem Moment wurde mir klar, dass ich um mein Innerstes nicht herumkomme. Ich habe diesen einen Körper, er ist mein einziges Zuhause. Mehr besitze ich nicht. Für mehr bin ich nicht verantwortlich. Wenn ich sterbe, verschwindet alles andere. Und von meinem Körper bleibt nichts als Asche für die Fische im Meer. Oder die Wurzeln der Bäume. Bedeutung hat allein, was ich fühle und erlebe, wer ich wirklich bin.

*Paris, 4. 5. 2018*

*Mein liebes Tagebuch.*

*Sei in der nächsten Zeit an meiner Seite. Ganz gleich, was passiert.*

*Gerade beobachte ich einen riesigen Schwarm Tauben unter der Pont des Invalides. Ihnen ist es egal, dass sie beobachtet werden. Ich selbst werde hier von niemandem beobachtet. Die nächsten Wochen sind ein echtes Experiment, ein Flug ins Universum, ein Abtauchen in eine Tiefseerinne, den Marianengraben. Für andere Leute wäre es ein netter Frühlingstrip nach Frankreich, eine willkommene Auszeit. Nicht für mich. Ich bin nicht hier, um zu entkommen. Ich bin hier, um meine Flucht zu beenden.*

Jedes einzelne Erlebnis, das mir widerfuhr, fügte etwas zu dem hinzu, was ich war. Davon muss ich erzählen dürfen. Ich will damit niemanden verletzen, das ist nicht meine Absicht. Nur erzählen will ich. Es sind meine Erfahrungen, meine Erinnerungen, meine Wahrheiten und Versionen der Dinge. Ich muss sie mit meiner Stimme beschreiben dürfen. Der einzige Grund für das Schreiben ist mein Bedürfnis nach Raum. Diesen Raum einzunehmen und meiner Wahrheit auf den Grund zu gehen.

Ich weiß, die Erinnerung ist keine zuverlässige Erzählerin. Jeder ist in seinem Leben die Hauptperson, und alle haben eine andere Sicht auf meine Geschichte. Trotzdem möchte ich anmerken: Wenn jemand sich hier einen wärmeren Blick auf seine Person erhofft hätte, wäre es hilfreich gewesen, sich schon früher darüber Gedanken zu machen.

In diesem Buch spricht ein Mädchen mit dunklen lockigen Haaren. Es wickelt sich eine Strähne um den rechten Zeigefinger und träumt. Die Mutter des Mädchens sagt: Wenn du so weitermachst, kriegst du eine Glatze.

Das Mädchen trägt einen Bikini aus Frottee und ein welkes Veilchen hinterm Ohr. Es hat seinen Finger ins Haar gezwirbelt und steht in einem flachen Becken, das Wasser reicht ihm bis zum Knöchel.

Sie nennen das Mädchen Lachgesicht. Es mag Glanzbilder, tagelange Spiele, Blumenpflücken, Hüpfen und alles, was schnell ist. Es mag seine Freunde und eigentlich alles, was es auf der Welt gibt.

Hier spricht ein kleines Mädchen, dessen Flügel früh gestutzt wurden. Es hat verstanden, dass sein Körper im regungslosen Zustand besser ist als im hüpfenden. Es hat gehört, dass die Welt voll ist von Bösem und Dunklem, von Krankheit und Schmerz. Hier spricht ein Mädchen, dem sie sagen, es gebe einen besseren Ort als diese Welt: den Himmel, nach dem man sich schon zu Lebzeiten sehnen soll.

Hier spricht eine junge Frau, die ihren Körper an Schuldgefühle ausgeliefert und für zwei gegessen hat.

Hier spricht eine Frau, die Vernunft und Verrücktheit als Teile ihres Körpers betrachtet, selbst wenn man sie in

Anatomiebüchern vergeblich sucht. Sie lassen sich nicht zeichnen, besitzen keine äußere Form. Vernunft und Verrücktheit sind wie durchsichtiges Quecksilber, gelangen überallhin. Sie konkurrieren miteinander bis zum Tod.

Was ist *nichts*?

Vielleicht, dass nichts einen berührt?

Und was ist *alles*?

Das Leben ist ein Dazwischen.

In meinem Körper herrscht ständiger Krieg.

# FAMILIE

Zwei Dinge:

1. Die Welt ist eine Schule des Vergebens.
2. Familien sind schwierig.

Das Äußere betrachte ich gern aus der Ferne. Zusammen mit schwarzen, weißen und bunten Vögeln schaute ich es mir an. Ich gehe in einem großen Bogen von einer Seite auf die andere, will ein umfassendes Bild kriegen. In der Mitte des Bildes pulsiert das Blut der Verwandtschaft.

Die Familie, in der ich aufwuchs, war von außen eine völlig normale. Sie bestand aus einer Mutter, einem Vater, einer Schwester, einem Bruder und mir.

Meine Mutter wäscht Grabsteine. Sie macht das jeden Frühling und bringt es ihrem Nachwuchs bei. Die Bürste muss weich sein und das Wasser körperwarm. Vom Spülmittel nur ein kleiner Spritzer. Meine Mutter findet es unbegreiflich, dass die anderen Gräber ungewaschen bleiben. Ich mag ihr die Wahrheit nicht sagen. Dass ich Grabsteine schön finde, wenn sie vermoost sind. Dass die Leute genug damit zu tun haben, sich selbst und andere zu waschen, Lebende.

Mein Vater repariert Autos und Häuser. Er interessiert sich für die Mechanik der Dinge und wie man die Mechanik wieder zum Laufen bringt, wenn sie nicht funktioniert. An Menschen interessiert ihn, welches Auto sie haben und warum. Oder warum sie keins haben.

Meine Schwester hat gemalt und Kleidung entworfen. Sie liebte die Natur, und die Natur liebte sie. Sie ist tot. Sie fehlt, in unserer Familie und auch in mir, denn sie war meine zweite Hälfte. Weil es sie gab, gab es mich. Wir bildeten ein Duo, das zugleich eine Einheit war. Wir waren *die Mädchen*. Eine Schere braucht zwei Klingen, sonst ist sie keine, eine Hose zwei Beine. Das schlimmste Bild für den Verlust meiner Schwester ist ein einärmeliges Kleid.

Mein Bruder baut Häuser. Obwohl er das gut kann, will er damit aufhören. Er erträgt die Regeln und Genehmigungsverfahren nicht und möchte umsetzen, worauf er Lust hat. Er plant, frühzeitig in Rente zu gehen, dann kann er tun und lassen, was er will. Vielleicht wird er immer noch Häuser bauen, aber ohne Genehmigung.

Wenn ich meine Familienmitglieder treffe, führen wir jedes Mal dasselbe Theaterstück auf. Wir schauen uns mit bestimmten Blicken und Gesten an. Wir umarmen jeden auf die eine ganz bestimmte, ihm vorbehaltene Art. Wir beweisen, dass sich zwischen uns nichts geändert hat und dies auch bestimmt nicht passieren wird.

Ich sehne mich nach Momenten, die etwas aushalten. Nach echten Menschen statt Puppenhausfiguren. Bisher habe ich mich in einem Spiegelkabinett bewegt, wo ich die anderen nur als Abbilder sehe, wo Blicke lügen. Ich träume davon, dass wir uns aufrichtig zuhören, unsere starren Positionen verlassen und uns zu echtem Leben erwecken. Ich wünsche mir nichts sehnlicher, als noch vor dem Tod Frieden zu finden.

Wie schrecklich wäre es, wenn meine Eltern bereits gestorben wären! Bislang ist nichts mit ihnen besprochen, absolut nichts. Aber noch ist es nicht zu spät.

Auch mit mir selbst ist noch nichts besprochen. Nichts, mit niemandem.

Du hast die Haare deiner Mutter und das Lächeln deines Vaters. Du hast die Willenskraft deiner Großmutter und die Milde deines Großvaters. Du hast den Hintern deiner Familie. Weil dieser Hintern breit ist, finden wir keine Hosen. Singen kann in unserer Familie niemand. Unsere Augenbrauen sehen einzig und allein nach uns aus. Eindeutig, du bist eine von uns.

Schon in meiner Kindheit wurde mein Aussehen bestimmten Verwandten zugeschrieben. Meine Augen stammten von diesem, mein Mund von jenem, das ging weiter bis zur Beschaffenheit meiner Haut. Jedes Puzzleteil war vererbt und hatte eine andere Herkunft. Zwei Beispiele: Mein Magen erledigte seine Arbeit nur mäßig, angeblich ein Erbgruß meiner Großmutter, die ich kein einziges Mal getroffen habe. Und das Tanzen fiel mir deshalb leicht, weil mein vor vielen Jahren verstorbener Großvater auf Händen gehen konnte.

Es kann natürlich interessant sein, die Merkmale und Formen zu studieren, die in Familien weitergegeben werden. Wie die Zellen der mütterlichen und der väterlichen Seite sich zusammentun und Kinder mit bestimmtem Aussehen und bestimmten Talenten hervorbringen.

Wenn man die Geschichte einer Familie aber genauer

untersucht, offenbaren sich Geheimnisse und Traumata. Ein perfektes Äußeres sagt rein gar nichts aus. Wenn sich die Eigenschaften von zwei Familien mischen, zeigt sich zwangsläufig auch Krankes und Absonderliches.

Meine Mutter verlor früh ihren Vater. Und dann ihre Mutter. Als Nächstes ihre Großeltern und danach ihren großen Bruder, an Alkohol. Schon mit der Muttermilch habe ich die Trauer dieser Verluste aufgesogen, mich früh empathisch ausgerichtet. Ich lernte, dass ich anderen Freude bereitete, indem ich brav war und lächelte.

In der Familie meiner Mutter gibt es Hyperaktivität, aspergerähnliche Hochbegabung und einen ausgeprägten Forscherdrang, es gibt einen kosmopolitischen Einschlag sowie die Neigung zu Hedonismus und Süchten. Die Familie meines Vaters wiederum steht fest auf dem Boden der Medizin und der Rechtswissenschaft. Ihre Vorbilder liegen auf Friedhöfen in Heldengräbern, stehen als Wachsfiguren in Kabinetten oder haben sich in der Kirchenverwaltung engagiert.

In beiden Familien gibt es Schuldirektoren, Juristen und Ärzte. Alle Grabsteine stehen auf der Erde des alten Friedhofs Hietaniemi in Helsinkis Südwesten.

Das Zusammensein mit meinen Verwandten väterlicherseits hatte immer etwas Unbeschwertes und Unkompliziertes. Einmal allerdings endete der Spaß für mich im Krankenhaus. Als ich dann mit eingegipstem Arm auf die Familienfeier zurückkehrte, griff eine Tante mir ins Fleisch oberhalb des Gipses und sagte, was hat das Mädchen doch für stramme Arme.

Als Kind empfand ich meine Verwandtschaft väterlicherseits als pragmatisch und vernünftig. Heute erkenne ich: Das lag an ihren Berufen, die direkt aus dem alten Kartenspiel *Bunte Familien* stammen könnten: Ärzte, Pastoren, Juristen, Lehrer. Es waren heile Familien, die Männer allesamt kurzhaarig.

Wenn ich das Bild meiner Familie aus der Ferne anschaue, nehme ich zunächst die Namen und Berufe der Personen wahr. Wenn ich näher herangehe, erkenne ich, dass jeder auch jemandes Tochter oder Sohn ist. Ich betrachte meine Verwandten und mich selbst wie eine Schar Vögel. Aber ich sitze nicht *auf* einem Ast, nein, der Ast geht durch mich hindurch, um ihn pulsiert Blut und klebt Fleisch. In mir lebt ein hartes Astgewirr, ein Wurzelgeflecht, das niederdrückt und schmerzt. Ich will es aus mir herausschütteln.

*Paris, 5. 5. 2018*

*Ein heller Frühlingsmorgen. Ich jogge an der Seine entlang und bleibe für ein paar Dehnübungen an der Pont Neuf stehen. Eine Grundschulklasse marschiert in Zweierreihe an mir vorbei. Die Kinder tragen Schuluniformen; die Mädchen weiße Blusen, dunkelblaue Faltenröcke, Kniestrümpfe und Ballerinas, die Jungs dunkelblaue, gerade geschnittene Hosen, Jackett und Krawatte. Die Schlange bewegt sich geordnet vorwärts – bis ein Mädchen sich an die Uferböschung setzt. Die Lehrerin zischt ihm etwas zu. Das Mädchen fängt an zu weinen und präsentiert seine nackte Ferse, eine Druckstelle leuchtet feuerrot. Hinkend setzt das Mädchen seinen Weg fort, den Schuh trägt es in der Hand. Eine halbe Ballerina.*

*Kleine Mädchen sind zäh. Als Kind bin ich einmal volle zehn Kilometer in Holzschuhen gelaufen, so wütend war ich.*

*Ich beschließe, eine Liste meiner Lieblingskleider zu erstellen.*

*Liebste Kleidungsstücke meiner Kindheit:*

- *die Unterhosen mit gerüschter Spitze aus den USA, die nur meine Schwester und ich besaßen (»eigene« Unterhosen hatten wir nicht, es gab nur die Mädchenunterhosen, wir trugen sie beide)*
- *der hellblaue karierte Schlafanzug mit Spitzenborte oberhalb der Brust (meine Schwester hatte ihn in Gelb)*

*– das dunkelblaue Kleid mit roten Taschen (das von meiner Schwester war braun mit gelben Taschen)*
*– der von meiner Mutter genähte Frotteebikini, hellblau mit weißen Blümchen*
*– der Ballettanzug und die Ballettschuhe, mit meinem Vater im Geschäft für Tanzbedarf gekauft (die Peinlichkeit, als er darauf bestand, eine Nummer größer zu nehmen, damit ich nicht so schnell rauswachse)*
*– der schwarze Hosenanzug mit dem FIAT-Aufdruck (meine Schwester hatte den gleichen)*
*– das grüne T-Shirt mit dem FIAT-Aufdruck (auch meine Schwester hatte es)*
*– das weiße T-Shirt mit dem FIAT-Aufdruck (wieder hatten wir beide das gleiche)*
*– die weißen Kniestrümpfe, die wir im Sommer ab der Feier zum Ersten Mai anziehen durften*
*– die Netzstrumpfhose und das durchsichtige Nachthemd meiner Großmutter*

*Liebste Kleidungsstücke meiner Jugend:*
*– die dunkelblaue, von meiner Mutter genähte Cordhose, in deren Gesäßtasche ich einen hellblauen Kamm steckte, wenn ich verliebt war (in wen, wechselte ständig, weshalb der Kamm praktisch immer in der Tasche steckte)*
*– die weinrote Samthose aus dem Kaufhaus*
*– die blau-rot gestreifte Steppjacke, die bis heute im Sommerhaus meiner Eltern hängt*
*– die schwarze Hose aus festem Baumwollstoff mit dem breiten Taillenbund, dazu ein schwarzes Top (Als ich mit sechzehn*

*in diesem Aufzug zu einer Verkleidungsparty wollte und mich stark geschminkt hatte, sagte meine Mutter: Nein, so nicht, du siehst nach einer Sexbombe aus.)*

*Verhasste Kleidungsstücke:*

- *die blaue Jeans mit dem Muster aus grünen, v-förmigen Häkchen, die meine Mutter in Helsinkis Innenstadt gekauft hat. Ich werde nie vergessen, wie ich mir die Jeans in der Umkleidekabine mühsam über den Po zerrte und meine Mutter mich mit einem einzigen Blick an das Familienlos des breiten Hinterns erinnerte.*
- *die weiße, gerade geschnittene Hose, die wir bei der gleichen Tour kauften. Auf der Rückfahrt im Zug begann meine Regel so plötzlich und heftig, dass der schneeweiße Stoff am Po knallrot eingefärbt wurde.*

*Liebste Kleidungsstücke aus meinem Erwachsenenleben:*

- *leichte Teile aus feiner Wolle*
- *Kleider, diverse Schnitte*
- *Jeans, sofern sie gut sitzen und bequem sind*
- *Lederjacke, auch wenn ich befürchte, dafür schon zu alt zu sein*

*Kleidung, in der ich beerdigt und verbrannt werden will (die Körperhaltung ist dabei noch wichtiger):*

- *meine Handflächen zeigen nach oben, die Beine sind eine Spur gespreizt*
- *Wollstrümpfe an den Füßen*
- *ein Kleid mit großem Ausschnitt, körpernaher Taille und frei bleibender Schulterpartie*

- *das Material ist aus Wolle*
- *die Farbe ist Schwarz oder Dunkelgrau, vielleicht auch Vergissmeinnichtblau oder Himmelblau.*

Wir wurden dressiert wie Zirkuspferde. Wir bekamen Scheuklappen umgebunden, damit wir nicht nach rechts und links schauen konnten. Wir sollten geradeaus schauen, uns auf Konkretes konzentrieren. Aufregende Gedankenspiele waren verpönt. Brav, hübsch, fleißig und anspruchslos, so sollten wir sein.

In meiner Familie pflegte man folgende Überzeugungen: Der Nachbarsjunge hat schiefe Augen, weil er Äpfel klaut. Das Nachbarsmädchen stinkt nach Pipi, weil die Eltern Kommunisten sind. Wenn man eine Kerze unbeaufsichtigt lässt, fängt es an zu brennen. Rot und Pink passen nicht zusammen. Zum Rock darf man keine Turnschuhe tragen. Ein BH darf nicht zu sehen sein. Konservendosen müssen nach dem Einkauf abgewischt werden, ehe man sie ins Regal stellt. Diebe stehlen nur im Dunkeln. Fiat ist die beste Automarke. Eine schlechte Körperhaltung führt zu einem schlechten Leben. Wenn man ausschläft, ist man faul. Zimmertüren müssen immer ein Stück offen stehen. Schubladen auch. Ein Schlagstock im Flur bringt Sicherheit. Über schwierige Dinge spricht man nicht abends.

Sicherheit hat bei meinen Eltern einen hohen Stellenwert. Für meinen Vater bedeutet das, den Körper warm zu halten. Besonders wichtig sind warme Füße. Strümpfe müssen trocken sein und am besten aus Wolle. Das Unterhemd wird tief in die unterste Hose gestopft.

Das Sicherheitsbedürfnis meiner Mutter lässt sich an Schlössern und Reißverschlüssen ablesen, sie müssen fest zu sein. Und sie legt Wert auf ungefährliche Orte für Teelichter und Kerzen. Ein gutes Leben bedeutet für meine Eltern im Grunde Stillstand, Anwandlungen von Abenteuerlust meiden sie. Bloß kein Risiko. In ihrer Welt gründet Sicherheit auf dem Beruf, einer eigenen Wohnung und regelmäßigen Essenszeiten. Sie wird gefestigt durch eine generelle Beständigkeit und vernünftige Entscheidungen. Durch eine gute militärische Verteidigung des Landes und regelmäßige Gottesdienstbesuche. Sicher ist man, wenn man betet und alte Fotos betrachtet. Und der innerste Kern von Sicherheit ist der Glaube an ein Wiedersehen im Himmel.

Ich verbrachte meine Kindheit in einer auf unsichtbare Weise erniedrigenden, sittsamen Welt von Häuslichkeit und Töchterlichkeit. In dieser Welt zu bleiben kam für mich nicht infrage. Meine Eltern boten mir genau zwei Optionen an: die Hauswirtschaftsschule oder das Grundschullehramt. Werde Sportlehrerin, sagte mein Vater. Dann hätte ich viel Bewegung, kurze Arbeitstage und lange Sommerferien, und obendrein könnte ich eine gute Hausfrau sein. Mein Vater pflegt bis heute zu sagen, ich würde mich als Köchin und Bäckerin durchaus entwickeln, in vielen Dingen sei ich schon fast so gut wie meine Mutter.

Wenn er zu meinen Premieren kommt, äußert er jedes Mal aufs Neue den Wunsch, dies möge mein letztes Tanzstück sein.

Als ich fünfzig bin, wälzt mein Leben sich schlagartig um. Mein Vater und ich sitzen in einem Café in der Innenstadt. Wir haben irgendwann beschlossen, uns einmal im Monat – immer bevor mein Vater zu seiner Herrengesellschaft geht – am Fenstertisch dieses Cafés zu treffen. Jedes Mal kommt er mit Aktenkoffer, Fliege um den Hals und seinen Ehrenzeichen an der Brust. Aber eigentlich ist mein Vater anders. Er ist Flanellhemdenträger, burschikos, irgendwie leicht abgewetzt, kleidet sich vollkommen unprätentiös. Der steife dunkle Anzug richtet seine Haltung auf, das Wissen um die anstehende Versammlung mit dem offiziellen Charakter lässt ihn kurz angebunden und betont sachlich werden, nervös behält er die Uhr im Blick.

Mein Vater entscheidet sich für Hefegebäck mit Butterauge und einen Kaffee mit Milch und Zucker, ich nehme nur einen schwarzen Kaffee. Ich zahle für uns beide, wir gehen hinüber zum Fenstertisch. Ich halte mich nicht mit den Themen Arbeit, Kinder oder Wetter auf, sondern beschließe, direkt zu sagen, was ich bisher nicht habe sagen können. Ich sage meinem Vater, was ich glaube: nämlich dass meine Mutter mich nicht mag.

Er schiebt sein Hefegebäck auf dem Teller hin und her und sagt, damit läge ich richtig. Er fügt hinzu, dass sie auch meine Schwester zu deren Lebzeiten nicht gemocht hätte.

Draußen vor dem Fenster sehe ich die Menschen ganz normal die Straße entlanggehen – doch in mir bleibt alles stehen. Wir schweigen. In meinen Ohren knackt es, eine Zeit lang kann ich nichts hören. Die lakonischen Worte meines Vaters am Cafétisch besiegeln ein altes Geheimnis, das ich niemals hätte glauben wollen: Meine Mutter mag mich nicht.

Danach kommt kein Gespräch mehr in Gang. Ich bin ohne Worte. Das Geheimnis unserer Familie, mal eben so gelüftet, mit einer einzigen nüchternen Feststellung. Meine Mutter mag mich nicht. Und meine Erfahrungen mit ihr legen die Vermutung nahe, dass sie mich höchstwahrscheinlich von Anfang an nicht gemocht hat. Die sachliche Bemerkung meines Vaters – eine Spur zu gelassen formuliert, als hätte ich den Stand der Dinge schon viel eher in Erfahrung bringen können – hat eine körperliche Veränderung rund um meine Wirbelsäule zur Folge. Alles Schwere wird leicht, alles Leichte schwer. Ich empfinde eine unermessliche Erleichterung angesichts der Gewissheit über das, was ich stets irgendwie geahnt habe. Zugleich falle ich in eine tiefe Trauer.

Ich erinnere meine Mutter an ihre Schwiegermutter, eine Frau mit fünf Kindern, Direktorin einer Hauswirtschaftsschule, die viel gelacht hat und stets aktiv war. Ich erinnere sie an ihre verlotterten Brüder, die ihre zwischenmenschlichen und wirtschaftlichen Beziehungen mit einem ausschweifenden Künstlerleben belasteten. Ich erinnere sie an die exzentrischen Frauen, die ihre Brüder mit nach Hause brachten, obwohl die kleine Schwester dafür eigentlich zu jung und sensibel war, streng christlich erzogen. Ich erinnere sie an die Sexualität und ihre unermessliche Kraft. Ich erinnere sie an die Leidenschaft, die meiner Mutter suspekt ist, weil sie die Menschen unberechenbar macht.

Dieser Abstand, den sie immer zu mir wahrt – will sie sich damit vor dunklen Mächten schützen?

Es ist tragisch, dass meine Mutter von ihren Eltern keine Liebe bekommen konnte. Sie starben viel zu früh. Dieser Schatten fiel auch auf die nächste Generation mit meinen Geschwistern und mir, bis tief hinein in meinen Körper. Ich fürchte, diese Tragödie hat das Wurzelgeflecht in mich eingepflanzt.

Kann ich meinen Körper aufrichtig anschauen oder belüge ich mich dabei? Kann ein Körper der Wahrheit dienen? Es heißt, der Körper sei klüger als der Geist, aber was ist, wenn sogar der Körper lügen kann?

*Paris, 6. 5. 2018*

*Der Frühlingsmorgen auf dem Friedhof Père Lachaise ist ein einziger Widerspruch. Inmitten des Todes erwacht die pralle Natur. Der Anblick dieser Lebenskraft auf den Gräbern der Verstorbenen macht mich geradezu übermütig. Ich überlege, ob ich ein bisschen zwischen den Gräbern umherrennen könnte. Sicherheitshalber bleibe ich im Gehtempo.*

*An der Gedenkstätte von Molière bleibe ich stehen. Sein Steinsarg ruht auf vier Pfeilern. Der Arme fiel während einer Vorstellung des* Eingebildeten Kranken *in Ohnmacht und starb. Und weil die Priester sich durch* Tartuffe *beleidigt sahen, verweigerten sie ihm die letzte Salbung. Vielleicht tröstet ihn seine erhabene Ruhestätte. Allerdings könnte das Grab eine kleine Waschung vertragen.*

# MEINE MUTTER

In den Spielen meiner Kindheit wollte ich immer eine feine Dame sein. Das entsprach dem Bild, das ich vom Zuhause meiner Mutter hatte. Sie wurde kurz nach Kriegsende in eine vermögende Helsinkier Familie hineingeboren und war das dritte Kind. Der Vater führte eine Anwaltskanzlei, die Mutter war Zeichenlehrerin. Die zwei großen Brüder gingen auf die deutsche und die englische Schule. Die Familie hatte ein Sommerhaus in Hanko im sonnigen Südwesten des Landes und rege gesellschaftliche Beziehungen in Helsinkis feinem Stadtteil Eira. Es gibt mehrere Kindheitsfotos von meiner Mutter, am besten erinnere ich mich an das auf der Wiese. Meine Mutter hält darauf einen langen Halm in die Luft und schaut direkt in die Kamera, lächeln tut sie nicht. Sie hat braune, gelockte Haare und trägt ein hübsches Sommerkleid, dazu Lackschuhe und Kniestrümpfe.

Meine Mutter ist Pharmazeutin. Eigentlich wollte sie Medizin studieren, erreichte bei der Aufnahmeprüfung aber genau einen Punkt zu wenig. Der Berufswunsch Kinderärztin musste pharmazeutischen Inhalten weichen, auch hier war das Lernpensum hoch. Dann wurde sie Mutter und blieb zu Hause, erst dreizehn Jahre später fing sie als Apothekerin an. Als wir Kinder auszogen, übernahm sie die Leitung im Jean-Sibelius-Anwesen Ainola, später im Lotta

Museum, das die Geschichte der im Krieg engagierten Hausfrauen zeigt, die den finnischen Frontsoldaten selbst gestrickte Socken und anderes Nützliches schickten. Die Tradition der Lotta-Bewegung passte gut zu ihr und harmonierte auch mit dem Reserveoffiziersstatus meines Vaters.

Meine Mutter ist das Urbild von Zurückhaltung und Sittsamkeit. Vor dem Hintergrund des bohemehaften Lebensstils ihrer Familie ist das kaum nachvollziehbar, gerade ihre Brüder standen für etwas vollkommen anderes. Wenn ich sie nach ihrer Kindheit frage, erinnert sie sich vor allem daran, viel allein gewesen zu sein. Als ihre Eltern noch lebten, musste sie, wenn sie etwas Falsches gesagt oder getan hatte, zur Strafe in den Schrank und sich schämen. Da ich die tief verwurzelte Bravheit meiner Mutter kenne, kann ich mir nicht vorstellen, worin ihre Missetaten bestanden haben sollen. Einmal hat sie im Laden einen Lolli geklaut.

Die Angst, zur Boheme zu gehören, beherrschte meine Mutter voll und ganz. Sie tat alles, um zu verhindern, dass meine Schwester und ich Künstlerinnen wurden. Die einfachste Art, uns von widrigen Einflüssen abzuschirmen, bestand darin, die Cousins und Cousinen von uns fernzuhalten. Unsere Verwandten mütterlicherseits waren ja ohnehin im Himmel oder schwer krank, oder sie wurden gedanklich verdrängt. Einmal allerdings stattete mein Onkel uns Weihnachten einen Überraschungsbesuch ab, ein Cousin war auch dabei, sie standen einfach vor der Tür. Kaum hatte meine Mutter die Trunkenheit ihres Bruders gewittert, verwandelte die Szene sich in einen Stummfilm:

Mein Onkel überreicht ihr sein Geschenk, der Cousin steht scheu hinter ihm und schaut mich mit gesenktem Kopf an, meine Mutter zieht die Tür zu. Wir stehen drinnen, die anderen draußen im Schneegestöber.

Der einzige Bezugspunkt zu meiner Großmutter mütterlicherseits war ein Gipskopf, ein frühes Selbstporträt von ihr, das ich als kleines Mädchen oft gestreichelt habe. Mein Großvater mütterlicherseits war stark und ein Mann von Welt, unausgesprochen auch ein Mann der Frauen, doch Fragen dazu wich meine Mutter aus. Er führte ebenfalls eine Anwaltskanzlei und darüber hinaus ein reiches Leben mit ausgelassenen Festen und bunten Gesellschaften. Bis dieses Leben um war. Manche Verwandte fanden, er hatte eine Neigung zu Abenteuern. Es blieb ein Geheimnis, wie das aufzufassen war.

Das Bild, das unsere Mutter uns von ihrer Familie vermittelte, war düster. Alles Schöne, alles Leben mündete in Krankheit und Tod, und dieser Prozess wiederholte sich ständig, bei allen ihren Familienmitgliedern. So liefen die Dinge nun mal, und nach Ansicht meiner Mutter hatten sie auch genau so zu laufen. Das entsprach dem Willen des himmlischen Vaters, und eines seligen Tages würden wir alle unsere Verwandten wiedersehen.

Meine Mutter stattete uns mit Kleidung aus, bestimmte, was angezogen wurde, und frisierte uns die Haare, alles betont altmodisch. Unsere Garderobe bestand aus Dufflecoats, Lodenmänteln, Norwegerpullis, Pudelmützen, Mützen mit Zopfmuster, Skihosen und Anoraks. Fast alles nähte und strickte sie selbst. Ich träumte von echten Jeans aus dem Geschäft, von Arbeitercordhosen, in deren Gesäßtasche ich einen Kamm stecken konnte. Einen Kamm, der für Verliebtheit stand.

Wenn ich über meine Mutter schreibe, verhärten sich die Muskeln zwischen meinen Schulterblättern, und in meinem Hals baut sich Druck auf. Eigentlich will ich nicht distanziert sein. Aber genau das hat das Leben mich gelehrt. Besser leise sein. Besser auf sich beruhen lassen als ansprechen. Besser vorbeigehen als darauf zugehen. Ich möchte alles Böse, Bittere und Giftige, das ich für meine Mutter empfinde, aus mir herausholen, denn es gibt noch so viel anderes. Gutes, auf das ich mich konzentrieren will. Aber die oberste Schicht ist geprägt von unserem komplizierten Kontakt, der etwas Verdorbenes, Vermoostes hat. Das nimmt mir die Kraft, in Beziehung mit ihr zu sein. Das Verhältnis zu meiner Mutter raubt mir Lebensenergie.

Ich weiß, wie man leben sollte. Ich weiß, dass auch weniger gut genug wäre. Ich weiß, dass eine Kerze, die an beiden Enden brennt, nicht lange leuchten wird. Ich weiß, dass unter der Oberfläche viel Wertvolles liegt.

Meine Mutter ist die Beste überhaupt, wenn es um die Versorgung von Wunden geht, um Desinfektion und Verbände. Auch Räume schmücken und Speisen appetitlich anrichten kann sie außerordentlich gut. In regelmäßigen Abständen wischt sie Staub von den Schränken und Lampenschirmen und poliert das Silber auf Hochglanz. Sie kann perfekt nähen und stricken und hat dabei eine unglaubliche Ausdauer. Ihren Freundinnen und den ausgewählten Verwandten, mit denen sie in Kontakt steht, ist sie eine gute Zuhörerin. Sie liebt alte Menschen. Wenn sie eine Einladung zur Geburtstagsfeier und eine zur Beerdigung für den gleichen Tag bekommt, entscheidet sie sich für die Beerdigung. Sie weiß von allen Leuten die Namenstage. Blumensträuße stellt sie über Nacht auf die Terrasse ins Kühle, damit sie länger halten. Morgens isst sie ein Brot mit Butter und fettreduziertem Käse, mittags einen Naturjoghurt mit estnischem Kama, einem Gemisch aus Roggen-, Hafer-, Erbsen- und Gerstenmehl, nachmittags gibt es eine halbe Zimtschnecke und abends Salat. Ihr ist wichtig, dass die Hausgemeinschaft den Garten ordentlich pflegt. Sie begleicht Schulden sofort und pingelig genau. Ihre Augen sind lichtempfindlich und ihre Ohren zugempfindlich. Hobbys findet sie größtenteils unsinnig, ein Großteil des Lebens besteht für sie im Warten auf den Tod. Aus ihrer Perspektive sind viele meiner Entscheidungen unverantwortlich gewesen.

Meine Mutter war Papas Tochter. Das hat sie stets betont und dabei übersehen, dass auch meine Schwester und ich Papas Töchter wurden. Dabei wollte ich so gern Mamas Tochter sein, ich wünschte mir nichts sehnlicher als das. Ich wollte unbedingt sein wie sie, und sie sollte sein wie ich, ich wollte, dass uns etwas verband.

Meine Mutter kann Jive tanzen und ging bei Åke Blomqvist in die Tanzschule. Noch heute kann sie sich weit nach hinten biegen und ein Rad schlagen, ist gelenkig und hat eine schmale Taille. Als mein Vater sie kennenlernte, war sie ein hübsches schwarzhaariges Mädchen und ging auf die französische Schule. Ich habe nie verstanden, wieso mein Vater fand, sie hätte ein gebärfreudiges Becken. Dieses zarte Wesen! Vielleicht war das sein Humor. Nach dem Motto, er hätte schon da gewusst, dass er mit dieser Frau eine Familie gründen würde.

Meine Mutter ist 168 Zentimeter groß, genau wie ich. Sie hat Schuhgröße 39, ebenfalls wie ich. Als junge Frau hat sie 56 Kilo gewogen, später 58 und heute vermutlich 63. Alle finden sie zierlich, nur sie selbst nicht. Die Haut ihrer Hände ist dünn geworden, sie hat viel mit den Händen gearbeitet. Ihre Nägel sind kurz, ihre über siebzig Jahre alten Finger noch immer flink und geschmeidig. Ihr Bauch ist ein weicher, sanfter Hügel, den sie unter einem streng hochgezogenen Reißverschluss verbirgt. Ohrringe und Parfüm lehnt sie ab. In Konzerte geht sie nicht, da die Beleuchtung ihr zu hell ist. Den Sommer mag sie nur, wenn er nicht zu heiß ist. Sie mag Wolken und Regentage. Dann sagt sie eieiah und zeigt damit, wie wohl sie sich fühlt.

Meine Mutter war immer zu Hause. Über ihre Angst vor der Welt außerhalb unserer vier Wände sprach sie nicht, aber ich spürte sie nur zu gut. In ihrem Hauswirtschaftszimmer stand ein Karton, an den wir nicht gehen sollten, und gerade deshalb interessierte er mich. Als ich ihn heimlich aufmachte, fand ich Informationen zu Schutzmaßnahmen für die Bevölkerung und zu Anzeichen für allgemeine Notlagen und nationale Krisensituationen. Meine Mutter hatte ganz offensichtlich Angst vor einem Krieg und vor anderen Katastrophen, das konnte ich auch spüren. Ich denke, sie hatte außerdem Angst vor Alkoholikern und ungewaschenen Menschen.

Als Kind verstand ich nicht, warum meine Mutter nie lachte. Immerhin legte sie Wert auf ein freundliches Lächeln, auch die Bedeutung von direktem Augenkontakt und höflichem Knicksen brachte sie uns bei. Mit ihrem Gesichtsausdruck war sie sehr unglücklich und zeigte uns vor dem Spiegel, weshalb: In entspanntem Zustand zeigten ihre Mundwinkel nach unten. Sie verglich ihr Gesicht mit dem meines Vaters, der vom lieben Gott nach oben zeigende Mundwinkel bekommen hatte. Einmal baten meine Schwester und ich meine Mutter, laut zu lachen, und nahmen es auf Kassette auf; wir wollten sie endlich lachen hören. Doch die Aufnahme klang gruselig. Ihr Lachen wirkte hässlich und überzeichnet, einfach loszulachen passte nicht zu ihr. Zu ihr passte Trauer. Schon die Grundversion ihres Seufzens – es gab mehrere Versionen – drückte aus, dass sie ohne Mutter aufgewachsen war, ohne Wärme und Hilfe in Notfallsituationen. Also versuchte *ich* ihr beizustehen, wann immer ich konnte, dabei war ich noch ein Kind. Immerhin eins, das den Mund seines Vaters geerbt hatte und dem fast alles leichtfiel, aus Sicht meiner Mutter zumindest. Ich schrieb ihr Briefe, pflückte Blumen, putzte, ich tat, was immer mir einfiel, um sie zu erfreuen. Ich war ihr eine Mutter und eine Paartherapeutin.

Meine Mutter brachte mir bei, mich zu schämen, wenn ich zu laut und begeistert war, sie forderte mich zur Scham unmissverständlich auf. Wenn mein Verhalten etwas Großspuriges oder Anarchisches hatte, ich zu viel wollte und sie es mental oder körperlich anstrengend mit mir fand, kam ihr warnender Blick. Ein einziger Blick, das genügte. Und wenn ich durch lebhaftes Reden zu viel Raum einnahm, wurde ich sogar ausgeschimpft. Oder wenn ich die Erste und Beste sein wollte, die Schnellste und Schönste. Auch für die langen dunklen Haare, die manchmal im Waschbecken lagen, nachdem ich mich gebürstet hatte, sollte ich mich schämen, dabei sieht man als Kind so was gar nicht. Und ich durfte mich für meinen Gang schämen, der nach Ansicht meiner Mutter elefantig war, da ich mit der Ferse auftrat und gern energisch über den Flur ging. Als ich ins Theater wollte und beim blauen Lidschatten wohl zu kräftig zugegriffen hatte, schämte ich mich ganz entsetzlich. An den Blick meiner Mutter erinnere ich mich bis heute, kein einziges Wort war nötig. Auf der Theatertoilette rieb ich mir die Augen so lange, bis alles weg war. Ich hasste das Gefühl von Scham und tat alles, um Situationen zu vermeiden, in denen meine Mutter dieses Gefühl in mir weckte. Doch indem sie ständig über Scham und Schande redete, pflanzte sie ein Samenkorn in mich, das zum Wurzelgeflecht heranwuchs.

Meine Mutter flocht mir Zöpfe. Mit der Spitze von dem langen dünnen Griff ihres schwarzen Kammes zog sie einen exakten Mittelscheitel. Sie hätte mich dabei auch in zwei Hälften teilen können! Auf einer Seite hingen die Haare lose herunter, auf der anderen wanden die Finger meiner Mutter einen straffen Zopf, um dessen Ende sie ein Zopfgummi mit Holzbommeln schnipste, das sie zwischen den Lippen bereitgehalten hatte. Dann kam die andere Seite dran. Ich war jedes Mal enttäuscht, wie schnell es ging. Ich fragte meine Mutter, ob sie mir auch eine andere Frisur machen könne. Sie wisse nur die eine, sagte sie. Ich ging davon aus, dass nur ich daran schuld sein konnte. Dabei wünschte ich mir weder eine besonders schöne noch eine originellere Frisur – ich wünschte mir, dass meine Mutter meine Haare anfasste und dass sie es gern tat. Wenigstens meine Haare.

Das kleine Mädchen in meinem Innern ist mir eine Hilfe. Es ist stark, obwohl es oft genug gebrochen wurde, und es ist präsent. Seine Unterstützung beim Schreiben hat nicht den Zweck, mich als Siegerin dastehen zu lassen. Ich soll einfach nur frei sein. Es will das Wurzelgeflecht aus meinen Knochen, aus meinem Innersten lösen und meine Seele befreien.

Eine Kreuzung sieht aus jeder Himmelsrichtung anders aus, das ist eine schlichte Tatsache. Was ich gesehen und erfahren habe, ließe sich genauso gut auch anders erzählen. Meine Schwester und mein Bruder sind in derselben Familie aufgewachsen und haben andere Erinnerungen. Sie haben anders empfunden als ich. Zugleich halte ich meine Empfindungen und Sichtweisen für die richtigen, weil das Wurzelgeflecht mich in meine Reaktionen hineinzwang und ich die Dinge eben nur so und nicht anders erleben konnte. Ich wurde, wie die anderen mich haben wollten – oder wie ich glaubte, dass sie mich haben wollten.

Ich bin im Schoß der Trauer aufgewachsen, und das ist eine tiefe Erfahrung. Wenn die Trauer sich erst im Körper eingenistet hat, bekommt man sie nicht mehr weg. Das böse Wurzelgeflecht lässt sich weder durch Medikamente noch durch stresslindernde Maßnahmen besiegen. Und auch nicht durch einen Perspektivenwechsel.

*Paris, 8. 5. 2018*

*Ein lautes Klopfen an der Tür weckt mich auf, ich schrecke hoch. Es ist noch früh am Tag, und ich erwarte niemanden.*

*Im Hausflur steht ein Mann, der aussieht wie Paddington der Bär im Ruhestand. Er stellt sich als Klavierstimmer vor, die Vermieterin habe ihn bestellt. Obwohl ich ihm sage, ich könne nicht spielen und brauche keinen gestimmten Flügel, setzt Paddington sich ans Instrument und beginnt mit der Arbeit.*

*Ich stelle ihm in meinem mittelmäßigen Französisch ein paar Höflichkeitsfragen, woraufhin er freundlich erwidert, ein paar Stunden Stille seien jetzt günstig, er habe ein schlechtes Gehör und seine Tätigkeit verlange Konzentration. Ich setze uns Kaffee auf und schmunzele über das Szenario, ein Klavierstimmer mit schlechtem Gehör und eine Autorin mit Konzentrationsschwierigkeiten.*

*Nach dem vierten Espresso hört das monotone Klimpern auf, und der vornehme Bär atmet tief durch. Er schließt die Augen und lässt die ersten Takte von Debussys* Clair de Lune *erklingen. Ich verlasse meinen Platz am Tisch und stelle mich neben ihn, verfolge die Bewegungen seiner betagten Finger auf dem alten Flügel.*

*Von einer Sekunde auf die nächste verwandelt sich der Fremde in einen nahbaren Menschen: Dieses Stück habe er unzählige*

*Male für seine kranke Frau gespielt, sagt er. Sie sei inzwischen viele Jahre tot. Ob er sie vermisse, frage ich.*

*Paddington kehrt aus der Musik in seinen Körper zurück. Mit feuchtem Blick antwortet er: Nein.*

Schon als Kind liebte ich es, zu tanzen und mich im Spiegel zu betrachten. Ich mochte die Fotos in den Frauenzeitschriften und überlegte, welche dieser Frauen ich am liebsten wäre. Es gefiel mir, wenn meine Haare ordentlich und hübsch aussahen, und wenn ich eine Modenschau aufführen durfte, war es das Schönste überhaupt. Manchmal durfte ich den Lippenstift und das Rosenwasser meiner Großmutter oder meiner Tante benutzen. Ich mochte die Vorstellung, eine Frau zu sein, schön zu sein, gesehen zu werden. Der Blick, mit dem ich als Kind aufwuchs, war leider wertend und verurteilend. Er drückte mich nieder.

Meine Kindheit wurde von zwei Frauen geprägt: meiner Mutter und meiner Schwester. Meine Mutter hielt es mit protestantischer Demut, Anspruchslosigkeit und einer körperverneinenden Lebenseinstellung, wir hatten bitte schön enthaltsam zu leben. Meine Schwester stand für anorektische Selbstausbeutung, marathonartige Schinderei. Gute Vorbilder für Weiblichkeit musste ich mir woanders suchen.

Meine Mutter soll von mir so wenig sehen wie möglich. Die Zeiten, in denen ich mir wünschte, sie möge viel, am besten alles sehen, sind vorbei; den Schmerz über die Unfähigkeit, uns zu begegnen, will ich nicht länger ertragen. Deshalb akzeptiere ich die Gegebenheiten und mühe mich nicht länger ab. Statt ihr einen langen Brief zu schreiben oder ihr alles mühsam zu erklären, frage ich sie lieber nach *ihrem* Befinden und höre zu. Das Trauerkleid, das sich bei jedem Treffen über mich stülpt, habe ich resigniert angenommen.

Ich bin fünf, ich bin sechs, ich bin elf, ich bin achtundzwanzig, ich bin fünfzig. Ich bin zweiundfünfzig und weiß, die Lebensmitte ist ein Märchen, eine Lüge. Kann ich nicht endlich all das hinter mir lassen, was mich daran hindert, Schönheit wahrzunehmen?

Meine Mutter und ich finden uns nicht. Jedes Mal, wirklich jedes Mal wenn wir miteinander reden, verkrampfe ich mich. Ich verschließe mich, und eine alte Wut klopft an. Immer wieder verfehlen wir einander – nicht weil wir es nicht anders wollen, sondern weil wir es nicht anders können. Bei uns liegt immer etwas über Kreuz. Sogar wenn wir uns umarmen. Dann legen sich unsere schief gereckten Hälse kurz aneinander, und meine Mutter tätschelt mir das Schulterblatt. Jedes Mal denke ich, sie will nur prüfen, ob ich zu- oder abgenommen habe. Andere Körperstellen berühren sich bei unserer Umarmung nicht. Niemals könnte ich mit meiner Mutter zusammen in die Sauna gehen, nicht einmal im Traum käme mir das in den Sinn.

Wir stecken seit vielen Jahren in einem Netz aus Verletztheit fest, leben in einem stummen Gleichgewicht negativer Empfindungen. Nie ruft sie an, um mich zu fragen, wie es mir geht. Die Frage existiert für sie nicht, außer ich bin krank.

Meine Mutter hat mir beigebracht, wie man Bettwäsche

und andere Textilien zusammenlegt. Das Zusammenlegen von Bettwäsche ist sogar eine Metapher für unsere Beziehung. Die Ecken begrüßen sich kurz, trennen sich wieder, werden weit voneinander weggezogen, dann wird alles mit dem heißen Eisen platt gebügelt, zusammengerollt und zu den übrigen, mit demselben Verfahren behandelten Wäschestücken in den Schrank gestopft. So sehen unsere Begegnungen aus. Ich weiß immer schon vorher, wie sie ablaufen. Ich weiß es genau, und indem ich das ausspreche, merke ich, wie aggressiv ich bin. Eine Mutter sollte sich doch gefälligst für ihr Kind interessieren!

Zu keinem Zeitpunkt meines Lebens galt ich als wunderbarste Tochter der Welt, und mit dieser sehnsüchtigen Vergeblichkeit wuchs ich auf. Im Grunde konnte ich das auch gar nicht sein, denn wo es zwei Töchter gibt, lauert der ständige Vergleich – und wer könnte schon in *allem* den ersten Platz belegen?

Nach dem Tod meiner Schwester warteten meine Mutter und ich ein paar Nächte ab, dann fuhren wir zusammen zu ihrer Wohnung und gingen die Sachen durch. In den Schubladen lagen Dinge, die unsere Mutter garantiert nicht guthieß, Tangas, Zigaretten, ein Dildo, ein Vibrator. Ich hoffte, der Anblick dieser Dinge würde mich, die wackere Vierfachmutter, in den Stand der guten Tochter heben. Ich suchte ihren Blick und sagte: Ich bin jetzt deine einzige Tochter, und ich liebe dich.

Mein Satz blieb ohne Erwiderung.

Die Stimmung zwischen uns war praktisch wie immer,

in keiner Weise anders oder besonders. Meine Mutter und ich standen einfach unserer jeweiligen Trauer gegenüber. Die Situation war nicht neu, hatte etwas Vertrautes, Normales. Und unsere Trauer trieb uns zum Handeln an. Die Aufgaben waren schnell verteilt: Meine Mutter fing im Badezimmer an, ich mit dem Kleiderschrank, beide mit einem schwarzen Müllsack für die aussortierten Stücke ausgestattet. Ich war erleichtert, im Schlafzimmer allein zu sein und mich Strumpf für Strumpf, Kleid für Kleid von meiner Schwester verabschieden zu können. Die Anwesenheit meiner Mutter im Nebenraum spürte ich trotzdem. Bei aller Vertrautheit standen wir nun doch – jede für sich allein – anders da als vorher. Ich hatte den Menschen verloren, der das Gewicht am anderen Ende der Waage gewesen war. Und meine Mutter ihr Kind, ihre zweite Tochter. In mir nistete sich das deutliche, aber wieder mal unproduktive Gefühl ein, dass meine Mutter die viel größere Trauer trug. Zugleich hoffte ich, sie würde das Positive erkennen: dass ich noch da war. Ich atmete, mit mir konnte sie ihr Leben weiterleben. Es wäre unendlich erleichternd und hilfreich gewesen, eine solche Reaktion an ihr wahrzunehmen.

Unsere Beziehung ist frustrierend. Wäre ich tot, dann wäre ich ihr wichtiger. Sie würde meinen Grabstein waschen, die Stelle mit dem Namen besonders gründlich, und blaue Stiefmütterchen hinstellen, mit Blüten in der Farbe meiner Augen.

*Paris, 9. 5. 2018*

*Morgens jogge ich immer an der Seine entlang, über die Île de la Cité bis zum Musée d'Orsay. Die Parks und Bürgersteige sind meist voller Touristen, den Uferweg mag ich lieber. Das Wasser steht hoch derzeit, der Fluss ist trüb.*

*Heute bin ich stehen geblieben und habe den Tauchern von der Feuerwehr bei ihrer Arbeit zugesehen. Gut ausgerüstet verschwinden sie in der Strömung. Zwei Nabelschnüre sichern sie ab; auf dem Rücken die Sauerstoffflasche, um die Taille das Ende eines langen gelben Seils, das ihnen auch den Rückweg anzeigt.*

*Ich sehe Luftblasen an die Oberfläche steigen und überlege, wie die Taucher sich in diesem Moment fühlen mögen. Sie können ja nicht wissen, was am Grund des Flusses auf sie wartet. Wenig später liegen Fahrräder, Roller und Gartenstühle am Ufer. Als ich weiterjoggen will, knallt ein Taucher mir einen algenbehangenen, schlammigen Kinderwagen vor die Füße. In meinem Kopf blitzt eine Szene aus* Rosemary's Baby *auf. Wer weiß, vielleicht ist die Seine für die Hauptstadtbewohner einfach nur ein großer Recyclinghof.*

# MEIN VATER

Die Augen meines Vaters haben die Farbe eines klaren Sees. Er trägt stets sein scharfes Messer bei sich und riecht nach Holz. Er hat schöne volle Lippen, warme Hände und immer Zeit. Als ich klein war, spielte er draußen mit uns Fangen und drinnen Verstecken. Er war der Held aller Nachbarskinder. Er hatte einen warmen Blick und war ungeachtet seiner beträchtlichen Körperlänge immer wortwörtlich mit uns auf Augenhöhe. Mal sah er aus wie Tarzan, dann wie ein Rennfahrer. Und wenn er die Fäuste an die Leisten legte, einen Zeigefinger ausstreckte, die Hüfte nach vorn schob und peng sagte, wurde er zum Cowboy. Ich weiß bis heute, wie ich die Reaktionen meiner Freunde stolz beobachtet habe.

Mein Vater will bei jeder Begegnung wissen, wie es mir geht, hört aufmerksam zu. Er folgt seinem Herzen und ist präsent. Er versteht nicht alles, hat aber für alles Interesse. Wenn ich mir bewusst mache, dass mein Vater da ist und lebt, werde ich froh. Mein Vater liebt. Und wenn er davon spricht, glaube ich ihm das.

Zu meinem Vater passt das Wort wohlproportioniert. Als ich jung war, sagte er genau das über mich und verletzte mich damit. Wohlproportioniert hörte sich für mich nach Mittelmaß an, normal und normalgewichtig, stämmig also.

Ich weiß, dass mein Vater für mich da ist, er ist für mich in dieser Welt. Er ist auch für meinen Bruder hier. Und vor allem für meine Mutter. Er war es auch für meine Schwester. Er betrachtet alles von der positiven Seite und glaubt fest daran, dass am Ende alles gut wird. Den Tod meiner Schwester konnte er annehmen, indem er sich sagte, dass sie ein gutes Leben gelebt hat.

Einmal verriet mein Vater mir, ich sei sein liebstes Kind. Eigentlich darf man so was nicht sagen. Trotzdem fühlte es sich gut an. Obwohl seitdem fast ein halbes Jahrhundert vergangen ist, nehme ich mich bis heute so wahr. Bei meinem Vater darf ich das Mädchen von damals sein.

Wenn ich Angst bekam vor Erdbeben, Überschwemmungen und Orkanen und es meiner Mutter sagte, wurde die Angst immer größer. Mein Vater dagegen versicherte mir, dass unser Dach sturmsicher sei und Finnland kein Erdbebengebiet. Wenn ich trotzdem mal irgendwann losweinte, schaltete meine Mutter sich wieder ein; sie ertrug meine Sorgen nicht. Stets war sie es, nicht mein Vater, die mit einem strengen »Und jetzt wird geschlafen« den Schlussstrich zog und mir eine Grenze setzte. Meine gekränkten Gefühle richteten sich gegen sie – nie gegen meinen Vater, der keine Grenzen setzen konnte.

Im Zuhause meines Vaters hatte es ein nicht mehr ganz junges Dienstmädchen gegeben, das sich zusammen mit der Großmutter um den Haushalt kümmerte – die Mutter meines Vaters war ja Schuldirektorin und arbeitete montags bis samstags. Die Großmutter und das Dienstmädchen waren beide klein und hatten einen Buckel. Außerdem trugen sie hauchfeine Haarnetze, die sie nicht nur um den Dutt, sondern um das gesamte Haar legten, was ich als kleines Kind eigenartig fand. Ich nahm an, dass das Netz den Kopf zusammenhielt und das nötig war, wenn man so alt war wie diese beiden Frauen. Die Großmutter meines Vaters, meine Urgroßmutter, roch immer nach Kampfertropfen. Und mein Urgroßvater, ein Tierarzt, hatte sich totgesoffen. Ich betete jeden Abend für meine Urgroßmutter und das Dienstmädchen. Ich betete, dass Gott ihnen wenigstens einmal ein Tanzvergnügen schenkte. Ich wusste, es war ihnen verboten, weil es als Sünde galt.

Die Mutter meines Vaters, die Schuldirektorin, brachte mir bei, wie man Bücherreihen absaugte, perfekt Staub von Glasoberflächen wischte und Silber polierte. Ich fand meine Großmutter toll und bewunderte sie. Sie spielte Klavier, konnte gut singen und sprach immer sehr liebevoll mit uns. Ihr Blick war fest und forschend, aber auf interessierte Art. Sie suchte nie nach Fehlern, sondern nahm Anteil und war neugierig. Die Basis von allem waren für sie regelmäßige Mahlzeiten aus guten Zutaten, auch wenn oft das Dienstmädchen sie zubereitete. Wenn man jemanden liebte, tat man alles, damit dieser Mensch gute Speisen vorgesetzt bekam und sie auch aß. Über den Weg der Nahrung konnte meine Großmutter auf ihre tiefste Art lieben. Und das ging von ihr auf meinen Vater über.

Im Zuhause meines Vaters durften wir gebuttertes Knäckebrot in heißes Sahnewasser mit Honig tunken, die Butter schwamm in gelben Klecksen obenauf. Die Zwiebackdose aus dem Küchenschrank unserer Großmutter holten wir uns heimlich. Wären wir entdeckt worden, hätten wir gesagt, wir würden Enten füttern. Der Zwieback war dick mit Zucker und Zimt bestreut, wir setzten uns draußen in die Sonne und naschten. Meistens trugen wir dabei nur Bikinis, wenn überhaupt. Dass ich als Einzige ein Oberteil anhatte und meine Schwester und meine Cousinen nicht, weiß ich noch genau. Ich trug es, weil ich mich damit sehr weiblich fühlte. Außerdem hoffte ich, mein ältester Cousin könnte ein bisschen verliebt in mich sein. Er war der Grund, weshalb ich mich bei meiner Großmutter vor den Spiegel stellte, der allerdings so hoch hing, dass ich von meiner Figur kaum etwas sah. Wenn ich mich auf die Zehenspitzen stellte und ordentlich streckte, erhaschte ich einen Blick auf meinen Po, die weichen, runden und zugleich festen Backen. Als ich zehn war, sagte meine Ballettlehrerin zu mir, ich solle aufhören, Kartoffeln zu essen, und griff mir im Vorbeigehen fest an den Po. Ein paar anderen Mädchen aus meiner Ballettklasse, deren Bauch nicht flach genug war, zog sie eins mit der Fliegenklatsche über.

Vor stürmischem Wetter und Erdbeben habe ich heute, als Erwachsene, keine Angst mehr. Aber ich habe Angst vor Essen. Mir ist klar geworden, dass das Essen bei mir alles dominiert. Ernährung in all ihren Formen ist eine Metapher für mein Leben. Ich wurde ins Beobachtetwerden hineingeboren und bin selbst zur Beobachterin geworden. Und dieses Beobachten ist kein offenes Wahrnehmen, sondern ein Kontrollieren und Steuern. Meine Beziehung zum Essen ist zu einer Währung geworden, mit der ich mir Akzeptanz erkaufe. Diesen Handel bin ich von klein auf gewohnt, ich kenne ihn als Tochter, Schwester, Mutter und Choreografin.

Einer der Brüder meines Vaters ist mein Patenonkel (obwohl er bei meiner Taufe noch nicht volljährig war und auch nicht zur Kirche gehörte). Genau wie wir fuhr auch mein Patenonkel oft ins Sommerhaus, und einmal brachte er seine hübsche Freundin mit. Sie hatte große, birnenförmige Brüste, die ihr gestreiftes Bikinioberteil voll ausfüllten, das Unterteil bestand nur aus einem Hauch von Stoff. Ich fand sie sehr attraktiv und merkte genau, dass auch sie sich attraktiv fand. Dank ihrer Figur bekam sie mehr Aufmerksamkeit als andere. Und weil ich nach Aufmerksamkeit dürstete, beobachtete ich diese fremde Frau ganz genau – um später hoffentlich so zu werden wie sie.

Meine Mutter kümmert sich um den stoppeligen, fast kahlen Kopf meines Vaters, rasiert seine wenigen Haare gründlich ab. Auch um den restlichen Körper kümmert sie sich. Sie versorgt Verletzungen mit Pflastern und Verbänden und behält die Leberflecke im Auge, die leider schon mehrmals bösartig wurden. Meine Mutter kennt den Körper meines Vaters vom Scheitel bis zur Sohle. Gleichzeitig tut sie, als würde sie von seinem Trinkverhalten im Sommerhaus nichts mitbekommen. Sie tut, als wüsste sie nicht, dass er Zigarre raucht. Für sie ist mein Vater so lange unsterblich, wie sie die Obhut über seinen Körper hat. Um ihren eigenen Körper und dessen Veränderungen kümmert sich der Herrgott im Himmel. Meine Mutter nennt meinen Vater Papa, was ich seltsam finde. Inzwischen nennt sie ihn manchmal sogar Opa. Das hört sich für mich erst recht seltsam an.

Meine Eltern beenden ihre Telefonate mit einem *Küsschen!*. Seine Bewunderung zeigt mein Vater meiner Mutter mit Blicken und indem er im Beisein anderer ihre gute Küche und ihre Großputzeinsätze lobt. Manchmal grapscht er ihr an den Po, was mich befremdet. Ich muss daran denken, mit welcher Methode er ihr Unterhosen kauft: Er schaut auf die Hinterteile der Verkäuferinnen und vergleicht sie mit dem Po meiner Mutter.

Schwierigen Situationen weicht mein Vater aus. Er vertagt alles Heikle in die Zukunft und sagt, darüber reden wir morgen, oder morgen ist auch noch ein Tag, oder darüber schlafen wir erst mal eine Nacht, dann sieht alles anders aus. Er kann Konflikte nicht aushalten und redet nicht gern über unangenehme Gefühle. Meiner Mutter zufolge hat er keine, aber das glaube ich nicht. Seine unangenehmen Gefühle zerlegt er beim Holzhacken, und beim Zigarrenrauchen bläst er sie aus sich hinaus. Manchmal wendet er sich an mich und hobelt wie mit einem Käsehobel sachte an der Oberfläche eines schwierigen Themas.

Mein Vater spricht die Sprache eines Juristen. Seine Welt ist geradlinig und einfach. Er pflegt zu sagen, ehrlich währt am längsten, wobei Ehrlichkeit auch kleine Unehrlichkeiten enthalten darf. Vor allem, wenn man sich unangenehmen Situationen gegenübersieht. Notlügen oder auch weiße Lügen sind bei ihm gestattet. Die Frage dabei ist: Wo auf der Wahrheitsskala – die reine Wahrheit ist null, die dreiste Lüge zehn – beginnt das Weiß in ein Grau zu kippen?

So wie jeder Mensch seine eigene Wahrheit hat, hat er auch seine eigenen Lügen. Und er kann beides leugnen. Dabei kann es sich um etwas handeln, das er nicht fühlt oder nicht sieht. Es kann eine Ahnung sein, die er sich nicht eingestehen mag. Es kann ein Moment sein, den er immer wieder mit Geschäftigkeit wegschiebt.

Mein Vater hat Autos importiert, und zu seinen Aufgaben gehörte das Testfahren neuer Wagen. Nie wussten wir, mit welchem Fahrzeug er nach Hause kam, aber wir wussten, dass er jeden Tag um halb fünf da war. Bis heute ist dies meine liebste Tageszeit.

Einmal durfte ich ein ganzes Wochenende zu zweit mit ihm zu Hause sein. Wir hatten gerade einen weißen Fiat-Kombi, die Rückbank war zurückgeklappt, es lag jede Menge Werkzeug drauf. Zwischen den Vordersitzen klemmten lange Bretter, über die ich gerade noch hinübergucken und meinen Vater sehen konnte. Wir fuhren auf unsere Ausflugsinsel, und zum ersten und letzten Mal in meiner Kindheit saß ich auf dem Beifahrersitz. Ich fragte, ob er auf den Brücken Gas geben könne, denn ich wusste, dass wir dann für einen kurzen Moment fliegen und es in meinem Bauch kitzeln würde. Er sagte Ja – und tat es. Ich lachte und kreischte wie wild und werde das Gefühl nie vergessen.

Im Winter gingen wir Kinder meinem Vater an seinem Feierabend entgegen. Wir stapften den Sandweg entlang, der von Eis und Schnee bedeckt war, und zogen unsere Schlitten hinter uns her. Sobald wir aufeinandertrafen, hielt mein Vater an und stieg aus. Er band die Schlitten aneinander und den vordersten an der Stoßstange fest. Dann ging es los. Wir schlingerten und kicherten, dass uns der Bauch wehtat. Bevor mein Vater auf unser Grundstück einbog, verlangsamte er und hielt an. Wir banden die Schlitten los, gingen rein und setzten uns an den Esstisch. Meine Mutter bekam von unserem Vergnügen nichts mit. Wir hatten eine geheime Welt, aus der sie ausgeschlossen war.

Mein Vater sagte nie ein böses Wort über meine Mutter, wir Kinder gelegentlich schon. Und das, obwohl bei uns an der Wand folgender Spruch hing: Achte deinen Vater und deine Mutter höher als alle anderen.

Mein Vater hat mir eine Menge beigebracht: Schnitzen, Angeln, Fahrradfahren, Autofahren, ein Auto zu waschen und zu betanken, am Esstisch zu beten. Pfeifen, Heumachen und das Einmaleins – und dass das Zetern der Wacholderdrossel nervt. Dass man Freunden beisteht und gemeinschaftliches Arbeiten leichter geht. Geld zur Bank zu bringen, Menschen in die Augen zu sehen und ihnen zu vertrauen. An jedem Menschen das Positive zu entdecken. Und dass man niemanden nach dem Äußeren beurteilt. Dass man Mut aufbringt und Schwächere verteidigt und die eigene Meinung laut äußert.

Das Wichtigste, was er mir beibrachte, ist die Fähigkeit, beharrlich an das Gute zu glauben – und damit auch, zu träumen. Das hat mich durch schwere Zeiten und von einem Tag in den nächsten geleitet. Es hat mir geholfen, mich auch dann zu trauen, wenn ich große Angst hatte.

# MEINE SCHWESTER

Sie hat mich am stärksten beeinflusst, stärker als jeder andere Mensch. Wir kämpften um den Platz an der Sonne.

Wir wurden als Wir geboren und bildeten eine eigene Einheit. Wir wurden *die Mädchen* genannt, wuchsen als zwei Äste am gleichen Stamm. Zwei verschiedene Formen und Farben. Verschieden stark, doch fast dieselben. Ohne den Abgleich mit meiner Schwester konnte ich mich nicht betrachten. Wir teilten die Gene, das Geschlecht, die Eltern, das Zuhause, das Zimmer, das Spielzeug, die Freunde, die Unterhosen und den Zahnputzbecher. Wenn wir Kaugummi kauten, schoben wir es zwischen unseren Mündern hin und her.

Als Kind wusste ich nicht, wer ich ohne meine Schwester und ohne den Vergleich mit ihr war. Unsere Unterschiede studierte ich mit dem Maßband. Mein Handgelenk hatte einen Umfang von 21 Zentimetern, ihres 19. Also hatte ich dicke Handgelenke. Unsere Haare legte ich unters Mikroskop, mein Haar war dicker als ihres. Also hatte ich dicke Haare. Ich musterte uns im Spiegel, ihre Schenkel waren schmaler als meine. Also hatte ich dicke Schenkel.

Meine Schwester hatte den schöneren Namen. Sie hatte die schöneren Lippen. Sie hatte die dünneren Beine. Sie bekam mehr Liebe. Das ist nur fair, denn ihr Leben war kürzer. Sie konnte gut malen, hatte ein Gespür für Farben, einen starken Willen und aß nicht. Sie war so ehrlich, dass sie in Ohnmacht fiel, als sie während einer Klassenarbeit beim Schummeln erwischt wurde. Sie war so unehrlich, dass sie ihr Essen in den Müll warf. Sie war so streng mit sich, dass sie als Achtjährige ein Jahr lang keine Süßigkeiten aß. Ich schaffte es nur eine Woche.

Weil wir um die Aufmerksamkeit unserer Eltern konkurrierten, machten wir verschiedene Sachen gut. Es erwies sich als günstig, dass die Summe unserer Talente ein gutes, wenn nicht gar sehr gutes Ergebnis erbrachte. Meine Schwester konnte zeichnen, schwimmen und Blumen arrangieren. Ich hatte ein Gefühl für Rhythmen und konnte tanzen, Reden halten und für mich einstehen.

Acht Jahre lang teilten wir dasselbe Zimmer – und den Schreibtisch mit dem Lineal in der Mitte durch. Die linke, ordentliche Seite gehörte meiner Schwester, die rechte, unordentliche mir.

Wir gingen gemeinsam zum Ballett. Aber Tanzen war nicht das Richtige für meine Schwester, das Richtige für sie war Schwimmen. Sie sprang ins Wasser. Ich in die Luft.

In der Vorpubertät zerbrach die Basis unserer Spiele. Die sichere Kindheit zerfiel, die Harmonie bröckelte. Der Sturm, vor dem ich mich immer so gefürchtet hatte, fuhr mit Macht in unsere Familie. Meine Schwester nahm ab, und ich bekam meine Periode und begriff, dass meine Kindheit zu Ende ging. Die Zeit des Auseinanderwachsens begann. Das Pendel der Waage, auf der meine Schwester und ich mich befanden, geriet in Schieflage. Ich versuchte, das zu kompensieren und das Gewitter von unserer Familie wegzulenken. Es sollte sich ja nicht auf die Schultern unserer Mutter legen.

Das erste Anzeichen ihrer Krankheit war Freudlosigkeit. Dann stand sie ständig vor dem Spiegel. Und sie wollte kein Schoko-Minze-Eis mehr essen, bis dahin unser gemeinsames abendliches Vergnügen. Und als wir endlich die Kapuzenpullis mit der Bauchtasche bekamen, die wir uns so lange gewünscht hatten, reagierte sie kaum. Sie freute sich über gar nichts mehr.

Unter ihrer Gesichtshaut schimmerten die Wangenknochen durch. Ihre Hosen schlackerten. Ihr war immer kalt. Ihre Finger wurden knochig, die Wandbretter der Sauna hinterließen blaue Flecken auf ihrem mageren Rücken. In ihrem neuen eigenen Zimmer hörte ich sie Liegestütze und Klappmesser machen. Ihre Joggingrunden waren lang. Freunde hatte sie keine mehr. Sie nähte.

Ich beobachtete genau, was sie machte, was sie aß und, vor allem, was sie nicht aß. Sie züchtete Keimlinge, die sie als Hauptmahlzeit zu sich nahm, und zum Nachtisch gab es fettfreies Eis und gefrorene Beeren. Sie backte sich ihr eigenes Knäckebrot und Haferkekse. Morgens ging sie als Erstes laufen, danach bürstete sie ihren Körper ab und trank einen grünen Smoothie. Sie nahm an Winterschwimmwettkämpfen im eisigen Wasser teil und machte lange Skitouren.

In ihrem neuen Zimmer gab es einen Tisch, einen Stuhl, ein Bett und auf dem Boden einen von ihr gewebten Teppich. Es war ein stiller und sauberer Raum. Auch im Inneren meiner Schwester war es still und sauber, jedenfalls solange keine Mahlzeit anstand. Sie hatte eine Kalorientabelle an den Küchenschrank geklebt und rechnete genau aus, was sie essen durfte. Auf dem Küchenboden lagen die langen, von meiner Mutter gewebten Flickenteppiche, dunkelbraun mit ein paar wenigen rosa- und beigefarbenen Streifen. So fühlte sich das Leben in dieser Zeit an. Unsere Küche war zum stillen Schauplatz eines kalten Krieges geworden, der nur dann aufflackerte, wenn meine Schwester einen Wutanfall bekam.

An unserem Esstisch saß ich immer zwischen meiner Mutter und meiner Schwester. Alles, was bei den Mahlzeiten geschah, war schwierig, jahrelang. Meine Schwester nahm sich meist nur einen Löffel geriebene Möhrenrohkost und maximal noch eine Tomate, legte sie zögerlich auf ihren Teller. Wir versuchten ihr der Reihe nach gut zuzureden, baten sie, sich mehr aufzutun. Doch gerade am Esstisch verschloss meine Schwester sich in ihre unerreichbare Welt.

Zum fünfzehnten Geburtstag hatte mein Vater mir ein Moped versprochen. Der allergrößte meiner Wünsche war es nicht, daher brach meine Welt nicht zusammen, als ich keins bekam. Meine Eltern begründeten ihre Entscheidung mit dem tragischen Verkehrsunfall in einer befreundeten Familie. Ein Jahr später war die Geschichte vergessen, und das neue Moped ging nun an meine Schwester. Es hieß, sie müsse vor Fußwegen bewahrt werden, damit sie möglichst wenig Kalorien verbrauchte. Ich, die dickere Tochter, sollte zu Fuß gehen, so interpretierte ich das. Irgendwo tief im Innern beschloss ich, keine Kilos mehr um ihretwillen oder für sonst wen aus der Familie mit mir herumzutragen.

Ich war neidisch. Meine Eltern sagten, meine Schwester sei ein zäher Marathontyp und ich mit meinem ungeduldigen Wesen eher für die Kurzstrecke geeignet. Auch da hörte ich eine Wertung, obwohl meine Eltern es sicher nicht so gemeint haben.

Weil ich sozialer, offener und schlagfertiger war als meine abgemagerte Schwester, wurde oft der Zeigefinger auf mich gerichtet. Lass deine Schwester zu Wort kommen, warte, bis sie mit ihrem Satz fertig ist. Das idealistische Erziehungsprinzip meiner Eltern bestand darin, dass meine Schwester und ich immer gleich viel bekommen sollten. Theoretisch erstreckte sich das auch auf meinen Bruder, aber weil er der Jüngste war und ein Junge, galten für ihn andere Regeln.

Dann kam ich aufs Gymnasium. Meine Schwester sagte uns noch immer nicht, weshalb sie nicht aß. Sie erklärte es weder zu Hause noch bei der Familientherapie. Die Psychologin malte eine Art Familienstammbaum. Sie machte uns deutlich, dass es in der Linie meiner Mutter etliche traurige Gründe gab, die zur Krankheit meiner Schwester geführt hatten oder zumindest mit hineinwirkten. Die Psychologin war auch die Erste, die die Diagnose laut aussprach: Anorexia nervosa, eine Krankheit der gesamten Familie.

Meine Schwester musste nun zweimal in der Woche zum Wiegen. Wenn es so weit war, trank sie morgens Unmengen von Wasser, um mehr Gewicht auf die Waage zu bringen. Da sie um die Knochen kaum noch Fleisch hatte, wirkte ihr

Gang ungeschmeidig und abgehackt, sie erinnerte mich an einen Roboter. Muskelkraft besaß sie kaum noch, Körperfett praktisch gar keins mehr. Ihr Mund war starr und leblos, und wenn ich sah, wie schwer ihr das Artikulieren fiel, wuchs die Angst in meinem Bauch. Meine Schwester sah aus wie das Negativ eines Menschen.

Mein Vater brachte meine Schwester immer wieder zur Kontrolle in die Kinderklinik, und ich kam mit. Wir begleiteten sie bis ins Gebäude, dann fuhr mein Vater mich zur Schule. Diese zehn Minuten waren kostbar. Jetzt konnte ich frei mit meinem Vater sprechen. Er urteilte und beschuldigte nicht. Er war der Einzige, der mir richtig zuhörte. Auf diesen Fahrten konnte ich mich zurücklehnen. Ansonsten fühlte ich mich in jedem Moment wie ein weiterer Elternteil, oft sogar wie die Mutter meiner Eltern. Ich trug die Last dieser Familie mit und wollte die schwierige Situation verstehen. Ich versuchte, die Wände vor dem Einstürzen zu bewahren.

Einmal wollte ich meiner Mutter erklären, wie schwer ihre immense Sorge um meine Schwester für mich war. Als Reaktion zitierte sie Jesus, der die Herde für ein einziges verlorenes Schaf verließ. Ich gab mir eine unglaubliche Mühe, die immer größer werdende Last zu schultern. Irgendwann bekam meine Mutter regelmäßig Migräne, zog sich ins abgedunkelte Schlafzimmer zurück. Wie wunderbar es doch sei, dass wenigstens ich sie verstünde, sagte sie. Mein Vater könne starke Gefühle nicht nachvollziehen, schon gar nicht ihre Sehnsucht nach den früh verlorenen Eltern.

So wurde das Wurzelgeflecht in mir weiter gegossen und gedüngt.

Als wir erwachsen waren, begegneten meine Schwester und ich uns eher selten. Sie studierte Textildesign und ich Choreografie. Wir lebten in verschiedenen Welten, und das war gut so. Die allzu eng verbrachte Kindheit und die schlimmen Jahre der Jugend ließen uns Abstand suchen. Vereinzelt gab es künstlerische Projekte, für die meine Schwester die Kleidung und ich die Choreografie entwarf. Vor diesen Kooperationen hatte ich immer Angst, denn ich wusste ja, wie schnell aus dem Nichts ein Sturm aufziehen konnte. Das hatte ich tief verinnerlicht.

Als ich eine Zeit lang in Amsterdam studierte, kam sie mich besuchen. Ich zeigte ihr meine Wohngegend und setzte mich mit ihr in ein gemütliches Café. Nach kurzem Überlegen entschied sie, weder etwas zu essen noch zu trinken. Auch unser Gespräch kam nicht in Gang, wir hatten uns kaum etwas zu sagen. Ihre Sparsamkeit in Geld- und überhaupt allen Lebensangelegenheiten machte mich wütend. Mein Spaziergang mit ihr durch die schöne Stadt war wie ein Gassigehen mit einem widerspenstigen, ausgehungerten Streunerhund. Ich wollte sie loswerden, wollte frei sein. Frei von den Fesseln und dem Blick zur imaginären Waage, der sich einstellte, sobald ich mit ihr zusammen war. Sie war meine einzige Schwester, aber die Nähe war fort. Ich hatte keine Ahnung, wie wir sie wieder zurückbekommen konnten.

Krebs kann mit einer harmlos aussehenden Hautveränderung an jeder beliebigen Körperstelle beginnen. Oder er fängt von innen an, und man merkt es gar nicht. So beginnen ja auch viele, eigentlich alle Lebensphasen. Wenn die Krankheit dann festgestellt wird, kann es passieren, dass der Mensch sich quasi in seine Krankheit verwandelt, sich vollständig mit ihr identifiziert.

Als meine Schwester Brustkrebs bekam, gingen alle um sie herum in Habachtstellung. Wir streckten uns zu ihr hin, um zu helfen, aber auch um uns gegenseitig zu stützen und die Trauer fernzuhalten.

Der aggressive Krebs wurde spät entdeckt. Von der Diagnose bis zum Tod vergingen nur sechs Monate. Sie brachten uns Familienmitglieder in Positionen, die wir bereits in meiner frühen Jugend eingenommen hatten. Wie in einem Kreis umgaben wir sie. Egal, in welche Richtung meine Schwester wankte, jemand von uns fing sie auf. Ich wurde nun offiziell ihre engste Angehörige. Ich brachte sie zur Blutentnahme, zum Gynäkologen, zu Kontrastmitteluntersuchungen, zum MRT, zu sämtlichen Spezialisten. Eigentlich war meine Schwester vom Wesen her zäh, doch die fortschreitende Krankheit streckte sie nieder. So hatte ich meine Schwester noch nie erlebt. Wir weinten, wenn wir uns sahen. Wir lachten, wenn wir uns verabschiedeten. Wenn das Leid nicht im Zentrum stand, erreichten wir das Licht.

Die Vernissage ihrer Ausstellung in einer Helsinkier Galerie fand am Tag ihrer OP statt. Meine Schwester kam mit dem Taxi direkt aus der Klinik. Ihr Oberkörper und ihr linker Arm steckten in dicken Verbänden. Auch an diesem

Tag stand sie im Mittelpunkt der familiären Aufmerksamkeit. Sie und ihre Krankheit. Aber auf ihren Bildern standen immer zwei Mädchen im Zentrum, zwei identisch aussehende Mädchen. Ich stellte mir vor, wir könnten uns hinter den Farbflächen verstecken, aneinandergeklammert, Stirn an Stirn. Unsere Krankheit und Gesundheit brauchten einander.

An dem Tag, als der Krebs seinen finalen Siegeszug begann, hatte meine Schwester ihr erstes eigenes Zuhause gekauft, zur Wohnung gehörte auch eine Sauna. Meine Schwester hockte sich auf die kalten Bretter und sah mich an. Ihren Blick werde ich nie vergessen. Sie litt. Sie hatte Schmerzen. Ihr Leben steuerte auf seinen Endpunkt zu. Sie bat um Hilfe.

Der Tod lässt sich nicht begreifen. In der Kunst wird er düster, schwarz und bedrohlich dargestellt. Als meine Schwester starb, empfand ich Sprachlosigkeit, Hass und ein Gefühl von himmelschreiender Ungerechtigkeit. Der Tod teilte das Eis, auf dem ich wandelte, mit einem Schlag in zwei Teile. Ab jetzt gab es ein Leben vor dem Tod und eins danach.

Ich kann noch so intensiv über meine Schwester nachdenken und schreiben, sie bleibt unerreichbar. Ich kriege sie nicht mehr zu fassen.

Es ist falsch, dass ein Mensch vor seinen Eltern sterben muss. Es ist falsch, dass meine Mutter, die schon die Angehörigen ihrer Herkunftsfamilie beerdigen musste, mit dem Tod des eigenen Kindes konfrontiert ist. Es ist falsch, dass meine Schwester und ich nicht zusammen alt werden dürfen. Und meine Kinder können sich kaum noch an sie erinnern.

Mit meiner Schwester starb auch mein Neid. Es gibt keine Konkurrentin mehr, kein zweites Gewicht auf der Waage.

Ich und meine Tochter sind nun die Einzigen, die die weibliche Linie unserer Familie fortsetzen.

Ich habe meiner Schwester einen Brief geschrieben und ihn ihr ins Krankenhaus mitgebracht. Sie schaffte es nicht mehr, ihn selbst zu lesen, es sollte ihr letzter Abend werden. Also nahm ich ihre Hand und las ihn vor.

# BRIEF AN MEINE SCHWESTER

*Meine liebe Schwester,*

*als du geboren wurdest, war ich noch ein Baby. Ich schob dir das Fläschchen in den Mund. Ich sah, wie du bei unserer Mutter auf dem Schoß saßest, und wollte selbst dort sitzen. Später spielten wir viel zusammen, eigentlich immer, sodass ich mich besser an die Momente erinnere, in denen du mal* nicht *da warst. Du hattest die Haare einer Prinzessin, golden und so glatt, dass Frisuren nicht lange hielten. Aber Schönheit hat dich sowieso nicht besonders interessiert, nicht genug, um in ihrem Kraftfeld zu bleiben. Du warst kleiner als ich und hast trotzdem bei jedem Armdrücken und Langstreckenlauf gewonnen. Du konntest auch schneller Ski laufen, hast aber immer auf mich gewartet. In unserem Doppelstockbett hast du oben geschlafen, vor Dunkelheit hattest du keine Angst. Du hattest vor gar nichts Angst.*

*Im Winter fuhren wir auf Skiern zur Schule. Wir traten aus der Loipe, hoben die von Mama genähten langen Mäntel an und pinkelten in den Schnee. Wir bauten Schneeburgen und Schneegänge, rodelten auf dem Hintern vom Felsen. Ich formte mit dir Schneeballpyramiden und stellte Kerzen rein, ging mit dir nachts zum Heiligabendgottesdienst, besuchte mit dir in den Ferien einen Webkurs und war mit dir jeden Mittwoch bei den Pfad-*

*findern. Du bist gern geschwommen und hast deine Süßigkeiten und dein Geld gespart. Deine Zimmerhälfte war immer aufgeräumt, dein Lieblingslied war* Die Eberesche vom Ural *und dein Lieblingsbaum die Silberweide. Jeden Samstag habe ich mit dir im Fernsehen* Happy Days *geschaut, Papa hat uns in einer Tasse Nüsse und Rosinen gebracht, wir haben viel gelacht. Wir haben zusammen die Lieder von Baccara gesungen, du warst die blonde Frau, ich die dunkelhaarige: Yes Sir, I can boogie. Du warst Schlägersänger Danny, ich Sängerin Armi. Ich wollte immer lieb zu dir sein. Wenn wir mal gerauft haben, konnte ich dir, weil du stärker warst, nur die Haare ausreißen.*

*Wir gingen in dieselbe Klasse, hatten dieselben Lehrer und Freunde. Im Frühlingsgottesdienst trugen wir die gleichen Rüschenkleider und brachten zusammen den Blumenstrauß zu unserer Lehrerin, aus dem Augenwinkel sahen wir unsere Mutter weinen. Wir fütterten die Eichhörnchen auf dem Friedhof und spielten im Ruderboot Karten. Wir lasen dieselben Bücher und wechselten uns dabei ab. Wir dachten uns Überraschungen für den Rest der Familie aus. Du hast dich getraut, hoch auf Bäume und Felsen zu klettern, ich nicht. Du warst dir sicher, dass es auf dem Plumpsklo im Pfadfinderlager keine Schlangen gab und dass es unsinnig wäre, den Aufenthalt bereits nach der Hälfte abzubrechen. Für mich wäre es eine Erleichterung gewesen, nach Hause zu fahren, in Sicherheit zu sein.*

*Wir rührten Teig an und aßen ihn schon vor dem Backen, und manchmal leckten wir den süßen Babynacken unseres Bruders ab. Wir warteten gemeinsam darauf, dass Papa von der Arbeit zurückkam, und wir versenkten zusammen die Saftflasche im*

*See. Du hast Moos gegessen, ich nach Erdbeeren gesucht. Wir nähten zusammen Kleider, flogen zusammen nach Amerika. Wir mochten Michael Jackson und weiße Turnschuhe. Wir spielten finnischen Baseball und Vierball. Wir fuhren zusammen Tretschlitten, verteilten in der Nachbarschaft Weihnachtsgrüße und knicksten gleichzeitig.*

*Ich weiß nicht, wie meine Kindheit ohne dich gewesen wäre.*

*Als wir größer wurden, bekamen wir die gleichen BHs, die gleiche Unterwäsche, nur die Kleidung darüber unterschied sich. Dann wolltest du kleiner werden, wolltest keine Frau sein. Ich schon. Du bist ins Wasser eingetaucht, ich in die Luft gesprungen. Du fandest es praktisch, dass ich mit Jungs zu tun hatte und Beziehungen einging, und sagtest, du würdest beim Zugucken schon jede Menge lernen. Du hast gestrickt, gezeichnet, gemalt. Ich habe getanzt, geturnt, geschrieben. Wir entwickelten uns auseinander, versuchten es zumindest. Als ich weit wegging und ein Jahr woanders lebte, warst du in Gedanken immer da, und meine Sorge um dich war groß. Ich aß vor Trauer, du verzichtetest aufs Essen, auch das aus Trauer.*

*Ich weiß nicht, wie meine Jugend ohne dich gewesen wäre. Als du dich aufgemacht hast, habe ich ein Nest gebaut und Junge bekommen. Mein Jüngstes nannte ich nach dir. Ich fand deinen Namen immer schön, eigentlich ein Gedicht, er passt perfekt zu deinem Typ.*

*Als Erwachsene haben wir uns weit voneinander entfernt. Wir taten uns schwer, füreinander erreichbar zu sein, in Sichtweite. Wir haben die Ablösung gewählt, die uns in der Kindheit und Jugend nicht gelang. Als du damals so krank wurdest, konnte ich gar nicht anders, als eng an deiner Seite zu bleiben, ein fester*

Teil der Mädchen zu sein. Wir kompensierten uns, versuchten, in der Summe zu genügen und im Durchschnitt toll zu sein.

Fast sechs Monate ist es nun her, dass in dein Mädchensein eine Wunde geschlagen wurde, eine entsetzliche Wunde. Du hast keine Angst, sagtest du, ich dafür umso mehr. Wir bauten ein Mädchenlager auf und verkrochen uns ins Zelt, wollten uns vor dem Bösen schützen. Wir gingen zusammen zu all den Ärzten, einer verwechselte uns sogar. Meine tapfere kleine Schwester. Du hast sämtliche Medaillen für Tapferkeit gewonnen. Da wirst du doch nicht heute am Besuchstag weggehen. Unser Zeltlager ist nicht zu Ende, noch gehen wir nicht nach Hause. Wenn ich dich anschaue, sehe ich dein müdes Gesicht, höre deine müde Stimme, du willst endlich nicht mehr frieren, sagst du. Ich sehe deine Hände, die viel Arbeit geleistet und das Leben geliebt haben, deine Haut ist von Nähnadeln zerstochen und von der Sonne ausgetrocknet. Deine zierlichen Knochen, die wir als Kind vermessen haben, sind da wie immer, ebenso deine hellbraunen Augen. Manchmal scheint in ihnen sogar ein Lächeln auf.

Meine Schwester, geh nicht weg. Das ist zu schwer für mich. Ich möchte mit dir noch im Weihnachtsgottesdienst Auf dem Krippenstroh der Ochsen singen, dein liebstes Weihnachtslied. Ich möchte mit dir rudern und aus Wacholderästen kleine Figuren schnitzen und das Boot mit dir am Ufer umdrehen. Ich möchte unsere Schlitten hinten ans Auto binden und mit dir vor Vergnügen juchzen. Ich möchte mit dir auf einem Pferd sitzen und durch den Wald galoppieren und aufpassen, dass du nicht runterfällst. Ich möchte mit dir Naturjoghurt essen, mit bunten Zuckerstreuseln obendrauf. Ich möchte allen Idioten auf diesem

*Erdball eine Standpauke halten. Ich möchte mir den Bauch vollschlagen mit unserem selbst gemachten Eis. Ich möchte dich anrufen und fragen, wie man einen Reißverschluss einnäht oder bei Fäustlingen den Daumen strickt. Ich möchte unser Münzgeld zusammenlegen und mit dir auf dem Weihnachtsbasar etwas Schönes für die Eltern kaufen. Wir können für sie singen und ihnen sagen, dass nichts wirklich schlimm ist und wir ihnen verzeihen. Dass wir wissen, sie haben ihr Bestes gegeben. Ich möchte dir sagen, dass morgen ein neuer Tag ist und die Erdbeeren reif werden. Oder wie märchenhaft es unter der Eisoberfläche aussieht. Schau, Schwester, der blaue See und wie er glitzert. Schau, wie flammend die Heide blüht.*

*Schau, geliebte Schwester, ich weiß nicht, wie mein Leben ohne dich wird.*

*Erinnerst du dich an das Gemälde, auf dem zwei Kinder sich am Kamin wärmen? Da habe ich immer an uns gedacht. Erinnerst du dich an das Bild, auf dem ein Engel zwei Kinder an den Händen hält und mit ihnen über eine Brücke geht? Auch da habe ich gedacht, das sind wir. Bei deiner Ausstellungseröffnung im Frühling habe ich auf den Mädchenbildern immer uns gesehen. Die Beziehung zu dir ist die längste und engste meines Lebens. Du hast mir viel gegeben und mir viel beigebracht. Du bist mutig deinen eigenen Weg gegangen. Ich möchte dich um Verzeihung bitten, ich bin oft hart und grausam gewesen. Ich habe versucht, von dir wegzufliegen. Vergeblich, denn wir wachsen als Äste am selben Baum. Wir sind derselben Erde entsprungen, sind aus demselben Stoff, und trotzdem steht jede für sich. Jetzt, wo du aufs Ende zugehst, sehe ich das klarer denn je. Auch ich will dir verzeihen, alles, auch das, was du nicht mehr sagen kannst. Ich will, dass du fühlst, wie ich deine Hand halte. Das ist Liebe. Alles andere ist unwichtig.*

*Am Vorabend von Allerheiligen,*
*deine Schwester.*

Ihre Beerdigung wurde schön. Ich musste viel weinen und konnte kaum sprechen, war hilflos. Meine Schwester lag in selbst genähter Leinenkleidung im Sarg, über ihr das selbst gestrickte Leichentuch. Mein Bruder hatte für sie eine Urne geschnitzt, die wir mit der letzten Kraft, die wir als Familie hatten, auf dem Friedhof Hietaniemi in der Erde versenkten.

# MEIN BRUDER

Mein Bruder ging hinter mir, abends im Dunkeln vor dem Krankenhaus. Es war der zweite März, der letzte Tag, an dem wir unsere Schwester lebendig sahen. Mein Bruder hat am nächsten Tag noch ihren Leichnam gesehen, sie war in Laken gehüllt, eine Filzdecke lag auf ihrer unteren Körperhälfte, die Hände waren gefaltet und hielten einen kleinen Blumenstrauß. Ich habe sie nicht mehr besucht und überlege bis heute, ob ich es nicht doch hätte tun sollen.

Ich konnte die Schritte meines Bruders auf dem Parkplatz genau hören. Auch ohne ihn zu sehen, hatte ich ihn genau vor Augen. Er ist sechs Jahre jünger als ich, ich kenne ihn seit seiner Geburt. Sie fiel auf einen Sonntag, und ausnahmsweise war es mein Vater, der mich und meine Schwester vom Kindergottesdienst abholte. Meine Mutter lag mit unserem neugeborenen Bruder im Krankenhaus. Demselben Krankenhaus, vor dem wir nun standen, in dieser dunklen Nacht ohne Worte.

Er trug eine lässige dunkelgraue Jeans mit Löchern, nicht zu viele, keine Baustellenhose. Dazu Turnschuhe, eine Jeansjacke und darunter ein himmelblaues altes T-Shirt. Mein Bruder ist schlank, muskulös, kahlköpfig und gut aussehend.

An diesem Tag und diesem Ort, über uns der Himmel, unter uns der Asphalt, war mein Bruder stärker als ich.

Einen hitzigen, eigenwilligen Charakter hat er schon immer gehabt. Ich wusste, er würde zu mir rüberkommen und wir würden keinen Ton sagen können. Uns war klar, dass unsere Schwester sterben musste, wenn nicht in dieser Nacht, dann sehr bald. Eine Seite unseres Dreiecks würde nicht mehr existieren, die Spannung nachlassen. Ein uns nahestehender, geliebter Mensch musste die Reise beenden, und wir konnten nichts dagegen tun.

Ich ahnte, dass wir nach diesen schlimmen Wochen wieder unserer Wege gehen würden. Wir sind nicht gut darin, Alltägliches miteinander zu teilen. Unsere Berufe haben keinerlei Berührungspunkte. Mein Bruder stichelt gern, testet die Grenzen meiner Geduld und fällt – meiner Ansicht nach – schnell in pubertäres Verhalten zurück. Aber wenn das Leben uns in Form von Krankheit, Tod oder Geburt mit voller Wucht begegnet, finden wir uns sofort.

Er musste weinen. Ich auch. Ich spürte seinen Brustkorb an meinem und wie sein Körper bebte. Es zerriss ihm die Seele. Diese brutale Ungerechtigkeit, die über dem Leben meiner Schwester lag. Zwei schwere Krankheiten, die es dominierten. Und irgendwie bekam man sie nie ganz zu greifen. Auch in ihren Beziehungen unterschied sie sich von uns, sie ist keine Partnerschaft eingegangen. Vielleicht war die Beziehung zu sich selbst schon genug für sie.

In der Nacht vor ihrem letzten Krankenhausaufenthalt hat sie bei unserem Bruder geschlafen. Sie rief ihn an und sagte, die Schmerzen seien so stark, sie würde es allein nicht aushalten. Es müssen schreckliche Schmerzen gewesen sein, normalerweise schaffte sie immer alles allein. Egal wo, egal wie, ob unter dem herbstlichen Himmel mitten im Wald oder im Slum von Delhi. Über körperliche Schmerzen hat sie nie geklagt. Mit Ausnahme dieses Abends. Also schlief sie neben meinem Bruder, und am Morgen wurde sie ins Krankenhaus eingeliefert, um zu sterben. Nun standen wir stumm vor dem Gebäude. Ich fühlte, dass ich meinen Bruder künftig tiefer lieben würde. Wenn aus drei Geschwistern zwei werden, bringt es die zwei einander näher.

In meinem Bruder sehe ich auch unsere Mutter – die gleichen braunen Augen, der gleiche gepresste Ton in der Stimme. Das ewige Kreisen um unvollendete Dinge. Die Sorge ums tägliche Brot. Man muss es sich verdienen, erst dann darf man ausruhen. Unsere Krux ist der Drang, ständig zu arbeiten, unser hartes Urteil über diejenigen, die sich Pausen gönnen.

Mein Bruder setzt seine Kräfte in seinem Waldstück ein, beim Baumfällen und beim Reparieren von Dingen. Man trifft ihn am ehesten in der Autowerkstatt, auf der Baustelle oder beim Bagger.

Ich kenne die Eckpfeiler seines Lebens. Wie er die Frau traf, die er geheiratet hat. Wie seine Kinder zur Welt kamen – damals war ich an seiner Stelle im Kreißsaal und hatte beide Babys schon vor ihm auf dem Arm. Wie er sich bei einem Autounfall das Genick brach. Wie bei ihm Krebs diagnostiziert wurde. Wir hatten Angst, dass die Geschichte sich wiederholen und ein weiteres Familienmitglied im besten Alter dahingerafft werden würde, doch es kam anders. Mein Bruder kämpfte sich durch, und während dieser Zeit gab es zwischen uns keinerlei Fremdheit.

Seinen Alltag kenne ich nicht, er ruft mich nicht an. Auch mir fallen Anrufe bei ihm nicht leicht. Ich kann mein Leben nicht mit ihm besprechen, nichts mit ihm abwägen, obwohl ich es möchte. Seine Welt ist eine andere, für ihn ist Kunst ein Spukgespenst. Meine Arbeit betrachtet er aus großer Distanz, aber zu den Premieren kommt er.

In Geschwisterverhältnissen liegt immer eine Art Geheimnis. Das tiefe Blau, von dem die Taucher reden. Nicht das kalte Blau der Arbeitskleidung von Polizisten, Matrosen oder Busfahrern. Sondern das gesprenkelte Blau der Augen unseres Vaters. Das Blau der Momente, in denen ich meinen Bruder vermisse. In den extremen Herausforderungen des Lebens leuchtet zwischen ihm und mir großes Verständnis auf. Ich sehe es als Wasser, Eis und schneidende Klarheit.

Während meiner Scheidung war mein Bruder mit Löwenkräften präsent. Er war auf meiner Seite und ist es bis heute. In uns fließt dasselbe Blut, uns treibt derselbe Puls. Als ich ihm nach der Scheidung meinen neuen Partner vorstellte, sah er mich länger an als sonst. Mit diesem Blick sagte er alles, was ein Bruder seiner Schwester sagen kann. Jetzt ist es gut.

# BRIEF AN MEINEN BRUDER

*Als dein Genick brach.*
*Als unsere Schwester starb.*
*Als deine Freundin ging.*
*Als deine Frau eure Kinder zur Welt brachte.*
*Als dein Krebs entdeckt wurde.*
*Da warst du mir ganz nah.*

*Als du Pate unseres Sohnes wurdest.*
*Als du unser Sommerhaus bautest.*
*Als du uns einen Tisch gezimmert hast.*
*Als du mit unserem Jüngsten einen Autoausflug machtest.*
*Als ich dir meinen neuen Partner vorstellte.*
*Da fühlte ich, dass du mich liebst.*

*Ich weiß nicht, ob ich dir genügt habe. Ob ich dich mit irgendetwas verletzt habe.*
*Ob es etwas gibt, das ich korrigieren könnte.*
*Ob es nur Faulheit ist, dass wir keinen Kontakt halten.*
*Und dass wir unsere verschiedenen Welten nicht akzeptieren.*
*Und dass wir uns nicht mit den Ansichten des anderen auseinandersetzen.*
*Dass wir uns keine Liebe zeigen.*
*Wir müssen ja nicht einer Meinung sein.*

*Ich denke oft an dich, immer wieder.*

*Du bist witzig. Du bist gut aussehend. Du bist sensibel. Schlau. Nervtötend. Anstrengend. Wundervoll.*
*Ich würde dich gern öfter sehen. Würde gern mit dir reden.*

*Auch auf die Gefahr hin, dass wir verschiedener Ansicht sind. Das macht nichts.*
*Aber es macht was, wenn wir uns egal sind und kein Verständnis füreinander aufbringen.*
*Wenn wir das, was drückt, nicht klären.*

*Bei allen anderen macht das nichts. Aber bei dir schon.*
*Denn du bist mein Bruder. Mein einziger Blutsbruder.*

Ich versuche wahrzunehmen, an welchen Stellen meines Körpers und meines Geistes das Wurzelgeflecht sich eingegraben hat.

Meine Schwester hatte eine Essstörung. Meine Tochter auch. Ich sehe die Zeichen im gesamten Familienstammbaum, Luftgespinste. Das gleiche Wurzelgeflecht.

Mein Vater hat das Dünnsein oder Dicksein der Leute und den Wechsel dazwischen stets registriert und seine Meinung dazu kundgetan. Huiui, puh, seufzte er, wenn ich zugenommen, und oje, arme Kleine, wenn ich abgenommen hatte. Er findet es ganz natürlich, jemanden als fürchterlich dick oder als »rund wie ein Ball« zu bezeichnen. Von Autos redet er oft freundlicher als von Menschen, und ich schäme mich deshalb für ihn. Als meine Schwester magersüchtig wurde, legte er mir seine Hand mit festem Griff auf die Schulter und sagte: Versuch du jetzt, anständig zu essen, dann kommen wir hier durch. Ich wagte nicht zu fragen, wie er das meinte. Da unsere Familie sich in einer Krise befand, die uns alle enorm forderte, uns gänzlich unfrei machte, nahm ich seine Worte so: Wenn ich gut aß, konnte ich meine Schwester retten, vielleicht sogar die gesamte Familie. Ich weiß nicht, wer von uns allen am kränksten war.

In sämtlichen Familien gibt es besonders wichtige, zentrale Geschichten. Bei uns sind das die früh begonnene Beziehung meiner Eltern, der frühe Tod meiner Großeltern mütterlicherseits und der einjährige Aufenthalt meiner Mutter in Amerika. Die am häufigsten betonte und bis zur Ermüdung erzählte Stelle in dieser Geschichte ist die Rückkehr meiner Mutter. Als der Tag endlich gekommen war und mein Vater sie am Flughafen abholte, erkannte er seine Frau kaum wieder, denn sie hatte von zu vielen Brownies und anderen Teigwaren satte zehn Kilo zugenommen. Mein Vater fuhr sie nach Hause und ignorierte sie, bis sie wieder Modelmaße hatte. Das ist der Kern dieser Geschichte.

Meine Schwester zog auch in der Schule die Aufmerksamkeit auf sich. Sie wurde von Woche zu Woche dünner und war schließlich die Dünnste weit und breit. Und ich war irgendwann nur noch die Schwester der Dünnen, die man bemitleidete. Auch die Lehrer bemitleideten mich, weil ich außerdem ja auch noch einen hyperaktiven Bruder hatte, der die Förderklasse besuchen musste.

In diesen Monaten dämmerte mir, wie viel Einfluss man mit seinem Essverhalten ausüben kann. Wie man isst und was man isst oder nicht, kann einen bis in den Tod treiben, und indirekt auch die Angehörigen. Man kann eine ganze Familie zerstören. Man kann andere rasend machen und extrem hilflos zugleich. Es verleiht Macht. Mit dieser Macht kann man sämtliche Angehörigen in die Krankheit hineinziehen und niederstrecken.

Während meine Schwester magersüchtig war, hatte ich große Mühe, meinen Platz zu finden. Ich war wütend auf sie und zugleich furchtbar in Sorge. Ich hatte Angst, sie würde sterben, und es machte mich verrückt, dass sie die Bissen in ihrem Mund nicht runterschluckte. Sie steckte sich das Essen in den Ausschnitt ihres Pullis oder in die Hosentasche. Ich ging jeden Tag mit ihr zur Schule und zurück, danach war sie vollkommen erschöpft und konnte nichts mehr machen. Außer stricken. Außer in der Küche hocken und Gerichte vorschlagen, die sie für uns kochen wollte.

Alle beugten sich dem Wunsch meiner Schwester, niemanden mehr zu uns einzuladen und Einladungen anderer auszuschlagen. Ja nichts zu tun, was von den Routinen abwich. Bei uns durfte man nicht schreien, bei uns durfte man keine negativen Gefühle zeigen. Bei uns hingen die zehn Regeln der Lotta-Svärd-Vereinigung an der Wand, und eine lautete: Befolge Befehle und verhalte dich diszipliniert und tadellos. Mir gelang das nicht. Mir ging es schlecht, und ich ließ meine Tränen in Form von Spott und Hohngelächter raus. Ich äffte die Kranke nach, wackelte mit den Beinen wie sie, die sich damit warm hielt, und imitierte ihren staksigen Gang. Niemand stoppte meine wortlosen Gemeinheiten.

Ich konnte mit dieser Krankheit nicht umgehen. Ich schob sie weg. Ich schob sie in den verborgensten Winkel meines Körpers.

In unserer Familie gab es das ungeschriebene Gesetz, meine Schwester nicht offen zu kritisieren. Wir sollten ihr Verständnis entgegenbringen und sie unterstützen; negative Rückmeldungen hätten den Schaden nur noch vergrößert. Ich konnte meine Sorge und meinen Ärger über ihren Zustand nicht offen ausdrücken und verpackte meine Gefühle stattdessen in böse Spitzen. Einmal bekam meine Mutter eine solche Situation mit. Sie sah, wie meine giftigen Worte meine Schwester tief verletzten. Was darauf folgte, hat sich in mich eingeschrieben wie eine Schlittschuhspur ins Eis:

Erstarrt stehe ich da. Ich trage ein Langarmshirt mit blauem Pünktchenmuster und eine weinrote Cordhose. Meine Haare sind mit zwei Spangen an die Schläfen geklippt. Mit einem einzigen großen Schritt ist meine Mutter bei mir, sie hält die Luft an. Obwohl ich ihr nicht in die Augen zu sehen wage, kann ich ihren Blick genau spüren. In ihm liegen Wut und Traurigkeit zugleich. Sie schlägt mir mit offener Handfläche auf die linke Wange. Ich drehe den Kopf zur Seite und weine vor Schmerz. Der Schmerz fließt nach innen. Aus dem Kindergottesdienst weiß ich, man hält nach einem Schlag auch die andere Wange hin. Ich mache mich bereit für den zweiten Schlag. Den bekomme ich nicht.

Ich erinnere mich, dass ich nach draußen gegangen bin. Ich wollte weg aus dieser Familie. Wir haben über diese Züchtigung nie gesprochen. Aber ich kenne ihren Grund. Mit meinem Verhalten hatte ich meiner Schwester zugesetzt, sie würde an diesem Tag nichts mehr essen. Dafür wurde ich bestraft.

Jetzt ist meine Schwester fort. Mein Vater sagt, ihr Leben sei gut, aber eben auch so schwierig gewesen, dass es besser so ist. Er hat ihre auf das Essen fixierte Krankheit vielleicht nie verstanden. Es ist in der Tat kaum zu verstehen, dass das eigene Kind Essen und Genuss verweigert. Würde man den

Suchtfaktor dieser Verweigerung wirklich nachempfinden können, wäre man vielleicht selbst schon halb krank.

Wenn man nichts isst und der Magen vor Hunger schmerzt, spürt man die eigenen Konturen. In solchen Momenten merke ich, dass ich es verstehe.

*Paris, 11. 5. 2018*

*Ich trinke einen Kaffee in einem Bistro im Nachbarviertel und spanne meine Beinmuskeln an. Ich schlage das rechte über das linke Bein und spiele ein Fantasiespiel, bei dem ich meine Schwester in Gedanken neben mich setze. Sie kann ihre Beine zweimal kreuzen, unten legt sie den rechten Knöchel von hinten um die linke Wade. Ich beneide sie darum, und sie beneidet mich um meine Französischkenntnisse und die dunklen, gelockten Haare, die aussehen wie bei einer Pariserin. Ich muss an das kleine Schwarz-Weiß-Foto denken, auf dem meine Mutter neben ihrer Mutter sitzt, hier in dieser Stadt vor fast siebzig Jahren. Ob meine Großmutter die Haare meiner Mutter frisiert hat?*

Ich bin in der Küche meiner Kindheit. Auf dem hohen barhockerartigen Stuhl spüre ich die Beine kaum. Mit dem Po auf der Sitzfläche und den Fußspitzen unten an der Querstrebe ragen sie nach vorn in die Luft. Ich esse am liebsten Hommelpommel, zwei Eier werden mit einem Deziliter Zucker eine Minute lang auf höchster Stufe schaumig geschlagen, fertig ist die luftige Soße. Ich löffele sie mit meiner Schwester oder einer Freundin direkt aus der Schüssel. Außerdem mag ich frische Erbsen, Äpfel, den schleimigen Naturjoghurt mit farbigen Zuckerstreuseln obendrauf und helles Brot, das wir aber selten kriegen. Nur wenn meine Mutter in Helsinki war. Dann bringt sie auch frische Krapfen mit. Ich liebe den rosa Zuckerguss außen und die glänzende rote Marmelade innen drin. Erst esse ich den hellen Teig, das Äußerste und Innerste spare ich mir bis zum Schluss auf und genieße es mit geschlossenen Augen. Auch die dunklen Oreo-Kekse mag ich, das weiße Innere ist das Beste. Ebenso bei den gefüllten Hefewecken, die Sahne und das Marzipan sind leckerer als das Gebäck drum herum. Ich liebe Pumpernickel und wünsche mir sogar welchen zum Geburtstag. Von den normalen Supermarktkeksen mag ich die schokoüberzogene Sorte Marie am liebsten, Schokowaffeln esse ich ebenfalls gern. Manchmal gibt es bei uns selbst gemachte Birnenlimonade. Gekaufte Limonade gibt es nie, anders als bei unseren Freunden. Auf Partys und Familienfesten dürfen wir eine Ausnahme machen und Sprite und Coca-Cola trinken. Wir mischen sie zusammen und rühren geschmolzenes Eis dazu, das blubbert so hübsch, ist aber nicht sonderlich lecker.

Ich gehe diese Erinnerungen wie Postkarten durch und realisiere, dass meine Freude am Essen, ein naives Genießen bereits in diesen Kinderjahren endete.

Bei uns fanden regelmäßig christliche Treffen statt. Die Gläubigen aus der Nachbarschaft versammelten sich in unserem Wohnzimmer und suchten Schutz und Geborgenheit. Der Ehrengast, ein Pastor, trug ein weißes Beffchen um den Hals und die schwarze Bibel in der Hand. Wenn er das Zimmer betrat, setzte allgemeines Nicken ein. Ein Nicken wie bei den Plastiktieren in den Heckfensterscheiben französischer Autos.

In den Glauben dieser Leute war viel Düsteres eingewoben, sie sprachen über Verfehlungen, geißelten sich für ihre Sünden und baten Gott um Vergebung.

Bei diesen Treffen wurde auch gesungen, und zwar in betont langsamem Tempo. Meine Schwester und ich servierten Kaffee, die silberne Kanne hatten wir mit der ekligen Politur abgerieben, die so stank, dass wir uns fast übergeben mussten. Über dem linken Arm trugen wir gestärkte weiße Handtücher, damit wischten wir Kaffee- oder Sahnetropfen weg, die am Ausguss hängen blieben. Möchten Sie, dass Platz für Sahne bleibt, oder soll ich vollschenken? Servieren von rechts, Anbieten von links, wiederholte ich stumm. Uns wurde heiß. Wir trugen Röcke mit Schottenkaros und über den Blusen noch Pullunder aus Angorawolle, dazu gestärkte Hauben und weiße Schürzen. Und Gymnastikschuhe, die wir auch sonst tragen mussten, um die Socken sauber und heil zu halten.

Ich musterte die Gäste genau. Fast alle waren schwarz angezogen, schwarze Kleider, schwarze Jacketts, schwarze Hosen, schwarze Lackschuhe. Einige Jacketts waren schneebedeckt, die Flocken blieben merkwürdigerweise auch bei Raumtemperatur liegen. Erst später kapierte ich, dass es Schuppen waren.

Die Haare der Frauen waren zu strengen Frisuren gekämmt, manche hatten einen Dutt. Keine trug Schmuck oder Schminke. Beim Reinkommen grüßten sie förmlich und legten die Mäntel ab. In ihren Handtaschen hatten sie Taschentücher, Aspirin und einen Kamm, um vor dem Spiegel die Haare zu richten. Dabei seufzten sie »Oje«. Meist bedauerten sie, wie groß ich und meine Geschwister schon waren, und fragten, ob es in der Schule auch gut lief.

Ich glaube, der heimliche Zweck dieser Versammlungen war, sich zu sehen, übers Wetter zu reden und irgendwann über die, die nicht aufgetaucht waren. Gesungen wurden ausschließlich traurige Lieder, was ich nicht verstand, der Blick blieb dabei tunlichst gesenkt, immer wieder wurde Gottes Gnade erbeten. Der große und in jeder Hinsicht ausladende Pastor, der eine Menge Schnee auf den Schultern hatte, rezitierte lang und breit vor sich hin und verkündete irgendwann, dass die Sünden nun vergeben seien. Ich musste an eine Sanduhr denken, die man immer wieder umdrehen konnte. Immer wieder neue Sünden.

Es gab auch einen Strickklub, der sich einmal im Monat bei uns traf. Ihm gehörten ausschließlich alte Damen an. Sie strickten *Mutter Teresas Lätzchen*, quadratische Lappen, die sie zu Decken für arme Kinder zusammennähten. Der Strickklub hatte eine Regel: Wer seine Schürze oder die Hausschuhe mitzubringen vergaß, zahlte eine Mark. Der Klub begann und endete mit dem Lied *Wohin führt im Wind der Weg*, der Gesang wurde zuverlässig begleitet vom Heulen unseres Labrador Retrievers, der sich irgendwann gequält unter mein Bett verzog.

Das Blöde am Strickklub war, dass wir still sein mussten. Das Schöne war, das Maiglöckchenparfüm unserer Nachbarin zu riechen.

Außerdem gab es noch einmal im Monat ein langweiliges Treffen der Rotary-Frauen. Als Ausgleich dafür, dass die Rotary-Männer jeden Mittwochabend essen gingen.

*Paris, 12. 5. 2018*

*Ich habe eine alte Spieluhr, eine Schmuckschatulle und drei Tagebücher aus meiner Jugend mitgebracht. Ich denke, das hilft mir, mich in der Zeit zurückzubewegen und meine Erinnerungen lebendig werden zu lassen. Die Tagebücher bestehen zu einem Großteil aus Teeniedramen. Eine Stelle allerdings sticht mir ins Auge und lässt mich schmunzeln:*

*Auf die linke Hälfte einer Doppelseite habe ich ein Glanzbild von Jesus mit einem Lamm auf dem Schoß geklebt, und rechts gegenüber prangt Elvis mit der Gitarre auf dem Schoß. Drum herum habe ich mit wütenden Buchstaben notiert:*

*Vater unser im Himmel, hier auf der Erde sehe ich den braunen, kratzigen Sofabezug und einen Zimtzuckerzwieback und ein großes Kissen, das drücke ich mir jetzt auf den Bauch. Der oberste Jeansknopf ist auf, aber das weißt du nicht.*

*Geheiligt werde dein Name, auch wenn ich keine Ahnung habe, was* heiligen *eigentlich bedeutet.*

*Dein Reich komme, und wenn ich die weißen Aufkleber mit* Jesus kommt, bist du bereit? *sehe, denke ich an goldene Wagen, in denen Jesus von den Wolken schwebt wie Peter Pan im Film, allerdings wird Jesus von Engeln getragen.*

*Dein Wille geschehe, auch wenn das heißt, dass ich unter einer eingestürzten Schneeburg liegen bleiben muss.*

*Wie im Himmel so auf Erden, obwohl ich nicht weiß, wie das funktionieren soll, und in* welchem *Himmel, du sagst ja, dass es viele Himmel gibt.*

*Unser tägliches Brot gib uns heute, oder zumindest Mehl, meine Mutter erledigt dann den Rest.*

*Und vergib uns unsere Schuld, wieder mal, dabei weiß ich gar nicht, ob ich seit dem letzten Beten neue Sünden begangen habe, na ja, auf jeden Fall habe ich Pläne dafür geschmiedet.*

*Wie auch wir vergeben denen, die in der Kassenschlange drängeln, die nicht Danke sagen, nicht lächeln, und überhaupt allen unseren Schuldigern.*

*Und führe uns nicht in Versuchung, aber echt, am besten wird die Tür von außen abgeschlossen.*

*Sondern erlöse uns von dem Bösen, lass aber noch genug Böses da, damit man das Gute erkennt!*

*Denn dein ist das Reich, also der Staat, und die Kraft, also so was wie Eisen, und die Herrlichkeit, wohl so was wie ein permanentes Aufsteigen, in Ewigkeit,*

*Amen, so ist es.*

## DIE ERSTE ERINNERUNG AN DEN TOD

An sämtlichen Feiertagen im Jahr gingen wir auf den Friedhof und besuchten das Familiengrab. Meine Großmutter mütterlicherseits war am Ersten Mai gestorben, also waren wir auch dort, wenn alle anderen den Frühling und die Arbeiterschaft feierten. Immerhin durften wir an diesem Tag die Eichhörnchen mit Nüssen füttern, das konnte ich dann meinen Schulfreunden erzählen. Ich hätte es peinlich gefunden zu sagen, dass wir wieder am Familiengrab gewesen waren.

Ich habe meine Großeltern nicht kennengelernt, weshalb es merkwürdig war, sie zu vermissen. Doch ich tat es, weil meine Mutter sie vermisste. Die Trauer meiner Mutter hatte etwas von einer Kamee, zurückgenommen, schön und erhaben. Je näher wir dem Grab kamen, umso deutlicher verlangsamte sie ihre Schritte. Auf dem großen schwarzen Stein standen in Schönschrift die Namen aller Angehörigen meiner Mutter, wie ein Vers zum Aufsagen. Meine Eltern hatten uns zu verstehen gegeben, dass man am Grab nicht lachte und die ordentlich geharkte Sandfläche um den Grabstein nicht betrat. Solange meine Mutter die Hände gefaltet hielt, machten wir die Augen zu und schwiegen. Um was sollten wir Gott bitten? Dass unsere Namen möglichst lange nicht hier eingraviert werden mussten? Oder genau das Gegenteil?

Ich beobachtete meine Mutter. Ging es bei ihrer Trauer ausschließlich um meine Großmutter? Oder regte sich auch bei ihr der Schmerz über die nie positiv erlebte Mutter-Tochter-Beziehung?

# DIE ZWEITE ERINNERUNG AN DEN TOD

Auch ein Bruder meiner Mutter lebt bereits nicht mehr, er liegt wie der Rest der verstorbenen Angehörigen in der Friedhofserde von Helsinki-Hietaniemi. Das Ende dieses Onkels war alles andere als schön. Ein entsetzlicher Geruch, der aus der Stockholmer Einzimmerwohnung drang, rief irgendwann die Polizei auf den Plan. Das Leben meines Onkels war voller Widersprüche, die auch nach außen sichtbar wurden.

Als die Urne in die Erde gelassen wurde, standen die Verwandten direkt am Grab, die Familie ganz vorn. Wir waren es schon gewohnt, uns einmal im Jahr hier zu versammeln und traurige Lieder zu singen. Hinten standen die Menschen, die meinem Onkel wirklich nahe waren, seine Seelenverwandten. Es waren Grenzgänger, vom Leben Gebeutelte mit müden Gesichtern.

Ich betrauerte meinen Onkel. Aber noch schlimmer war der Schmerz meiner Mutter, den auch ich spürte. Schon mit der Muttermilch hatte ich ihn aufgesogen.

Wieder lag ein Mitglied aus Mutters Kernfamilie unter der Erde. Nun gab es nur noch sie und den anderen Bruder. Die Trauer hätte mich fast gebrochen.

# DIE DRITTE ERINNERUNG AN DEN TOD

Davon würde ich am liebsten schweigen, für immer.

Ich schreibe hastig – so, wie ich Wege entlanghaste, auf denen es Schlangen gibt. Auch meine Gedanken sind blitzschnell, genau wie damals, als es passiert ist.

In dem Wald gegenüber von unserem Zuhause befand sich mein geheimer Ort. Immer wenn ich das Bedürfnis hatte, mit einer Vertrauensperson zu reden, einer Art großer Schwester, ging ich dorthin. Oder wenn ich schreien oder weinen wollte oder eigene Lieder singen, die keine fertigen Melodien und Wörter hatten.

Am Briefkasten vor dem Haus musste ich rechts auf die Straße, dann gleich wieder links in den verwilderten Sandweg und bis zum verlassenen Haus am Ende des Weges gehen. Obwohl ich wusste, dass niemand dort lebte, hörte ich jedes Mal Atemzüge. Weil das Gruseligste, was ich bis dahin kannte, das Hexenhäuschen aus *Hänsel und Gretel* war – was ich aushaltbar fand –, ging ich weiter. Hinter dem verlassenen Haus führte ein Trampelpfad über einen Felsen hinweg immer tiefer in den Wald. Bis zu einer hohen Fichte. An ihren Stamm schmiegte sich ein großer grauer Stein, und dieser Stein war mein Altar. Dorthin hatte ich auf meiner Plastikschaufel den kleinen toten Vogel getragen, den ich gefunden hatte, und ihn beerdigt. Das Kreuz auf seiner

Grabstätte bestand aus zwei Stöckchen, die von der Kordel aus dem Bund meines Kapuzenpullis zusammengehalten wurden.

Eines Nachmittags, ich stand gerade bei uns im Garten an den kleinen Tannen, die die Grenze zum Nachbargrundstück markierten, sah ich unseren Nachbarn in den Sandweg einbiegen und in den Wald gehen. Unser Nachbar war mindestens so sonderbar wie sein Sohn, mit dem wir hin und wieder spielten. Er trug ein Gewehr bei sich, und seine helle Jacke konnte ich zwischen den Bäumen hindurch noch lange sehen. Es wurde merkwürdig still, dann erklang ein Schuss. Ich rannte los, doch er war tot, ich konnte nichts mehr daran ändern. Er lag direkt neben meinem Altar und dem Kreuz. Bei diesem Anblick blieb mir der Atem stehen.

*Paris, 14. 5. 2018*

*Nachts hat es gestürmt, in meinem Zimmer ist der Strom ausgefallen. Mein Hals ist wie zugeschnürt, ich bin zittrig und unruhig. Ich hasse solche Zustände, sie lähmen mich. Mein Körper kann die alten Gefühle von Bedrohung nicht vergessen.*

*Ich hatte Angst vor Flugzeugen, denn ich hatte Angst vor Krieg.*

*Auch vor den Fernsehnachrichten hatte ich Angst, denn ich hatte Angst vor Krieg.*

*Ich hatte Angst vor ernsten Männern, auch das wegen meiner Angst vor Krieg.*

*Ich hatte Angst vor Friedhöfen, wieder aus dem gleichen Grund.*

*Ich hatte Angst vor Wolken, weil ich Angst vor Regen hatte, weil ich Angst vor Überschwemmungen hatte, weil ich Angst vor dem Ertrinken hatte. Weil ich doch solche Angst vor Wasser hatte.*

*Warum ich Angst vor Wasser hatte, weiß ich nicht.*

Ich will nicht auf Telegrafendrähten hocken und zittern. Ich will fliegen, will frei sein.

Frei von Materie, Erwartungen und lähmenden Blicken.

Manchmal gibt es morgens beim Aufwachen einen kurzen Moment, in dem ich schwerelos bin und alles möglich ist.

Und eigentlich bin ich es, frei. Kunst vollzieht sich jenseits der Naturgesetze; Relativitätstheorie, Meeresströmungen und Anatomie sind für sie reine Knetmasse.

Ich bin Künstlerin. Das auszusprechen ist für mich noch immer schwierig.

*Tanz ist die Antwort auf alle Fragen, die ich stelle.*

Tanz ist der Moment zwischen Ein- und Ausatmen, er ist Festhalten und Loslassen zugleich. Er zeigt die Schönheit der Vergänglichkeit, sogar des Todes – mit dem lebendigen Körper.

Sobald ich Musik höre, tauche ich ein, mein ganzer Körper will tanzen. Beim Tanzen *bin* ich Körper, beim Tanzen bin ich ich.

Ich erinnere mich gut an die Minuten, Stunden und Tage, die ich allein im Studio verbracht habe, um etwas zu erschaffen. Die Basis entstand meist in den ersten fünf Minuten. Danach begann die predigende Selbstansprache: Nur mit viel Zeit kann Gutes entstehen, du musst das Prozesshafte akzeptieren, du musst dranbleiben, es weiter versuchen, vielleicht gibt es da draußen jemanden, der zusehen will und das Interesse an deinen Bewegungen teilt.

Die Beziehung zu meinem Körper ist wie eine Paarbeziehung. Sie ist eine lebenslange Hassliebe, ein Theaterstück, das zwei gegensätzliche Energien auf die Bühne bringt. Der Dialog findet zwischen einem Gefangenen und einem Aufseher statt, zwischen Leistungssportler und Trainer. An manchen Tagen kommt das Bild des aufsässigen Teenagers und seines Sonderpädagogen der inneren Wahrheit näher. Und in guten Zeiten kooperieren die zwei gegensätzlichen Energien wie in einer funktionierenden Liebesbeziehung.

Mein Körper ist nie unkompliziert und erst recht nicht berechenbar. Nur in sehr vereinzelten Momenten ist er so, wie ich ihn mir wünsche. Dann bin ich frei. Auf einigen wenigen Fotos sieht man, dass ich ihn für einen Augenblick vergessen konnte. Das waren Momente von Leichtigkeit, Frieden und Ausgeglichenheit. Endlich enttäuschte mein Körper mich nicht. Seine Schwellungen, seine Steifheit und andere Misslichkeiten waren wie Sabotageakte, Gift für mein Befinden und mein Selbstvertrauen.

Mein Körper führt mich. Ich bin ihm ausgeliefert. Und nicht nur ich, auch die anderen sind es. Wenn mein Körper Ruhe braucht, müssen meine Kinder das Licht ausmachen. Wenn ich mal nicht schuften und rackern kann, fühle ich mich ungenügend. Obwohl ich versuche, auch die Pläne und Wünsche der anderen zu berücksichtigen, kann ich die laute Stimme meines Körpers nicht überhören, die alles dominieren will. Es ist sonnenklar: Wenn mein Körper nun einmal so bestimmend ist, wäre es besser, allein zu leben. Ich könnte meinen Körper besser ausbalancieren. Doch zugleich wäre mein Leben in anderen Bereichen um vieles ärmer.

Ich bewege mich, weil ich nicht stillhalten kann. Ich wundere mich über Menschen, die gern herumsitzen und immerzu Ausreden finden, um nicht rausgehen zu müssen. Bei mir funktioniert es genau andersherum. Ich habe einen irren Bewegungsdrang. Ich komme mir vor wie tot, wenn ich mich nicht bewege, denn dann fühle ich nichts. Fühlen gelingt mir nur in Bewegung.

Bewegung schenkt mir ein Gefühl von Sicherheit. Deshalb bin ich ständig aktiv und kann nie innehalten. Mein Bewegungsdrang ist auch angstgetrieben.

Mein Leben als Tänzerin hat wenig mit Genuss am Tanz oder Freude am Training zu tun. Der Tanz bietet mir schlicht und ergreifend eine Bühne, mich zu öffnen. Er bietet mir einen Raum für den Kampf mit mir selbst. Anstrengung und physische Schmerzen schenken mir ein Gefühl tiefster Menschlichkeit. Tanz ist der Geburtskanal für das, was werden soll, das, worauf ich zugehen will. Er ist eine Spur im All, ein schwarzes Loch, das mich zu unvorhergesehenen Energien führt.

Beim Tanzen und beim Schreiben kleben sich folgende Worte an meinen Gaumen, nicht als selbstbewusste Rede, sondern als stilles, kindliches Gebet:

Sieh mich, liebe mich. Ich kann es nicht selbst.

Mit fünf ging ich zu meiner ersten Ballettstunde, meine Mutter brachte mich hin. Ich hatte rosa Ballettschuhe mit rosa Seidenbändern und einen weißen Ballettanzug bekommen. Mir gefiel, was ich im Spiegel sah, und wenn die Musik einsetzte, begann ich zu schweben. Ich wollte alles ganz schnell lernen. Die Stunden fanden in der Turnhalle statt, mit einer Hand hielt ich mich an der scharfkantigen, kalten Heizung fest. Die älteren Mädchen mit jahrelanger Tanzerfahrung hielten sich an der Sprossenwand fest. Ich versuchte, sie zu imitieren. Ich wollte die Musik mit meinem Körper hören, alle Anweisungen perfekt umsetzen und eines Tages eine echte Ballerina werden.

Ich ging lieber hüpfend und im Zickzack als ruhig und geradeaus. Mir gefiel alles, was Schwung hatte und die Blicke auf sich zog; ich genoss es aufzutreten. Angeschaut zu werden. Ich liebte es, vor anderen zu tanzen.

Zu Weihnachten bekam ich ein Buch geschenkt: *Das Ballett und ich*. Es enthielt präzise Zeichnungen der sechs Grundpositionen. Ich stellte mich vor den Spiegel und übte sie, versetzte mich gedanklich auf eine Bühne, der Samtvorhang hob sich bereits, die Vorstellung begann. Beim Tanzen konnte ich die gesamte Welt außerhalb meines Körpers ausblenden. Das machte mich glücklich und frei.

Die Ästhetik des Balletts gehorcht einem Ideal von Schwerelosigkeit, Mühelosigkeit und Zartheit. Der Unterricht fand grundsätzlich vor der Spiegelwand statt. Je höher man das Bein bekam, je länger man die Pirouette hielt, desto größer war die Anerkennung der Lehrerin. Vor meinem inneren Auge sah ich das Glanzbild einer wunderschönen Tänzerin. Genau so eine wollte ich werden.

Mit eiserner Disziplin übte ich Positionen und Bewegungen, die besonders ästhetisch waren und die mich schlank und zart wirken ließen. Ich wollte bei jeder Stunde Fortschritte machen. Die Erbarmungslosigkeit, die dem Ballett innewohnt, faszinierte mich. Nach nur fünf Jahren wurde ich – da war ich erst elf – an der Ballettschule der Helsinkier Oper angenommen. Ein Traum wurde wahr.

Doch meinen Eltern gefiel mein Eifer nicht. Das Ballett sollte ein Hobby bleiben, kein Berufsziel werden. Sie verlangten, dass ich das Training an der Oper beendete, und ich beugte mich ihrem Willen. Bitter und traurig begann ich mit rhythmischem Turnen. Das Balletttanzen zu beenden brach mir die Flügel. Ich musste meinen größten Traum aufgeben, mit nur elf Jahren. Und dann setzte meine Periode ein. Meine Mutter sagte, nun sei ich eine Frau. Eine Frau, die nie eine Ballerina werden würde.

Meine neue Trainerin hatte ein herabhängendes Gesicht, das zu sagen schien: Ich bin meiner Züge, meiner gesamten Figur überdrüssig. Ihr Körper wirkte gemartert, als verbärge er tief innen ein ungutes Geheimnis. Beim Reden hatte es den Anschein, als wollte sie ihre Wangen einsaugen und verstecken. Sie machte nicht den Eindruck, als würde sie gern angeschaut werden.

Die Trainerin nahm mich in ihre Auswahlgruppe auf. Die anderen Mädchen waren älter und erfahrener als ich, dafür hatte ich als einzige Ballett getanzt. Auf diesem Gebiet konnte ich ihnen etwas beibringen. Ich trainierte jeden Tag. Als ich an Einzelwettkämpfen teilzunehmen begann, schlug die Trainerin vor, ich solle zusätzlich auch morgens trainieren, vor der Schule. Meine Mutter verhinderte es, sie fühlte sich durch meinen Eifer beunruhigt. Warum musste ich alles so ernst nehmen und auf die Spitze treiben? Warum konnte ich nicht maßhalten?

Ich wollte gut sein, ich wollte die Beste sein, nicht nur im Ballett und beim Turnen, sondern überall. Für den Sieg war mir keine Schinderei zu hart, Erschöpfung kannte ich nicht, ich kämpfte weiter. Ich hatte überall blaue Flecken, meine Beine waren schwer, an den Füßen löste sich die Haut ab, und mein Nacken und sämtliche Muskeln schmerzten.

Die Kirchengemeinde war der einzige Ort, an dem ich mich abends ohne lange Erklärungen aufhalten durfte. So machte ich meinen Eltern keinen Kummer, so konnten sie sicher sein, dass ich nicht mit zwielichtigen Leuten umherzog. Ich schloss mich der Tanzgruppe der Gemeinde an und stellte mir eine Art Berührungskette vor: Gott berührte uns, und wir berührten uns gegenseitig beim Tanz, und damit berührten wir wiederum unsere Zuschauer. Da Tanz traditionell mit Sünde in Verbindung gebracht wurde, nannten wir unser kirchliches Hobby *Bewegung im Fluss*. Ich sang, tanzte und redete nun zum Zweck der Vergebung. Denn meinem Selbstbild nach war ich schlecht – doch Jesus konnte mich retten. Eine weitere Art der Rettung erfuhr ich mit dem gitarrespielenden Jugendgruppenleiter, der mich umarmte und meine Tränen wegwischte. Irgendwann wusste ich nicht mehr, ob ich wegen Gott oder wegen ihm in der Gemeinde aktiv war. Dieses merkwürdige neue Gefühl musste jedenfalls Sünde sein, da war ich mir sicher.

Der Jugendgruppenleiter war sechs Jahre älter als ich, fuhr Auto und holte mich vor der Haustür ab. Die Verwirrung stand meinen Eltern ins Gesicht geschrieben. Halten konnten sie mich nicht, das Leben zu Hause war mir zu eng, da suchte ich verzweifelt nach einem Gegenpol.

Meine ersten sexuellen Erfahrungen waren intensiv und fühlten sich zugleich falsch an. Er fragte nie, was ich wollte. Dennoch verbrachte ich etliche Abende auf der Rückbank seines Autos und nicht im Gemeindehaus, wie meine Eltern annahmen.

Als ich meinen neuen Freund bei ihm zu Hause besuchte, empfing seine bucklige Mutter mich im Flur und sagte: »Der Friede des Herrn sei mit dir.« Sein Vater war mindestens genauso religiös und schnitt als Allererstes das Thema Ehe an und dass gewisse Dinge erst verheiratet stattfinden dürften. Mein Freund schüttelte nur stumm den Kopf. Ich war perplex und spürte die Verunsicherung im ganzen Körper. Ich dankte für den Rat, machte einen Knicks und benahm mich wie eine scheue Kellnerin.

Mir war klar, dass ich zu jung für diese Beziehung war, ich fühlte mich aber außerstande, sie zu beenden. Einmal kam mein Freund nachts an mein Fenster und hatte mir

Spitzenunterwäsche mitgebracht. Ich empfand Lust und Scham zugleich. Ich hoffte auf die jeweils nächste Bibelstunde, wo ich Reue zeigen und um Vergebung bitten würde.

Nicht nur in mir selbst, auch in meinem Zuhause herrschte Chaos. Meiner Schwester ging es immer schlechter, sie wankte auf streichholzdünnen Beinen zwischen ihrem Zimmer und der Küche umher. Meine Mutter hatte gesundheitliche Probleme und ließ ihr Herz untersuchen. Und mein kleiner Bruder lebte ohne jede Verbindung zu uns anderen vor sich hin. Unser Hund bekam Panikattacken.

Ich beschloss zu flüchten. Ich ging als Austauschschülerin nach Frankreich und wollte eine neue Sprache lernen. Ich kam in eine Familie mit drei Töchtern. Mein Leben in dem südlichen Land war interessant und aufregend, dennoch musste ich – anders, als ich es mir erhofft hatte – ständig an meine Schwester in Finnland denken. Nicht zuletzt wegen meiner Gastschwester, mit der ich ein Zimmer teilte, so wie ich es zu Hause mit meiner Schwester getan hatte. Und auch die Gastschwester hatte eine Essstörung. Schon bald ließ ich mich davon mitziehen. Sie trank den ganzen Tag süßen Kakao, aß Croissants mit einer dicken Schicht Erdnussbutter und naschte dauernd. Auch bei den Mahlzeiten tat sie sich reichlich auf. Ich merkte, dass Essen mich tröstete, und irgendwann wollte ich nichts anderes mehr als das. Ich wollte meinen vollen und prallen Bauch spüren, sogar Schmerz. Dass meine Kleider mir zu eng wurden, nahm ich hin. Ich schnappte nach Luft wie ein sterbender Fisch.

In ihren Briefen schrieb meine Schwester, was sie aß; es war extrem wenig. Manchmal nur eine Möhre und ein Stück Gurke am Tag. Ich schrieb ihr im Gegenzug, dass wir in der Schule Baguettes aßen, die wir mit Schokoriegeln belegten, zwischen den Mahlzeiten Sahnekakao tranken und abends vor dem Zubettgehen Eis aßen. Ich ahnte, dass ich damit nichts bewirken konnte, aber wenigstens hatte ich es versucht.

Das Wichtigste war, dass ich Distanz zu meinem Zuhause und meinem Körper fand. Hier kannte mich niemand, gab es keine starren Vorstellungen, wie ich zu sein hatte. Ich begann, Spiegel zu meiden, und wandte mich von spiegelnden Schaufensterscheiben ab. Auch wenn ich es selbst so gewollt hatte – ich hasste meinen dicken Körper. Hinter diesem Hass versteckten sich noch andere Gefühle wie Heimweh und Schuld.

Ich fing an, ehrenamtlich im Krankenhaus zu arbeiten. Nach ein paar Tagen bat mich ein Patient, der krankheitsbedingt ans Bett gefesselt war, für ihn vor seiner Kamera zu posieren. Obwohl ich den Vorschlag unangenehm fand, willigte ich ein. Dass wenigstens er mich schön fand, tat mir unglaublich gut. Während ich ihm vor der Kamera Modell stand, fühlte ich mich jedoch schmutzig, mir war sogar zum Heulen zumute. Trotzdem lächelte ich tapfer. Dass ich so gut lügen und meine wahren Gefühle verbergen konnte, erfüllte mich mit einem sonderbaren Stolz. Doch am Ende überwog die Verachtung für das, was ich mit meinem Körper getan hatte.

Als ich nach einem Jahr wieder nach Hause zurückkehrte, hatte ich über fünfzehn Kilo zugenommen, und meine Schwester war dünner als je zuvor. Meine Oberschenkel waren dermaßen breit, dass ich mich nie ganz auf einen Stuhl setzen mochte, das hätte sie durch den Druck von unten noch breiter erscheinen lassen. Ich setzte mich also nur auf die vordere Kante. Schnell merkte ich, dass auch meine

Schwester so saß, sie wollte Kalorien verbrennen, es war ja anstrengend, so zu sitzen. Wenn ich mich zwischendurch kurz bequem hinsetzte und zurücklehnte, sah ich meine wuchtigen Beine. Mein Ekel war so groß, dass ich mich nicht auf die Gespräche konzentrieren konnte. Zugleich war ich todtraurig. Mein Versuch, viel zu essen und meine Schwester dadurch mitzuziehen, war gescheitert. Während ich auf die Probleme, die unter der Oberfläche unseres Lebens lagen, mit Essen reagierte, hatte sie das beharrliche Hungern gewählt.

Es ist ein heißer Sommertag, ich stehe in der prallen Hitze auf der Straße, der Pursimiehenkatu. Ich starre auf den Aushang an der Tür der Theaterhochschule. Es ist die Liste der Aufgenommenen. Jeden einzelnen Namen sauge ich mit den Augen auf. Ich halte die Luft an, lese die Liste ein zweites Mal. Beim dritten Mal fange ich von unten an und führe zur Sicherheit den Finger mit, gehe noch dichter heran, lese langsamer. Mein Name ist nicht dabei. Wie ist das möglich? Das kann nicht sein.

Ich hatte die schriftlichen Unterlagen ordnungsgemäß eingereicht und alles penibel kontrolliert. Von der Bewerbung für die Tanzabteilung wusste nur meine Cousine, mit der ich zusammenwohnte. Meinen Eltern und Geschwistern hatte ich nichts gesagt, damit hätte ich nur Energie verpulvert. Ihre Erwartungen und Hoffnungen hätten mich beeinflusst – doch jetzt war wichtig, das Tanzen endlich zu meiner ganz persönlichen Angelegenheit zu machen. Sicherheitshalber hatte ich mich auch noch an der Stockholmer Danshögskolan beworben.

Nein, ich sackte nicht in mich zusammen. Ich machte die große Tür auf, marschierte ins Gebäude, stieg in den Fahrstuhl und fuhr in die vierte Etage, die Tanzabteilung. Meine

Schritte waren laut und entschlossen, den dicken Kloß im Hals ignorierte ich. Ich ging geradewegs ins Sekretariat und sagte: Guten Tag, kann es sein, dass der Aushang nicht vollständig ist, mein Name steht nämlich nicht drauf. Die Sekretärin warf einen Blick in ihre Papiere und bekräftigte, was ich befürchtete: Ich hatte es nicht geschafft. Dabei war ich mir so sicher gewesen, dass die Jury erkannte, wie sehr ich hierhergehörte. Ich hatte in allen drei Bewerbungsrunden alles gegeben, nie hatte ich etwas so dringend gewollt. Mich beim Vortanzen physisch völlig zu verausgaben, über die Grenzen der Selbstmarterung zu gehen, zu tanzen, zu schreien und mich an die Wände zu werfen, all das hatte meinen brennenden Wunsch sogar nur noch dringlicher werden lassen.

Jetzt kamen mir die Tränen, weinend wich ich rückwärts aus dem Sekretariat. Auf dem Flur stand die damalige Leiterin der Tanzabteilung und ging wie ich zum Fahrstuhl. Es platzte einfach aus mir heraus: Sie hätten mich hier studieren lassen müssen, ich war mir so sicher, dass die Jury meine Liebe zum Tanz erkennt! Wie naiv von mir, im Fahrstuhl trat peinliche Stille ein. Nicht mal einen halben Meter entfernt stand die Person, die über den Verlauf meines künftigen Lebens entscheiden konnte. Ich fühlte mich verkannt. Zugleich hatte ich Angst, mich hier wie die letzte Narzisstin zu verhalten und dieses Schicksal verdient zu haben. Vielleicht überschätzte ich mich. Als der Fahrstuhl im Erdgeschoss ankam, sagte ich schnell Auf Wiedersehen und stolperte schniefend auf die Straße.

Am nächsten Tag ging mein Flug nach Stockholm. Vom

Flughafen aus rief ich im Sekretariat an und fragte, ob sie mich wenigstens auf die Warteliste gesetzt hätten. Die Sekretärin erwiderte, es gebe keine Warteliste, da es noch nie vorgekommen sei, dass jemand den Studienplatz nicht annahm. Ich versuchte, meine spärliche Energie und meinen schmerzenden Körper auf die nächste Aufnahmeprüfung auszurichten. Schon in der ersten Runde wurde ich ausgesiebt, ich war zu traurig und erschöpft. Nach schwedischsprachiger Anleitung zu tanzen hatte sich zudem als schwierig erwiesen. Ich flog wieder zurück und nahm eine einjährige Vertretungsstelle an einer Helsinkier Grundschule an.

Als ich gerade mal zwei Wochen unterrichtet hatte, bekam ich einen Anruf von der Theaterhochschule. Man hatte mich auf Platz eins der Warteliste der Tanzabteilung gesetzt, und nun habe jemand seinen Platz abgesagt, ich könne nachrücken. Meine gebrochenen Flügel durften heilen, und ich durfte tanzen.

Das Studium begann mit einem enormen Pensum. Die Tage waren lang, und das sollte auch so bleiben. Ich beschwerte mich nie, körperliche Müdigkeit oder Verständnisschwierigkeiten in den Fächern existierten für mich nicht. Der Unterricht trieb uns allen die Manierismen früherer Tanzjahre aus. Bei mir war das die ballettbedingte Neigung zur Streckung und Überdehnung. Das Leben bestand nur noch aus Tanz, mein Körper und seine Bewegungsmöglichkeiten versetzten mich in einen Rauschzustand. Es gab nichts Schöneres als das, was ich tat.

Im ersten Jahr tauchte ich in die Stilrichtungen zeitgenössischer Tanz und Jazz ein. Ich lernte Improvisation, studierte Kinesiologie und Anatomie, befasste mich mit Musiktheorie und der Geschichte des Tanzes. Ich begeisterte mich für alles, auch für die anderen Studierenden. Wir waren zu zwölft, darunter zwei mit demselben Namen wie ich, weshalb ich den Zusatz *die Große* erhielt; die anderen beiden waren kleiner. Insgeheim ärgerte ich mich über den Namen, ich fand ihn peinlich und wäre lieber die Kleine gewesen.

Mein Vater sagte – wenn er überhaupt vor anderen von meinem Studium sprach –, ich würde Tanz*wissenschaften* studieren, das hörte sich in seinen Kreisen besser an. Zu tanzen und sich beruflich mit dem Körper, dem eigenen Spiegelbild und seinen Möglichkeiten auseinanderzusetzen war in seiner konservativen Welt suspekt. Obwohl ich mit meinem Weg eigentlich glücklich war, begann ich unter diffusen Ängsten zu leiden, und mein Essverhalten verschlechterte sich.

Die Körper der anderen Tanzstudentinnen musterte ich mit einem Gefühl von Konkurrenz, ich beneidete sie um ihre Leichtigkeit. Angefangen bei der Stellung der Zehen schien bei ihnen alles zu funktionieren, sie hatten ihr Zentrum gefunden und trugen es unbeirrt in ihrer Körpermitte mit sich herum. Ich studierte ganze vier Jahre lang und kapierte bis zum Schluss nicht, was dieses Zentrum eigentlich war. Ich wusste, es handelte sich nicht bloß um einen physischen Punkt. Es war das Kraftreservoir im Zentrum des Menschen, das, wovon die tänzerische Energie ausging. Sosehr ich mich auch anstrengte, ich fand dieses Zentrum nicht, stieß nur immer wieder auf meine Arme, Beine, den Brustkorb und den Kopf. Meinen Rücken konnte ich kaum wahrnehmen. Regelmäßig schnallte ich mir einen wuchtigen Gummigürtel um die Taille, der uns an die Aktivierung des Zentrums erinnern, es kraftvoll unterstützen sollte. Ohne Erfolg. Ich trug mein belastendes Geheimnis bis zum Schluss des Studiums mit mir herum. Als Notlösung zog ich einfach den Bauch ein.

Morgens trank ich immer zwei Tassen Milchkaffee und aß eine Scheibe Roggenbrot und einen Apfel. Mehr mochte ich nicht zu mir nehmen, da mein Bauch sich nach Mahlzeiten leicht blähte und mit Schmerzen reagierte. Ich hoffte, dass meine Verdauung ihre Arbeit schon größtenteils erledigt hatte, wenn ich mein Zentrum inszenieren und den Bauch einziehen musste. Fing die erste Stunde liegend an, mit Übungen am Boden, fühlte ich mich einen Moment lang frei. In der Rückenlage sank meine Problemzone friedlich zwischen meine Beckenknochen.

Einmal wurde ich mitten in der Stunde für zeitgenössischen Tanz ans Telefon gerufen. Das Telefon befand sich auf dem Flur neben dem Umkleideraum der Jungs. Dort riefen meistens Eltern an, wenn es mal dringend war und sie mitten am Tag ihre Kinder sprechen mussten; aber auch wir konnten das Telefon benutzen. Für mich spielte es nur eine Rolle, wenn ich mich telefonisch mit jemandem verabreden wollte.

Am anderen Ende der Leitung war meine Mutter, die mir unbedingt in diesem Augenblick mitteilen musste, dass ihr

Bruder festgenommen worden war. Mein Onkel, der inzwischen in den USA lebte, hatte versucht, meine Tante zu erschießen. Als ich aufgelegt hatte, weinte ich vor Wut los. Ich fand es unerträglich, dass meine Mutter mit mir immer nur über ihre Sorgen sprechen wollte. Mein Zentrum quoll über vor Traurigkeit, die meine Mutter zu mir herüberschob; zurück in den Unterricht zu gehen war nicht mehr möglich.

Schon als Kind konnte ich über mich und meinen Körper nicht frei entscheiden. Ich aß so viel, wie meine Eltern es angebracht fanden, zum Beispiel die doppelten Portionen wegen meiner Schwester. Nie ließ ich auch nur einen Happen auf dem Teller, nie meckerte ich. Nie wünschte ich mir, dass etwas Besonderes gekocht wurde. Ich war dankbar für alles.

Beim Ballett und beim Turnen hatte ich oft zu hören bekommen, ich sei zu kräftig. Die Ballettlehrerin und die Trainerin hatten mir beide Tipps zum Abnehmen gegeben – wie man es schaffte, weniger zu essen, welche Speisen man meiden musste. In den meisten Fällen aber waren die Rückmeldungen nonverbal und trotzdem unmissverständlich. Bei Aufführungen tanzte ich nie in der vordersten Reihe, Solos kamen für mich nicht infrage. Auch die Blicke, die meine Figur mit den Körpern der anderen Mädchen verglichen, sprachen Bände. Positives Feedback bekamen nur die richtig dünnen Mädchen. Der Tanz ist eine Kunstform, die ohne Worte kommuniziert, und dass Schlanksein in dieser Kunst ausschlaggebend war, verstand jeder.

Es gibt viele Gründe zu tanzen. Manche tanzen, weil sie von der körperlichen Ausdruckskraft und Schönheit fasziniert sind. Manche haben Komplexe und sehen den eigenen Körper nur als Zerrbild, tanzen dagegen an. Manche werden angetrieben vom Perfektionismus der Mutter und von strengen Schönheitsidealen.

Ich sagte mir irgendwann, dass ich wohl besser nicht allzu gut sein dürfe. Lieber solide sein, als hervorzustechen. Aber auch diese Überzeugung war limitierend und somit Dünger für das Wurzelwerk in meinem Körper.

Ich entwickelte eine Panikstörung. Vor jeder Stunde ging ich mehrmals aufs Klo und presste mir die Faust auf den Unterleib, alle Ausscheidungen sollten schnell aus mir heraus. Wenn ich mitten in der Stunde musste, war die Panik so schnell da, dass ich mich nicht mehr auf den Unterricht konzentrieren konnte. Es war ein Teufelskreis, Angst vor der Angst. Oft weckte schon die Balletthose mit dem engen Bund das Gefühl, den Raum verlassen zu müssen.

Spätestens ab dem zweiten Studienjahr fühlte ich mich oft sehr unwohl in meinem Körper und war sicher, man könne mir das ansehen. Die Überzeugung, eine unterdurchschnittliche oder sogar schlechte Tänzerin zu sein, kompensierte ich, indem ich in die Rolle des Klassenclowns schlüpfte. Als eine Kommilitonin schwer magersüchtig wurde, regte sich bei mir derselbe Mechanismus wie bei der Krankheit meiner Schwester. Ich wollte für die Kommilitonin mitessen, verbot es mir aber, da ich ja nicht zunehmen durfte. Ich begann, meinen Appetit mit Zigaretten zu regulieren.

Im zweiten Studienjahr hatte ich mit echten psychischen Schwierigkeiten zu kämpfen, die ich nicht näher beschreiben konnte. Und obwohl ich eine nette Mitbewohnerin hatte, fühlte ich mich einsam. Ich hungerte nach Bestätigung. Nachts schlief ich kaum noch, tags tanzte ich, ich trank viel Alkohol und hatte flüchtige Beziehungen. Ich verknallte mich schnell und taumelte, ohne nachzudenken, von einem Abenteuer ins nächste. Zu meiner Familie hielt ich kaum Kontakt, zu niemandem, der für Beständigkeit und Dauer stand. Ich schadete mir mit voller Absicht, ging unnötig Risiken ein, verhütete nicht, fuhr ohne Helm durch stockdunkle Straßen, schnallte mich beim Autofahren nicht an und streckte die Beine weit aus dem Beifahrerfenster. Ich setzte mein Leben aufs Spiel.

Meine Eltern besuchte ich nur, wenn ich ihnen einen neuen Freund vorstellen wollte. Irgendwann bat meine Mutter mich, erst dann jemanden mitzubringen, wenn ich vorhatte, mich zu binden. Einen zukünftigen Schwiegersohn. Das verletzte mich, und ich meldete mich so gut wie gar nicht mehr. Gerade noch so viel, dass meine Eltern keine schlaflosen Nächte erleiden mussten.

In meiner Kindheit hatte ich gelernt, dass es einen guten und einen schlechten Lebenswandel gab, und für den schlechten stand der schwarze Engel. Dieser Engel zeigte sich deutlich in meiner Wohnung, und eines Morgens kamen leider meine Eltern zu Besuch. Unangekündigt, ich war verstrubbelt und verkatert. Mein Vater sagte, sie wollten nur mal Hallo sagen, weiter nichts, und meine Mutter trat viel zu oft ihre Schuhsohlen auf der Fußmatte ab und blickte sich um. Mein Vater sog immer wieder geräuschvoll die Luft durch die Nase ein, als würde er etwas erschnuppern wollen.

Unsere Sätze waren hohl und leer – bis auf die Besorgnis und Missbilligung, die im Ton meiner Eltern mitschwangen. Mit jeder neuen Position, die ich in meinem Zimmer einnahm (Bett, Stuhl, Wand), wurde die Stimmung verkrampfter. Schließlich gingen meine Eltern wieder. Ich drückte die Tür mit beiden Händen fest hinter ihnen zu, ein deutlicher Ausdruck meines Ärgers. Ich biss die Zähne zusammen und zündete mir eine Zigarette an.

Ein paar Monate später war ich schwanger. Zeitgleich machte ich meinen Abschluss im Tanzen. Der Tag der Abschlussfeier war ein typischer dunkler Novembertag, ein Freitag, wir feierten zu Hause bei meinen Eltern. Ich sollte jemanden mitbringen, der oder die mir etwas bedeutete, und so kam ich mit dem Mann, von dem ich schwanger war. Er hatte die Musik für meine Abschlussarbeit komponiert, Zivildienst gemacht, trug lange Haare und besaß keinen Führerschein. Alles Dinge, die meinen Eltern missfallen mussten.

Umso erstaunter war ich über ihre Reaktion, als ich erzählte, dass wir ein Kind erwarteten. Nicht im Traum hätte ich das für möglich gehalten. Meine Mutter – auf deren radikale Ablehnung ich mich vorbereitet hatte, ich saß extra nur auf der Sofakante, um schnell gehen zu können, falls sie mich rausschmiss – umarmte mich überstürzt, mein Vater schaute mich mit offenem Gesicht an. Seine Falten glätteten sich, seine Augen leuchteten, die Mundwinkel wanderten immer weiter nach oben. Er räusperte sich die Kehle frei und sagte zu meinem Freund: Darauf sollten wir Männer einen guten Cognac trinken.

Ich war erleichtert und wütend zugleich. Woher kam plötzlich diese Offenheit und Toleranz? Warum hatten meine Eltern mir bis dahin immer deutlich zu verstehen gegeben, dass ich ihnen besser nur Dinge erzählte, die auch die Kirche guthieß? Ich wusste, dass meine Eltern unter gewissen Bedingungen tolerant sein konnten, aber welchen Regeln das folgte, durchschaute ich einfach nicht. Plötzlich reichte ihnen ein voraussichtlicher Geburtstermin und dass ich sagte, welche Farbe das Jäckchen haben sollte; meine Mutter wollte sofort anfangen zu stricken.

*Paris, 15. 5. 2018*

*Es gießt in Strömen. Ich rette mich in ein Café und schüttele auf der Fußmatte die Tropfen von mir ab. Behagliches Licht und der Duft von frisch gebackenem Brot empfangen mich. Ich bestelle einen Milchkaffee. Mehr nicht, fragt der Kellner. Nein, mehr nicht.*

*Manchmal zucke ich richtiggehend zusammen, wenn mir mitten im Alltagstrubel klar wird, dass ich nur einen flüchtigen Moment hier bin. Das Bewusstsein der Vergänglichkeit wabert wie ein Nordlicht durch meinen Kopf. Jetzt schaue ich ganz bewusst zu, wie die Kaffeebohnen gemahlen werden, irgendwann drifte ich wieder ab.*

*Ich kann in diesem Leben nur ich selbst sein, und ich kann es nicht einmal sonderlich gut.*

*Mein Blick fällt auf die Pflanzen, die unter der Decke hängen, ganz ohne Töpfe und Blumenerde. In scheinbar zufälliger Anordnung schweben sie an dünnen Fäden in der Luft. Wenn die Tür auf- und zugeht, wehen sie sachte im Wind.*

*Ich bedanke mich, suche die passenden Münzen raus und zahle. Der Kellner lächelt. Seine Wimpern sind wie die Luftpflanzen, lang, zart und verspielt. Der junge Mann scheint fest in seinen Routinen verankert zu sein, wechselt selbstverständlich zwischen Kasse, Kaffeemaschine und Spülbecken hin und her. Ich setze mich an den Tisch unter den Pflanzen und beobachte ihn. Er wirkt entspannt und gelassen, frei von jeglichem Ärger. Warum sind andere Menschen fast immer unbeschwerter als ich? Die effizienten Bewegungen, die er wiederholt, sind klar. Sie erinnern mich an etwas Ordnendes, Führendes, an Dirigierbewegungen und auch an Satzzeichen. Ich mache seine Bewegungen im Geiste noch größer, lasse sie schließlich zu menschlichen Tugenden anwachsen: seine lockeren Hände verkörpern Freiheit, sein großzügiges Lächeln Brüderlichkeit, seine festen Schritte Gleichheit. In nur einer Minute habe ich mir eine positive Geschichte für ihn ausgedacht.*

*Voilà, sagt er, als er mir den Kaffee bringt und einmal mehr lächelt.*

*Ich frage ihn, ob er weiß, wo man diese Luftpflanzen bekommt.*

*Er schreibt es mir auf einen Zettel: Le marché aux fleurs de l'île de la Cité.*

# TEIL 2

*Geht raus, Kinder. Das Geheimnis des Lebens.*

Wieder schrecke ich aus demselben Traum hoch: Meine Haut stülpt sich um, und darunter kommt mein wahres Ich hervor, schutzlos, rein und voller Farben. Während ich ins Zimmer blinzele, dämmert mir, dass dieser mühsame Verwandlungsprozess nun schon über fünfundzwanzig Jahre dauert. In diesen Jahren habe ich meine Tanzausbildung absolviert, vier Kinder geboren, meine Schwester verabschiedet, mich scheiden lassen und mit der Drogenabhängigkeit meines Sohnes und der Essstörung meiner Tochter gekämpft. Ich habe viel geweint und oft befürchtet, dass meine gesamte Familie den Verstand verliert. Ich habe von meinen Freundinnen mehr bekommen, als ich ihnen je zurückgeben kann. Ich habe staatliche und gesellschaftliche Hilfen für mich und meine Kinder in Anspruch nehmen dürfen. Ich habe mich neu verliebt und wieder geheiratet. Ich habe meine vier Kinder flügge gemacht und das Nest verlassen sehen. Ich bin unfertig und ramponiert. Ich will, dass meine Haut sich vollständig umstülpt und das Wurzelwerk sich lösen kann. Dafür werde ich tun, was auch immer nötig ist. Und ich tue das für mich selbst. Und für meine Kinder und meinen Liebsten. Ich schulde es auch meinen Eltern, die ihr Bestes gegeben haben. Sie haben einfach nur getan, was sie konnten, wie jeder von uns.

Uns zu unserer Unvollkommenheit zu bekennen ist ein wichtiger Schritt, um zu wahrhaftigen, guten Eltern zu werden. Kinder, die mit solchen Eltern aufwachsen, erfahren Sicherheit und Freiheit. Sie müssen kein entkräftendes Wurzelwerk in sich tragen.

Im Nachhinein ging es mir auf: Als ich mich in den Vater meiner Kinder verliebte, führte dieses Gefühl auf eigenartige Weise auch hin zu meiner Mutter. Die kräftigen schwarzen Haare meines Mannes übten eine fast magische Anziehung auf mich aus. Ich weiß noch genau, wie ich seine Haare zu Beginn unserer Beziehung ständig streichelte und mich an eine frühe Erfahrung erinnert fühlte. Ich vermute, als Baby muss ich den Griff in die Haare meiner Mutter als Liebe empfunden haben, eine Form von Liebe, die ich mit meinen Händchen festhalten konnte. Jetzt bestätigte mir der Griff in das schwarze Männerhaar, dass ich jemanden gefunden hatte, der mich annahm und mit großer Selbstlosigkeit unterstützte.

Ich weiß noch, wie ich mir sagte: Wenn ich Kinder bekomme, tue ich alles, damit sie sich geliebt und angenommen fühlen. Und gemocht. Manchmal ist das sogar mehr, als jemanden zu lieben – ich liebe zwar jeden einzelnen meiner Verwandten, doch das heißt noch lange nicht, dass ich auch alle wirklich *mag*.

Meine erste Schwangerschaft war nicht geplant. Meinen Mann hatte ich in Helsinkis Künstlerkreisen kennengelernt; er war Komponist und hatte bei unserer ersten Begegnung

Interesse signalisiert, mit mir zu arbeiten. Ich verliebte mich sofort. Ich ignorierte die Tatsache, dass er eine Freundin hatte, und begann eine heimliche Beziehung. Wir hatten regelmäßig Sex in seiner Wohnung, in der auch seine Freundin lebte; an den Schranktüren hingen ihre Kleider. Ich fühlte mich bei ihrem Anblick zwar schuldig, aber auch voller Trotz. Diesen Trotz zu spüren und bewusst zu ihm zu stehen schien mir zum ersten Mal im Leben wesentlicher als jegliche Moral. Auf eine ungesunde Art war nichts wichtiger, als gegen diese unbekannte Frau in einen Schattenboxkampf zu treten.

Dann zog mein Liebster sich zurück, um zu überlegen, welche Frau er nun eigentlich wollte. Das verletzte mich enorm, aus Rache begann ich eine Affäre mit einem seiner Freunde. Ich war wütend und bitter. Ich verstand nicht, was mein langhaariger Freund groß zu überlegen hatte. Wieso überhaupt überlegen? In solchen Angelegenheiten musste das Herz sofort die Antwort kennen.

Als er nach seiner Bedenkzeit wieder auftauchte, brachte er eine neue Frage mit: ob ich mich mit ihm verloben würde. Am gleichen Abend erzählte er mir auch von seinem Wunsch, Vater zu werden, schon seit Jahren wolle er das. Ich hörte aufmerksam zu, verspürte jedoch keinerlei Wunsch nach einem Kind. In einem rauschhaften Gemisch aus aufgestauter Sehnsucht, seinem überraschenden Verlobungsantrag und viel Weißwein schliefen wir miteinander. Erst am nächsten Morgen dämmerte uns, dass wir nicht verhütet hatten. Ich holte mir in der Apotheke die Pille danach, nahm sie ein und vergaß die Sache. Trotzdem: Das hohe weiße Haus am Meer, in dem er wohnte, wurde zu dem Ort, an dem unser erstes Kind auf den Weg gebracht wurde.

Die Abschlussfeier an der Uni war Ende November. Morgens wurde es kaum noch richtig hell, meine Periode war ausgeblieben, meine Brüste spannten. Ich musste an meine aufmüpfige Antwort im Biologie-Abitur denken: Menschen pflanzten sich fort, weil sie sich liebten (dieser schöne Ansatz war natürlich falsch, aber die Frage war bloß eine Zusatzfrage gewesen, die nicht in die Wertung einfloss). Während ich mich für die Feierlichkeiten zurechtmachte, holte ich den Schwangerschaftstest aus der Schublade. Kaum hatte ich draufgepinkelt, erschienen die zwei Streifen. Mein erster Gedanke war: Nicht jetzt. Ich machte uns sofort einen Termin beim Gynäkologen und wollte eine Abtreibung.

Der Arzt hörte zu, was wir über unsere Situation zu sagen hatten, sah mir in die Augen und fragte, ob wir uns denn nicht lieben würden. Doch. Er fragte, warum wir dann eine Abtreibung wollten. Diese Frage veränderte den weiteren Verlauf meines Lebens. Oder nicht nur die Frage, sondern die plötzliche Umwälzung, die in mir stattfand: Ich hatte nun die ganz konkrete Möglichkeit, Mutter zu werden. Mein großer Traum, Choreografin zu werden, war ja schon in Erfüllung gegangen.

Bei meiner ersten Schwangerschaft erwies mein Körper sich als stark und flexibel. Er reagierte sofort auf den kleinen Embryo und passte sich in großer Geschwindigkeit an. Aber nicht nur äußerlich, auch innerlich veränderte ich mich, und das betraf auch meinen Partner. Ich bat ihn, sich eine feste Stelle zu suchen, damit wir finanziell abgesichert waren. Ich bat ihn, sich die langen schwarzen Haare abschneiden zu lassen, die ich bis eben noch vergöttert hatte. Ich wollte, dass er sich anständige Kleidung kaufte und die Hochwasserhosen und geblümten Hemden im Schrank ließ. Mein gesamtes Denken trübte sich ein. Ich begann alles zu kontrollieren und lebte meinen Nestbautrieb voll aus, aber nicht wie ein Fink, sondern wie ein Raubvogel.

Zwischenzeitlich wurde meine erste Schwangerschaft von Übelkeit überschattet. Ich musste mich zwar nicht übergeben, doch mir war oft genug flau. Zum Glück merkte ich, dass saure Äpfel und Finn Crisp halfen. Bis heute wird mir von Pfefferminztee und einem bestimmten Seifengeruch übel, und sogar manche Ecken der Stadt können diese Reaktion in mir auslösen.

Während der Schwangerschaft unterrichtete ich Kindertanz in einer Kita. Dass ich die Kinder nicht so süß fand, wie ich angenommen hatte, beunruhigte mich. Die Horde kreischender Kleinkinder bei der Stange zu halten laugte mich vollkommen aus, die Stunden erschienen mir endlos. Wie gern hätte ich zwischen den einzelnen Gruppen eine kurze Pause gehabt, ich wollte doch unbedingt mein Finn Crisp essen. Und am liebsten wollte ich nach Hause, ins Bett gehen und mich in tiefen Schlaf flüchten.

Während dieser Schwangerschaft schlief ich so viel wie noch nie. Ich hatte oft Albträume und fing leicht an zu weinen.

Gleichzeitig fühlte ich mich auf eine völlig neue Art glücklich.

Noch im siebten Monat tanzte ich an der Nationaloper. Mein Rock bekam einen unfassbar großen Taillenumfang geschneidert, ein Oberteil gab es erst gar nicht. Mit nacktem Oberkörper zu tanzen hatte mir nie etwas ausgemacht, jetzt genoss ich meine spezielle Erscheinung geradezu. Die Höfe um meine Brustwarzen waren deutlich vergrößert und erinnerten mich der Farbe wegen an große runde Holzlöffel.

Ich trainierte so intensiv wie sonst auch und organisierte parallel dazu unsere Hochzeit. Bei einer Kontrolluntersuchung bremste man mich, ich hätte bereits erste Wehen und müsse meine Aktivitäten radikal einschränken. Dann steckten sie mich in die Klinik. Ich sagte dem Personal der gynäkologischen Station, ich müsse am kommenden Wochenende unbedingt zur Hochzeit, doch niemand begriff, dass es meine eigene war, sie ermahnten mich nur zur Ruhe und rannten weiter. Als mein Anliegen endlich durchgedrungen war, ließ man mich für einen Tag raus, unter der Bedingung, dass ich nicht tanzte und mich ruhig verhielt.

Ich war über alle Maßen beherrscht, über alle Maßen ernst und über alle Maßen traurig und besorgt. Mein Vater geleitete mich in meinem weißen langen Kleid den baumwurzeldurchzogenen Weg entlang. Während wir auf die Hochzeitsgäste und den Pastor zugingen, die unten am Ufer vor der Kirche warteten, konnte ich nicht anders, als meinen Tränen freien Lauf zu lassen. Und als die eigentliche Zeremonie begann und der Pastor die Stimme erhob, heulte ich laut los. Das Glück, das ich doch eigentlich über das Baby empfand, und die gleichzeitige Sorge waren einfach zu groß.

Nach der Feier ließ ich mich auf direktem Weg zurück in die Klinik bringen und lag die kommende Woche still im Bett. Ich hatte noch zwei Monate vor mir, mein Arzt verordnete allerstrengste Ruhe. Ich hielt sie ein, aber es war unglaublich schwer für mich.

Am Ende des Sommers, exakt zum berechneten Termin, brachte ich mein Kind zur Welt, meinen herrlichen Sohn. Er war groß, schmal und ein wenig bläulich. Er sah aus wie ein Engel.

Als ich zum zweiten Mal schwanger wurde, war unser erstes Kind eineinhalb Jahre alt. Ich arbeitete gerade an einem Stück, in dem nur Jungs und Männer tanzten. Das winzige Wesen in mir, das sich stärker bemerkbar machte, als ich es von meiner ersten Schwangerschaft kannte, wuchs von maskuliner Energie umgeben heran und kam zwei Wochen zu früh zur Welt, am Geburtstag meines Vaters. Die Schwangerschaft war unkomplizierter gewesen als die erste, meine Stimmung weniger schwankend, die körperliche Übelkeit vielleicht eine Spur stärker.

Die Geburt verlief erstaunlich leicht. Als ich mein Baby zum ersten Mal im Arm halten durfte, sah es mir sofort in die Augen. Da waren wir, mein neuer kleiner Sohn und ich. Die Zeit blieb stehen; ich weiß nicht, für wie lange. Ich war nun die Mutter von zwei ganz unterschiedlichen Jungs.

Meine dritte Schwangerschaft begann mit einer hitzigen Diskussion zwischen mir und meinem Mann, gemessen an unserem damaligen friedlichen Miteinander sogar mit einem Streit – beziehungsweise der Versöhnung. Und dann wuchs in meinem Bauch ein Känguru, ein wahrer Kickboxer heran. Solche Purzelbäume kannte ich aus den ersten beiden Schwangerschaften nicht, unser drittes Kind bewegte sich ungewöhnlich heftig und schnell. Meine zwei Söhne liebten es, vor meinem Bauch zu sitzen und die Bewegungen ihres kleinen Geschwisters zu verfolgen, das schon jetzt mit den großen Brüdern spielen wollte. Im Berufsleben hatte ich endlich meine erste feste Stelle als Tänzerin ergattert und musste regelmäßig tanzen, der Familienalltag war stressig.

Rettung brachte unsere neue Oma. Mein Ältester fand sie auf dem Spielplatz, einfach so. Er lief spontan zu ihr hin, und sie nahm ihn in die Arme. Gleich darauf tranken wir zusammen einen Kaffee. Sie half uns täglich mehrere Stunden. Die restliche Zeit wechselten mein Mann und ich uns ab. Wir gaben alles, um bei der Arbeit und zu Hause unsere Pflichten zu erfüllen.

Unser dritter Sohn kam an einem stürmischen Wintermorgen zur Welt, die Geburt ging schnell. Er war knallrot und schrie laut, erst auf meiner Brust beruhigte er sich allmählich. Unsere Familie hatte ein weiteres neues Mitglied, die Kinder waren nun in der Überzahl. Unser neues Baby hatte viel Temperament und markante Augenbrauen, die schon vom Krankenhauspersonal bewundert wurden. Seine Augenfarbe kristallisierte sich im Laufe der ersten Wochen heraus, moosgrün, die Haare wurden pechschwarz. Seinen zweiten Vornamen bekam unser dritter Sohn nach meinem Vater. Als dieser den vollen Namen seines neuen Enkels bei der Taufe vernahm, begann er zu weinen.

Nie hätte ich gedacht, wie sehr Mutter zu sein mein Leben veränderte. Diese Identität brachte so viel Neues mit sich! Vor mir, hinter mir, neben mir, in den Diagonalen, unter mir, über mir und vor allem in mir.

Ich lüfte ein Geheimnis: Keines meiner Kinder habe ich mir gewünscht. Keines habe ich geplant. Aber ab dem Moment, wo klar war, dass ich schwanger bin, begann jedes Mal ein emotionaler Prozess, an dessen Ende große Liebe stand. Eine große Sehnsucht nach diesem Kind und eine grenzenlose Dankbarkeit für seine Ankunft. Das sagt natürlich vor allem etwas über meine offene, etwas chaotische Einstellung dem Leben gegenüber aus. Und nicht, dass es nicht auch zwiespältige Momente gegeben hätte.

Und dafür schäme ich mich.

Denn zum einen ist es vermutlich nicht fair, dies hier auszusprechen, schließlich könnten meine Kinder zu dem Schluss kommen, dass sie keine Wunschkinder waren – was sie aber stets geworden sind. Zum anderen werde ich offenbar sehr leicht schwanger, was ich als ungerecht empfinde denen gegenüber, die an ungewollter Kinderlosigkeit verzweifeln.

Ein zweites Geheimnis ist dieses: Ich hatte bei allen Schwangerschaften Angst, ein Mädchen zu bekommen. Ich betete jedes Mal, es möge ein Sohn werden. Dabei fand ich kleine

Mädchen wundervoll und spürte, dass es irgendwo in mir auch einen großen Wunsch nach einer Tochter gab. Doch es wurde jedes Mal ein Junge.

Meine vierte Schwangerschaft begann problematisch. Auch sie war wieder ungeplant. Ich war damals vollkommen erschöpft von den ständigen Infekten unseres Jüngsten, er war schon fast ein Jahr dauerkrank. Außerdem musste ich ihn noch immer stillen, etwas anderes akzeptierte er nicht. Die älteren beiden waren gerade mal fünf und drei. Trotz des intensiven Stillens hatte ich wieder meine Tage bekommen, dann blieben sie plötzlich aus. Es dauerte nicht lange, und meine Brüste spannten. Der Schwangerschaftstest war positiv. Ich rief sofort in der Klinik an. Weinend sagte ich, wie müde ich sei, dass ich bereits drei Kinder hätte und einen Termin zur Abtreibung brauchte. Nach einem kurzen Gespräch war die Sache klar, die ohnehin schon anstrengende familiäre Situation machte weitere Beratungen überflüssig.

Der Termin war am Montagmorgen. Am Sonntagabend saß ich allein in unserer Küche am Esstisch. Die Kinder schliefen, mein Mann war unterwegs. Es war unglaublich still, was bei uns selten vorkam. Meine Gedanken drehten sich um die Abtreibung. Ich wusste plötzlich nicht mehr, was ich von meinem Entschluss halten sollte. Wie würde ich mich auf dem Weg in die Klinik fühlen? Während des Abbruchs? Und danach? Ich konnte meine Entscheidung nicht mehr vor mir rechtfertigen. Ja, wir würden nicht mehr in unsere jetzige Wohnung passen. Auch nicht mehr in unser Auto. Es würde finanziell schwierig werden mit einem vierten Kind, kräftemäßig sowieso. Auf dem Tisch lag die Schachtel mit den Buntstiften, mit denen die Jungs gemalt hatten. Eigentlich male ich nie, aber ich schnappte mir einen gelben Stift und legte los. Das Ergebnis war eine gelbe ovale Höhle, deren Ränder ich immer dicker malte und verstärkte, bis sie leuchteten. Ich war wie besessen und konnte gar nicht mehr aufhören zu malen, irgendwann brach ich in Tränen aus. In das gelbe Oval schrieb ich: Ich liebe dich schon jetzt.

Als mein Mann nach Hause kam, sagte ich es ihm, die Sache war sonnenklar. Am nächsten Morgen rief ich in der Klinik an und entschuldigte mich für die kurzfristige Absage. Die Krankenschwester gratulierte mir. Ich begann nun, auf eine Tochter zu warten, auch wenn ich das bis zu ihrer Geburt kaum glauben konnte.

Diese Geburt war die längste von allen. Und auch die schmerzhafteste, beim Pressen dachte ich, ich müsse sterben. Eigentlich hatte ich mich auf meine Erfahrung im Kreißsaal verlassen, glaubte zu wissen, wie mein Körper funktionierte. Aber ich drehte durch vor Schmerzen und hatte riesige Angst, den Verstand zu verlieren. In diesem späten Stadium der Geburt konnte man schmerzlindernde Maßnahmen nicht mehr anwenden. Doch irgendwoher kam ein rettender Gedanke, an den ich mich bis heute klar erinnere und der mir die Kraft für die letzten Presswehen verlieh: Dies ist das äußerste Grenzgebiet der Liebe, hier ist es. Es verläuft zwischen mir und dem neuen Leben, das aus mir heraus entsteht. Zugleich blitzte die Erkenntnis auf, wie wenig ich über die Liebe wusste.

Meine Tochter wurde mir zur wichtigsten Lehrerin, die ich je hatte. Sie stellte mich vor die schwierigsten Aufgaben, die heikelsten Fragen. Mit ihr musste ich um die Luft kämpfen, die wir atmeten. Wo ist dein Platz und wo meiner? Wo verläuft die Grenze zwischen uns? Wo sind wir verschieden? Aber zwischen uns ist und bleibt Liebe, und dank dieser Liebe kann ich erkennen, dass Verletzlichkeit die Kehrseite von Schönheit ist und dass sie untrennbar zum Leben dazugehört.

*Paris, 17. 5. 2018*

*Die Sonne bricht durch, der Wind vertreibt die Regenwolken. Ich gehe von der U-Bahn-Station Cité hinüber zu dem Blumenmarkt, den der Kellner mit den schönen Augen mir empfohlen hat: enge Marktgassen mit Ständen voll hübsch arrangierter Blumen, attraktive Französinnen, sommersprossige Kinder. Überall Töpfe, grüne Ranken fallen aufs alte Kopfsteinpflaster. Ich muss oft ausweichen und im Zickzack laufen, um im Gewimmel voranzukommen.*

*Auf einmal höre ich im Meer der französischen Sprache ein lautes Zwitschern. Ich schaue auf und sehe einen großen Käfig mit einem wunderschönen blauen Vogel. Sofort fällt mir mein erster Theaterbesuch ein, ich war noch ganz klein. Das Stück* Vogel Blau *von Zacharias Topelius beeindruckte mich tief. Ich erinnere mich bis heute an den Geist von Gerechtigkeit und Mut, den das Stück atmete, und spüre eine Welle von Leichtigkeit in mir aufsteigen.*

*Und direkt neben dem Käfig hängen die Luftpflanzen, nach denen ich gesucht habe! Sie sehen genauso aus wie die im Café und lassen mich an kleine Tintenfische, besonders kreativ geratenes Spritzgebäck und zarte Muster von Libellenflügeln denken.*

*Ich grüße die Standbesitzerin mit einem* Bonjour Madame. *Sie steht auf und sieht mir offen ins Gesicht. Sie könnte aus Al-*

*gerien stammen, ihre dunkelbraunen Augen sind fremd und doch vertraut. Lachfalten umrahmen ihren wachen Blick.*

*Ich zeige auf eine kleine Luftpflanze und frage: Kommt die wirklich ohne Pflege zurecht?*

*Es sieht ganz so aus, und dasselbe gilt seit vielen Jahren auch für mich, lautet die Antwort der Frau.*

Meine Kinder haben ihr eigenes Leben. Ihre Körper existieren ohne mich, sie leben nach ihren eigenen Rhythmen, verfolgen ihre Interessen. Aber sie sind in mir herangewachsen, saßen auf meinem Schoß, lebten von meiner Milch. Ihre Persönlichkeiten zeigten sich schon in den Schwangerschaften, durch die Art ihrer Bewegungen. Es mag seltsam klingen, aber ich wusste schon da eine Menge über sie.

Wenn man mehrere Kinder hat, füllt das die gesamte Zeit aus. Manchmal fühle ich mich, als wäre ich eine Notrufzentrale, ich nehme ständig Anrufe entgegen, gebe Ratschläge und reagiere permanent auf das, was reinkommt.

Meine Kinder haben von denselben Tellern gegessen, dieselben Löffel benutzt, haben alles geteilt. Sie sind eine Herde. Sie sind bedürftig und alle auf ihre Art schwierig. Und sie streiten sich, alle auf einmal sowie in verschiedenen Konstellationen.

Dennoch würde ich diesen Seiten des Familienlebens nie ausweichen wollen. Wenn man Mutter wird oder Vater, ist alles möglich, im Guten wie im Schlechten. Die Zeit der Sorglosigkeit ist vorbei, ab sofort lebt man mit der Angst, alles zu verlieren.

Die Natur hat es so eingerichtet, dass Kinder ihren Eltern ähneln. Damit fällt es den Eltern noch leichter, den Nachwuchs zu lieben. Selbst wenn Mutter und Vater einander betrügen und sich trennen, die Liebe zu den Kindern bleibt.

Man muss Kindern unbedingt ihre Emotionen erlauben, sie müssen sie wirklich fühlen dürfen. Ich denke immer wieder darüber nach, ob mir das gelungen ist, ob ich meinen Kindern auch unerfreuliche Gefühle gestattet habe. Was mir auf jeden Fall gelungen ist: Ich habe sie Fehler machen und daraus lernen lassen.

*Alles dreht sich ums Loslassen. Wirklich mit jemandem verbunden sind wir nur über die Nabelschnur. Ist sie durchtrennt, sind wir allein.*

Wenn man vier Kindern jahrelang all seine Energie gegeben hat, weiß man, dass man wahrhaft Mutter war: vier Geburten in sieben Jahren, vier Jahre Stillen, sechsunddreißig Monate beziehungsweise drei Jahre Schwangerschaft, und bis heute – sie sind alle erwachsen – fünfundachtzig Geburtstage. Doch ich spüre das Muttersein auch dann, wenn es still ist, wenn niemand mich braucht. Ich spüre es, wenn ich Schränke aufräume und Regale ordne und mich jeder Gegenstand an die Kinder erinnert. Ich spüre es in meinem Herzen, das selbst in Momenten der Ruhe wach und aufmerksam bleibt.

Manchmal denke ich, dass ich nichts so gut kann, wie Mutter zu sein, und manchmal, dass ich auf diesem Gebiet absolut keinen Durchblick habe. Elternschaft ist eine sonderbare und sehr spezielle Aufgabe. Es ist eine Rolle, die einem auf mystische Art von tief innen gegeben wird, aus dem Körper heraus, zugleich ist sie die konkreteste Aufgabe im gesamten Leben. Kinder bekommen zu können ist das höchste Privileg, das ich mir ausmalen kann. Es ist das Schönste überhaupt und zugleich das Anstrengendste überhaupt.

Ich bin schon so lange Mutter, dass ich mich an die Zeit davor nicht immer gut erinnere. Aber ich weiß noch, dass mir die vielen Väter auffielen, die müde auf Spielplätzen hockten, und die vielen Mütter, die vornübergebeugt den Kinderwagen schoben. Wenn ich kindliche Wutanfälle im Supermarkt beobachtete, dachte ich in jugendlicher Unwissenheit: Wie unangenehm, da hat jemand seinen Nachwuchs nicht im Griff. Gleichzeitig befühlte ich in diesen Jahren auf Flohmärkten Jeanslatzhosen und Spitzenhöschen für Kleinkinder. Im Studium habe ich bei meinen Reisen manchmal süße gebrauchte Laufiernschuhe gekauft, irgendwann hingen mehrere kleine Paare dekorativ an meiner Zimmerwand. Trotzdem war das Thema Schwangerschaft für mich weit weg und hatte etwas Irreales. Natürlich, ich mochte Kinder, doch zu dieser Zeit dachte ich eher an Adoption.

Der Wunsch, Mutter zu werden, funktionierte wie ein ferner, aber starker Magnet: Noch ehe ich ihn selbst bewusst spürte, zog er einen anderen Menschen in mein Leben. Jemanden, mit dem ich mich verbinden und etwas zurücklassen konnte, das noch da sein würde, wenn es uns nicht mehr gab. Dieser Wunsch hatte etwas Egoistisches, nahm aber eine selbstlose Form an. Die Vorstellung, Mutter zu werden, entwickelte eine sich meinem Verstand entziehende, ungeheure Kraft. Ich gab mich ihr hin und fand mich in einem anderen Dasein wieder. Ein Zurück war nicht mehr möglich.

Elternschaft bedeutet, sich permanent in Veränderungen und Übergängen zu befinden, nie ist etwas fertig. Die Entscheidungen, die man trifft, sind selten perfekt, sondern in aller Regel bloß die bestmögliche Alternative aus einer Reihe mittelmäßiger Optionen. Was Erziehungsmethoden betrifft, setze ich eigentlich nur noch auf den Grundsatz von Freundlichkeit und Ehrlichkeit. Und wenn ich ihn mal nicht einhalten kann und es aufs Gegenteil hinausläuft, dann auf Milde.

Ich habe meine Kinder schon immer gut gefunden, sie sind toll. Genau so, wie sie sind. Und ich hoffe nicht, dass ich jemals dachte, sie wären mein Eigentum. Denn von Anfang an war so was von klar, dass sie das nicht sind.

Ich bin für viele wichtig, und das ist extrem anstrengend. Wie gern würde ich selbst darüber bestimmen können und im Wechsel unersetzbar sein und ersetzbar. In einem Moment genieße ich es sehr, gebraucht zu werden, im nächsten möchte ich aber unabhängig sein. Ich kann zwischen diesen Polen keine Balance finden und wäre gern beständiger, wünschte mir den Pragmatismus eines Zahnarztes: So, wir fangen hinten oben an und arbeiten uns gründlich Zahn für Zahn voran. Aber einen solchen Zugriff auf das Leben habe ich nicht, und manchmal bin ich deshalb schwer von mir enttäuscht. Ich flattere umher, springe von einem Zimmer ins nächste, kann nicht bei einer Sache bleiben. Ich brauche den Wechsel zwischen verschiedenen Positionen und Richtungen, alles muss gleichzeitig passieren.

In mir steckten verschiedene Mütter.

Manchmal war ich eine Pippi-Langstrumpf-Mutter. Ich machte mit den Kindern und ihren Freunden aus der Nachbarschaft Purzelbäume, sprang mit ihnen noch spät am Abend Springseil und kleidete mich, wie ich gerade Lust hatte. Ich war für jeden Unsinn zu haben und fürchtete so gut wie nichts.

Manchmal war ich die erziehende Mutter, verhielt mich kontrolliert und verantwortungsbewusst. Dabei machte ich den Fehler, mich für meine Kinder zu genieren, wenn sie laut waren oder sich unbedacht verhielten. Für die Schule besorgte ich ihnen frühzeitig alle benötigten Bücher und schlug sie in durchsichtige Schutzfolie ein. Die Fragebogen der Lehrer beantwortete ich im Handumdrehen und gab sie unzerknittert in Klarsichthüllen wieder ab. Ich ging zu sämtlichen Elternabenden und ließ mich zur Elternsprecherin wählen. Diese Mutterrolle hatte ich irgendwann satt, sie liegt schon lange hinter mir.

Als Haushaltsmutter staubsaugte ich jeden Tag. Ich bügelte die Kleidung der Kinder und vergaß nie, vor dem Wäschewaschen die Hosen- und Jackentaschen zu leeren. Ich putzte die Schuhe der Kinder und sorgte dafür, dass alle Schulranzen einen Reflektor hatten und Taschentücher in der Außentasche steckten. Ich machte einen Essensplan für die ganze Woche, der alle wichtigen Vitamine und Spurenelemente enthielt, ließ Impfungen rechtzeitig auffrischen und beteiligte mich an den Familientagen der Schule.

In der Rolle der Esoterik- und Ökomutter dämpfte ich Gemüse, statt es zu kochen, und kleidete die Kinder ausschließlich in Biobaumwolle und -seide. Wunden behandelte ich mit Spitzwegerichblättern, Wachstumsschmerzen mit Kohlblättern, Ohrenschmerzen mit klein geschnittenen Biozwiebeln, die ich in ein Tüchlein aus Seide und Wolle wickelte und zwischen Ohr und Mütze schob. Unsere Ohrenkerzen und homöopathischen Kügelchen bot ich auch den Nachbarmüttern an. Um nicht Auto zu fahren, ging ich kilometerlange Strecken zu Fuß, ein Kind auf dem Rücken und eins auf der Brust, die zwei anderen in der Geschwisterkarre.

Als Künstlermutter nahm ich die Kinder mit zu meinen Proben und entwickelte aus ihren Spielen und Bewegungen eine Choreografie. Ich schlug den Tänzern vor, sich an die eigene Kindheit und die damit verbundenen Bewegungsmuster zu erinnern. Als Künstlermutter ließ ich die Kinder über die Theaterflure rennen, draußen in matschigen Pfützen spielen und war überzeugt, dass Freiheit die Voraussetzung für Kreativität ist.

Als ausgebrannte Mutter weinte ich oft. Im Auto, während des Geigenunterrichts eines Kindes, während des Cellounterrichts eines anderen. Sogar an der Supermarktkasse weinte ich, und was die anderen dachten, war mir egal. Oder nein, egal war es nicht, ich hatte nur schlicht keine Kraft mehr, mich zu schämen. Das Spiel war verloren, alles, was ich noch erhoffte, war ein möglichst reibungsloser Abend mit frühem Ende und schnellem Schlaf. Ich war tief unten und besaß nicht einmal mehr die Energie, über meine Erschöpfung zu sprechen.

Zur stacheligen Mutter wurde ich immer kurz vor meiner Periode. Ich war äußerst reizbar, fand mich dick und hässlich und wollte niemanden sehen. Ich sagte Verabredungen ab und ärgerte mich über die Kinder und ihre Streitereien.

In Zeiten der Helikoptermutter hing innen an der Wohnungstür immer ein Zettel: Pausenbrote, Schlüssel, Portemonnaie, Busfahrkarte! Ich passte auf, dass die Stifte der Kinder angespitzt waren und Radiergummi und Lineal im Mäppchen nicht fehlten. Ich telefonierte den Kindern hinterher und machte sie frühzeitig darauf aufmerksam, dass es kälter und dunkler wurde. Ich war wie besessen und hatte kein eigenes Leben mehr.

Als kollegiale Mutter war ich freundschaftlich und gelassen. Meine Kinder und ich produzierten Kunst und begegneten uns gleichberechtigt und mit Respekt, ich ging auf ihre unterschiedlichen Talente ein. Ich wollte als Mutter wirklich präsent sein und das auch körperlich ausdrücken. Diese Rolle war befriedigend.

Momentan übe ich mich darin, meinen Kindern eine Freundin zu sein. Wir machen zusammen Sport, treffen uns in der Stadt und unternehmen kleine Reisen. In dieser Rolle bin ich noch absolute Anfängerin.

Und dann gibt es das bloße Mutter-Ich, ohne Rolle oder Aufgabenprofile. In dieses Muttersein ist auch Trauer eingewoben. Als mein Mann und ich uns scheiden ließen, ging in diesem Teil meiner Identität etwas kaputt. Unsere Tochter war zu diesem Zeitpunkt so alt wie ich damals, als meine Kindheit abrupt endete. Ich wusste nicht, wie ich mich in dieser harten Phase der Trennung verhalten sollte, hatte keine Konzepte, auf die ich zurückgreifen konnte. Mutterschaft bedeutet, dass alles, was den Kindern passiert, indirekt auch einem selbst passiert, und eben auch umgekehrt. Wenn ich genau überlege, muss ich mich korrigieren: Meine Mutteridentität ist nicht beschädigt worden oder kaputtgegangen, aber sie musste sich dehnen und biegen.

Ich bin zäh geblieben und habe durchgehalten, und ich denke, dass mir als Mutter bis zur Trennung doch noch einiges geglückt ist. Vielleicht brauchte ich diesen Einschnitt, um mich auch als Mutter weiterentwickeln zu können. Auch wenn mir selbst die Erfahrung fehlt, so angenommen zu werden, wie ich bin, konnte ich diesen Teil der Geschichte für meine Kinder umschreiben, und das ist enorm viel wert. Weil ich an die Liebe glaube, glaube ich auch an die Möglichkeit der Veränderung. Und ich glaube an eine helle, schöne und gute Kindheit.

*Paris, 18. 5. 2018*

*Es ist ein nebliger Morgen und noch früh. Ein Geigenspieler unten auf der Straße hat mich aufgeweckt. Der Ton ist nicht ganz sauber, aber das Stück schön. Nach ein paar Minuten stehe ich auf und gehe auf den kleinen Balkon. Leider bin ich zu spät, der Geiger geht schon weg.*

*Ich setze mich an den Schreibtisch und fühle, wie die altbekannte Mischung aus Rastlosigkeit und Melancholie von mir Besitz ergreift. Der Fußboden ist kalt. Ich nehme den Bleistift in die Hand und fange an zu schreiben, denn ich habe mir versprochen, das jeden Morgen zu tun, gleich nach dem Aufwachen, ehe ich mir selbst abhandenkomme. Ich muss wieder an die Frau auf dem Blumenmarkt denken, kriege sie nicht aus dem Kopf. Ihre merkwürdig zusammengebundenen lockigen Haare, die große Narbe an ihrem Hals.*

*Auch wenn wir nur kurz miteinander gesprochen haben, konnte ich ihre Ausstrahlung deutlich wahrnehmen: eine ganz private, nach außen hin abgegrenzte Schönheit, eine Frau voller Widersprüche. Ihre Eltern sind im Algerienkrieg umgekommen, sie ist Einzelkind und hat weder Mann noch Kinder. Sie schwebt frei in der Luft, wie ihre Pflanzen.*

*Aus irgendeinem Grund bin ich sicher, dass sie ihr Mittagessen mit Freude isst und ihren Wein mit einem Schmunzeln trinkt. Und ich bin sicher, wir sehen uns wieder.*

Die Scheidung brachte ans Licht, was ich hinter permanenter Betriebsamkeit versteckt hatte. Sie zeigte mir, mit was für einem immensen Druck ich versucht hatte, die Liebe zu meinen Kindern durch Geschäftigkeit zum Ausdruck zu bringen, durch Leistung. Dabei waren die wichtigen Momente die, in denen ich einfach nur Zeit mit ihnen verbrachte, zuhörte, mit ihnen spielte. Die einzige Reparaturmaßnahme, die mir heute bleibt, ist Nachsicht. Die Kinder werden zurechtkommen. Und um mich sollen sie sich keine Sorgen machen.

In meinem Leben wurde alles von Eile überlagert, ständig musste es vorangehen, notfalls mit einem Ruck. Stehen bleiben ging nicht, es war mir schlicht nicht möglich. Das hat seinen Grund. Ich konnte nicht allein sein. Und auch das hat seinen Grund.

Mutter zu werden – das ist ein dichtes Gewirr, dessen Betrachtung radikalen Mut und Genauigkeit verlangt. Manchmal empfinde ich das Muttersein als eine große Schönheit, die sich inmitten banaler Alltagssituationen offenbart, als eine Art Urkraft. Oft genug habe ich sogar ganz egoistisch und unsinnig angenommen, es gehe meinen Kindern am besten, wenn sie bei mir sind. Obwohl ich vom Verstand her weiß, dass sie mir nicht gehören, habe ich mich immer wieder so verhalten. Daraus ist nie etwas Gutes erwachsen.

Die Kinder sind eine Gruppe, und vor allem sind sie Individuen. Sie übernachten in verschiedenen Konstellationen beieinander und bewohnen die Zimmer der anderen phasenweise mit. Sie machen zusammen Musik und Sport, gehen zu den Auftritten und Wettkämpfen der anderen, kochen gemeinsam. Sie unterstützen sich gegenseitig in der Schule und bedeuten einander viel. Sie bilden Teams, haben ihre eigenen Geschichten, die nur ihnen gehören. Ich bin mir sicher, sie vertrauen einander blind.

Eins meiner Kinder ist ausdauernd und fleißig, hat ein gutes Gedächtnis und ist ausgesprochen klug. Diese Klugheit hat mit dem gewundenen Lebenspfad dieses Kindes zu tun, den Lehren, die es aus Schwierigkeiten gezogen hat. Dieses Kind ist lieb, freundlich und mutig, meint es immer gut und ist gelegentlich etwas zerstreut. Es interessiert sich für Fische, Bauwerke, Geschichten, spielt Gitarre und fährt gern Rad, mag neue Anregungen und inspirierende Menschen.

Ein anderes Kind ist künstlerisch veranlagt, vielseitig begabt, hat gute Manieren, ist liebevoll, sensibel und witzig, kann gut zuhören, hat eine große Tiefe und schaut genau hin. Es interessiert sich für akustische und visuelle Phänomene, für Erfindungen, Sinnestäuschungen und Schönheit. Es möchte Einfluss nehmen.

Das dritte Kind lebt im Moment. Es ist quirlig, aktiv, unruhig, charismatisch, hat einen tollen Humor, kann sich immer nur auf eine Sache auf einmal konzentrieren, ist originell. Es interessiert sich für Fahrräder, für alles, was sich bewegt, für Sport und Körperbeherrschung, spielt gern Schlagzeug. Es trinkt Unmengen von Kaffee, reist gern und bewegt sich viel in Gruppen.

Das vierte Kind hat eine Willensstärke, die ich sonst von niemandem kenne. Zugleich ist es sehr empfindsam. Es hat starke Gefühle, einen guten Instinkt und ist kreativ. Es liebt Tiere und drückt sich mit Worten, Sprache, Tanz und Gesang aus. Es interessiert sich für zwischenmenschliche Beziehungen, Mode, Filme und die Verbesserung unserer Welt durch drastische Interventionen.

Noch während ich dies schreibe, erkenne ich die Reduktion, die ich vornehme. Interessen und Begabungen reichen nicht aus, um Menschen zu beschreiben und sie voneinander zu unterscheiden. Ich tue meinen Kindern Unrecht, wenn ich sie mit gängigen Adjektiven und Substantiven charakterisiere, wo es doch um ihre Einzigartigkeit gehen sollte.

Ich weiß noch, wie ich meine Mutter mal gefragt habe, weshalb sie uns Kinder nie vor anderen lobt. Ihre Antwort lautete, das wäre Angeberei. Das hat mir nicht eingeleuchtet. Anscheinend war Lob das Gegenteil von Demut und deshalb fragwürdig. Meine Mutter fand es angemessener, andere Menschen zu bewundern statt die Talente der eigenen Kinder. Auch wenn ich mich von dieser falschen Bescheidenheit wegentwickelt habe, nehme ich wahr, dass es in mir eine andere Art Hindernis gibt, denn es fällt mir nicht leicht, meine Kinder und ihre Eigenschaften zu thematisieren.

Noch nie bin ich jemandem über so lange Zeit so nah gewesen wie meinen Kindern. Diese Zeit bringt eine unglaubliche Scharfsicht und einen riesigen Wissensfundus über menschliche Entwicklung mit sich. Zugleich merke ich, dass ich dieses Wissen infrage stellen muss. Und um wirklich unabhängig zu werden und andere unabhängig werden zu lassen, müssen wir vor allem die Erziehung hinterfragen, die wir *selbst* als Kind erfuhren. Es kann schließlich gut sein, dass ich mich zu sehr in meinen eigenen Knoten verheddert habe und dass das meine Perspektive verzerrt. Vielleicht bilde ich mir bei meinem Vorhaben, eine neue und andere Generation zu begründen, sowieso zu viel auf meinen Einfluss als Mutter ein.

Die Beziehung zu meinen Kindern steht an einem Punkt, der mich zur Demut zwingt: Wenn sie den Kontakt zu mir abbrächen, würde ich das nicht ertragen. Und ich halte es nicht für ausgeschlossen, dass es tatsächlich so kommen könnte. Ich möchte meine Kinder um Entschuldigung bitten für all die Situationen, in denen ich als Mutter ungenügend war.

Die Auseinandersetzung mit dem Thema Elternschaft hat mir gezeigt, dass ich mich auch intensiv auf meine Vorfahren beziehen und ihr Feld mit beackern muss, anders geht es nicht. Wie oft habe ich dabei schon gedacht, dass ich die Eltern meiner Mutter gern kennengelernt hätte. Ich hätte die Atmosphäre erschnuppert, in der meine Mutter aufwuchs, und könnte Elternschaft noch besser begreifen. Denn auf meinem Feld wachsen Pflanzen, die in meiner Kindheit ausgesät wurden, und schon seit der Zeit meiner Großeltern wurde die Erde nicht erneuert. Veränderungen sind ohne harte Arbeit nicht möglich. Während ich diese Gedanken formuliere, hoffe ich inständig, dass meine Worte die alte Erde auflockern können.

Beim Gedanken an meine Kinder überkommt mich manchmal eine tiefe Trauer, eine unbestimmte, nostalgische Sehnsucht. Ich übe mich darin, mir zu sagen, dass schon alles in Ordnung sein wird, wenn ich nichts von ihnen höre. Dass es eben *nicht* das Gegenteil bedeutet. Ich weiß, dass ich einen Kanal zu ihnen offen halten muss, dass dies *meine* Aufgabe ist, egal, wie alt meine Kinder sind. Wenn es ihnen mal nicht gut geht, rufen sie mich nach wie vor an, gerade bei körperlichen Problemen. Eingerissene Nagelhaut am Zeh, ein geprellter Ellenbogen, ein wundes Knie, Ausschlag am Handgelenk, ein verrenkter Hals. Wenn ich überlege, was noch alles kommen wird, werde ich schlagartig müde. Aber das Leben dreht sich nun mal weiter, und ich werde älter. Eine neue Chance als Mutter werde ich nicht kriegen. Umso mehr hoffe ich, dass wir ehrlich miteinander sprechen können und dass darin Heilung liegt.

*Die wichtigste Aufgabe eines Kindes ist es, sich aus der Larvenhülle zu befreien und wegzufliegen.*

Ich bin in meiner kleinen Welt an einem traurigen Punkt angelangt. Ich muss akzeptieren, dass ich ohne liebenden, anerkennenden Blick aufgewachsen bin. Auch wenn es mir äußerlich an nichts mangelte, fehlte die Botschaft eines solchen Blickes: dass alles gut ist. Selbst als ich meine Schale aufbrach und mit ihren gezackten, scharfkantigen Rändern dastand, war doch alles an mir in Ordnung. Und nicht nur das – ich war liebenswert.

In den zurückliegenden Jahren habe ich unzählige Male meditiert. Im Sitzen, im Stehen und im Tanzen. Ich habe aufs Meer gestarrt und mir vorgestellt, dass meine schwierigen Gefühle mit dem Wasser fortgespült werden. Ich habe einen Kurs zu Mutter-Tochter-Beziehungen besucht. Ich habe Liebe eingeatmet und negative Energie ausgeatmet. Ich habe das umgedreht und Schlechtes eingeatmet und es als Liebe wieder ausgeatmet. Vielleicht half das.

Indem ich die Geschichten anderer Frauen zu hören bekam, verstand ich meine eigene besser. Es fällt mir nun leichter, gelassen zu lächeln, und manchmal sehe ich uns als eine Reihe Matroschka-Figuren, die kleinen Schachtelpuppen. Es ist logisch, dass das Drama weitergeht, wenn man von jemandem geboren wird, der nicht geliebt wurde.

Ich weiß, dass ich von meiner Mutter genauso viel gefordert habe wie von mir selbst, wenn nicht noch mehr. Erst jenseits der vierzig habe ich damit angefangen, ihr nach und nach zu verzeihen. Weil sie meine Mutter ist, vom gleichen Fleisch und Blut. Weil wir beide Frauen sind. Und weil es meine Aufgabe ist, mich von ihr zu lösen, gerade von ihr. Denn ihr Blick hat mich von allen Blicken am stärksten in meiner Entwicklung beeinflusst. Und ich habe begriffen, dass es sich bei ihr nie um böse Absicht, sondern schlicht um Unvermögen handelt. Das gleiche Unvermögen, das auch ich im Umgang mit meinen Kindern spüre. Wie oft komme ich mit ihnen an meine Grenzen und bin absolut ratlos! Ich bin fast daran verzweifelt, dass ich meine Kinder liebe und trotzdem nicht weiß, wie ich mich verhalten soll. Immer wieder habe ich mich hilflos gefühlt und hätte dringend Trost und Zuspruch gebraucht, musste diesen Trost aber selbst spenden.

Ich gestehe es: In vielerlei Hinsicht bin ich wie meine Mutter, die ich doch so kritisiere. Ich mische mich unnötig ein, und ich kriege schlechte Laune, wenn es nicht nach meinen Vorstellungen läuft. Ständig warne und ermahne ich, bin überbesorgt. Ich klammere mich am Geländer fest, dabei weiß ich, dass es schöner wäre, einfach zu springen. Ich dominiere die Atmosphäre mit demonstrativen Seufzern und unwirschen Gesten. All das wäre überhaupt nicht nötig. Eigentlich habe ich längst gelernt, dass Nachsicht und Vergebung die beste Form des Mutterseins sind. Auch mir selbst zuliebe.

Ich habe lange gebraucht, um zu begreifen, warum Mütter eine so große Rolle spielen. Warum rufen Menschen sogar noch auf dem Sterbebett nach ihrer Mutter? Weil das eigene Leben im Innern der Mutter beginnt und in ihrem Körper ein Wunder passiert. Weil Mütter ihre Kinder buchstäblich ins Leben gebären. Weil Mütter ihre Kinder aus dem heraus ernähren, was die Natur ihnen gibt. Sie bekommen etwas geschenkt, und sie geben es weiter.

Väter sind meist weniger nah an den Kindern dran. Und genau darum ist es später mit den Müttern schwieriger. Ob es dazu allerdings eine Art objektives Wissen gibt, ist mir nicht bekannt. Alle werden dazu ihre eigene Wahrheit haben.

Schon als Kind habe ich Pusteblumen gemocht. Ich liebte es, den Samen bei ihrem Flug zuzuschauen, ihrem Tanz im Wind. Woher sie die Energie für ihre vielen Pirouetten nahmen, wusste ich nicht, sie tanzten einfach. Wenn ich an den Tanz des Mutterseins denke, fällt mir das Bild der Pusteblumen ein. Der Abschied vom Kind beginnt bereits, wenn es sich vom mütterlichen Körper löst. Das Kind lernt robben und krabbeln, gehen und laufen, es lernt all das, um frei zu sein. Es macht den Führerschein und winkt im Weggehen noch kurz herüber. Und der Wind bläst weiter, und die Mutter tanzt.

In der Sauna der Schwimmhalle sitzen mehrere kleine Mädchen und Jungs mit ihren Müttern. Ganz ungeniert stellen sie ihre Fragen. Sie sind sie selbst. Ich sehe ihnen und ihren Müttern zu und überlege, wie sich wohl Frauen fühlen mögen, denen diese Art von Erfahrung aus biologischen Gründen verwehrt bleibt. Und wie sich Männer fühlen. Sie hatten ja nie diesen ganz engen Kontakt des Anfangs. Mein Weltbild ist beunruhigend eng an meine Mission als Mutter gekoppelt – andere Menschen werden einen anderen Blickwinkel haben. Wie konnte es dazu kommen, dass Mutterschaft bei mir so im Zentrum steht? Dort hätten Tanz und Kunst stehen müssen, Leidenschaft und Spontaneität. Jetzt ist es zu spät, nun bin ich die ältere Frau, die inmitten der jungen Mütter hockt. Dabei war es doch erst gestern, dass ich eine von den Jüngeren war, von meinen kleinen Kindern umgeben.

Im Umkleideraum trockne ich mir die Füße ab. Ein Mädchen läuft kichernd an mir vorbei und versteckt sich vor seiner Mutter hinter einer aufgeklappten Schranktür.

Wenn ich heute einen Brief an mein jüngeres Ich verfassen würde, läge noch ein kurzer Merkzettel dabei, wie ich mit meinen Kindern umgehen soll: Lass sie Kinderfernsehen schauen, lass sie in eine stinknormale Kita gehen, behandle sie nicht mit erhobenem Zeigefinger, sondern mit Respekt, vertraue ihnen, statt sie zu verhören, lass sie ausruhen und tagträumen – und lebe dein eigenes Leben als Frau, selbst wenn du gleichzeitig Mutter bist.

# RINGE AUF DEM WASSER

Kinder, die Zeit mit euch war die beste meines Lebens. Ihr seid das größte Geschenk, das ich je bekam. Viel zu früh seid ihr weggegangen.

Und plötzlich ist es still. Was ist passiert?

Die Erinnerungen pochen in meinen Handgelenken und Beinen, in meinem Rücken. Ich wandele umher und bewege mich wie im Traum. Fensterscheiben blitzen auf wie Spiegel, ich sehe mich selbst, vor vielen Jahren. Es gibt mich schon fünf volle Jahrzehnte. Ich bin eine Frau, die ich als Kind mit dem Wort »Oma« bezeichnet, als alte Frau betrachtet hätte.

Und es stimmt, innerlich bin ich alt. Auch körperlich bin ich an etlichen Stellen verbraucht, das sagen mir meine Gelenke, mein Nacken und mein unterer Rücken ganz deutlich. Es sind zugleich die Stellen, an denen sich meine Erinnerungen festsetzen. Ich habe es so satt, das Zerren und Streiten, das Aufbrausen und überhaupt all den unnötigen Frust. Und ich stecke mit der Angewohnheit, mich kleinzumachen, mich zu schämen, in einer Sackgasse. Ich schaue nach draußen: Hinter dem Haus gegenüber zeigt sich der Himmel. Dort geht jeden Morgen die Sonne auf, Tag für Tag, bescheint auch mich und meine Stimmung. Ich will in den Himmel schauen, nicht auf mich selbst.

Ich bin nur ein kleiner, unbedeutender Mensch. Und mich lässt die Frage nach dem Tod nicht los, lastet schwer auf meinen Schultern: Werde ich früh sterben oder spät? Ich merke, ich möchte weitergehen, ich will noch etwas wollen.

Unsere Menschlichkeit zeigt sich darin, wie wir uns selbst behandeln. Wie ich mit mir umgehe, färbt auf meine Umgebung ab – genauso gehe ich auch mit meinen Mitmenschen um. Das ist ein Kreislauf, eine Spirale. Eine Pirouette, die wieder und wieder an ihren Ausgangspunkt zurückkehrt und ihre Kraft aus der vorangegangenen Bewegung bezieht. Die Drehung um die eigene Achse und wellenartige Bewegungen sind die schönsten Metaphern, die der Tanz für das Leben hat. Alles dreht sich um alles. Meine Menschlichkeit nährt sich aus Verbindungen, nicht aus Distanz.

Ich habe vier Kinder. Wie meine vier Gliedmaßen, wie die Himmelsrichtungen. Wie die Jahreszeiten, wie die Zeiten eines Tages: Morgen, Mittag, Abend, Nacht. Meine Bewegungen setzen sich in meinen Kindern fort, das ist ein riesiges Geschenk. Meine Aufgabe ist es, diese Bewegungen zu verfolgen. So wie die Ringe auf dem Wasser nach dem Steinwurf.

*Paris, 19. 5. 2018*

*Nach meiner Tanzstunde gehe ich in die Bäckerei, ich habe Lust auf ein frisches Baguette. Vor mir in der Schlange steht eine Mutter mit ihren zwei Töchtern. Die Mädchen tragen Schuluniform, ihre Haare sind zu akkuraten Zöpfen geflochten. Die Mutter sieht müde aus, erschöpft. Mit grell lackierten, harten Nägeln tippt sie auf ihrem Handy herum und verschickt Nachrichten. Die Mädchen beginnen zu trippeln und zu kichern, wenige Sekunden später kippt es um in einen Streit. Die eine kratzt und kreischt, die andere reißt der Schwester das Zopfgummi aus den Haaren. Die Mutter brüllt »Arrêtez«. In der Bäckerei herrscht schlagartig Stille. Die Kleinere beginnt zu weinen, die Ältere wird von der Mutter vor die Ladentür geschickt.*

*Jede Mutter, in jedem Land dieser Welt, ringt mit ihrer Unvollkommenheit. Und jedes Kind wird von seiner Mutter enttäuscht und verletzt, überall und ausnahmslos.*

Der Augenblick im Wald, als ich ein einsames Trampolin entdecke und durch das kaputte Seitennetz schlüpfe: Ich setze einen vorsichtigen Schritt auf den Plastikrand und wanke in die Mitte. Das elastische Gewebe unter mir ist voller knisternder Kiefernnadeln. Ich spanne die Bauchmuskeln an und lege los. Mit jedem Sprung reiße ich mich ein Stück weiter von meinen Kontrollmechanismen los. Mit jedem Moment der Schwerelosigkeit überlasse ich einen meiner zwanghaften Gedanken sich selbst. Im Sprung kann ich mich lösen von dem, was ich esse, wie ich aussehe, was ich tun müsste. Je höher ich fliege, umso näher bin ich der Freiheit, lasse meine Fesseln ein Stück weiter hinter mir. Das Vertrauen, dass ich aufgefangen und gehalten werde, wächst. Wer weiß, vielleicht ist dieser Augenblick der Leichtigkeit sogar auch ein Vorgeschmack auf die Befreiung, die der Tod mit sich bringt.

Ich drossele die Geschwindigkeit und lasse die Sprünge austrudeln, nehme eine Schwere in meinen Beinen wahr und mein wackliges Gleichgewicht auf dem elastischen Grund. Mir wird wieder bewusst, wie alt ich bin. Würde eine vernünftige Fünfzigjährige so wild auf dem Trampolin springen? Jede Faser meines Körpers ist schwer, zieht mich nach unten. Das Hochgefühl von eben ist wie weggeblasen, ich stehe da mit dem alten Wurzelgeflecht. Ich bin eine eigensinnige, rastlose und überbesorgte Familienmutter. Und habe an einem Punkt alles hingeschmissen – im Wunsch, etwas Neues aufzubauen. Nachträglich versuche ich nun, den Moment zu identifizieren, an dem sich die Nadel in meinem Kompass löste.

Ich ging zum Elternabend in die Schule, theoretisch ein Treffen von Menschen, die im gleichen Boot sitzen, doch es kostete mich Kraft. Mein Mann und ich waren dabei, uns scheiden zu lassen, mein Alltag quoll über vor Schmerz und Sorge. Die gesamte Familie hatte Symptome entwickelt. Im traurigen Mittelpunkt stand unsere Tochter, die an einer Essstörung litt. Sie wurde immer dünner und versteckte das, was sie essen sollte, in den Taschen ihrer Kleidung und warf es dann weg. Während ihrer langen Schultage aß sie nicht einen einzigen Bissen. Obendrein hatte einer unserer Söhne enorme Schwierigkeiten mit der Konzentration, vermutlich war es ADHS. Ein anderer nahm Drogen. Und der dritte Sohn hatte auf einem Dach Böller angezündet und war dabei von der Polizei geschnappt worden.

Auf dem Elternabend tauschten wir uns über uns selbst und unsere Kinder aus. Wir saßen im Kreis, jeder kam zu Wort. Bei allen anderen lief es angeblich gut oder zumindest einigermaßen. Einige Mütter räumten ein, sie seien manchmal ein bisschen müde, alles in allem laufe es aber okay. Das war's auch schon. Dann stellte die Lehrerin noch kurz ein neues Unterrichtsangebot vor, ab dem nächsten Schuljahr sollte es Kurse in Chinesisch und Japanisch geben. Damit endete der Elternabend.

Auf dem Rückweg hatte ich einen Kloß im Hals. Die Information zu den neuen Angeboten hätte die Lehrerin uns auch per E-Mail schicken können. Und die Chance, offen von der emotionalen Last zu reden, die wir als Eltern trugen, hatten wir alle nicht genutzt. Niemand hatte den Mut gehabt, davon zu reden, was wirklich zu Hause los war. Auch ich nicht. Wenn es einem schlecht geht, ist es schwer, sich vorzuwagen und ein solches Gespräch für die ganze Gruppe zu initiieren. Trotzdem war ich enttäuscht von mir. Ich war zu feige gewesen, mich den anderen mitzuteilen.

Wenn ich zu dieser Zeit von Elternabenden und anderen Verpflichtungen nach Hause kam und es war schon dunkel, vermisste ich meine Mutter. Sie wusste genau, wie es sich anfühlte, wenn es einem Kind schlecht ging und nichts, aber auch gar nichts von all dem, was man zur Verbesserung der Lage ausprobierte, etwas bewirkte. Die Sorge um meine Kinder lag wie Blei auf meiner Brust. Und ich konnte sie mit niemandem teilen.

Als mein ältestes Kind noch ganz klein war, bestand mein Alltag aus einem Tanz mit drei Schritten. Alles, was ich tat, war nur eine Armlänge entfernt, und mein Kind bestimmte Rhythmus und Richtung. Die Tage als Mutter eines einzigen Babys ähnelten einander, wurden nur hier und da leicht variiert. Als ich dann zwei Kinder hatte, wurden aus drei Schritten sechs, mit drei Kindern wurden es neun, und mit vier Kindern zwölf. Das gelassene Tempo, die Übersichtlichkeit meiner ersten Zeit als Mutter waren für immer verloren, an ihre Stelle trat ein mühsam beherrschtes Chaos, in dessen Zentrum ich standhielt und mir einredete, es gehe mir gut. Ein nie abreißender Strom aus großen und kleinen Ereignissen überdeckte die Unruhe, die in mir flackerte.

Als mein ältester Sohn in die Pubertät kam, verhielt er sich plötzlich schroff und gemein. Ich erinnere mich ganz genau an den Tag, an dem mein fragiles Kartenhaus zusammenstürzte und ich ohne Plan dastand, mit leeren Händen. Mein Sohn lümmelte gerade mit seiner Freundin auf dem großen Fensterbrett im Wohnzimmer herum. Als ich reinkam, scannte seine Freundin mich mit kühlem Blick von Kopf bis Fuß. Ich sagte etwas zu meinem Sohn, was er offenbar als Angriff auf seine Freiheit auffasste. Wütend sprang er vom Fensterbrett, bespuckte mich und zischte »Du verdammte Fotze«.

Wenn man nicht mehr weiterweiß, entsteht zunächst Stille. Man steht im Auge des Sturms. Holt noch mal Luft, ehe die haushohe Welle auf einen niedergeht. Niemand hat behauptet, das Leben als Mutter wäre einfach – aber dass die Schläge so unvorbereitet kommen, mit offener Hand ins Gesicht, hätte ich nicht gedacht.

Das größte Paradox des elterlichen Auftrags ist es, den Kindern Halt zu geben und gleichzeitig auf den Tag zuzugehen, an dem die emotionale Nabelschnur reißt und das Kind seinen Alltag allein bestreitet. Ob es stark genug und wirklich dafür bereit ist oder eher schwach und eigentlich noch hilfsbedürftig, spielt keine Rolle, der Ablauf ist vorgegeben.

Unser zweiter Sohn ist der Quirligste von allen. Anrührend und zugleich nervtötend. Eigenwillig, aber sanft. Die Schule ist nie etwas für ihn gewesen, und ohne echte Motivation aufseiten des Kindes kann man wenig machen. Doch in der Zeit unserer Scheidung wurde er auf einmal als Hauptrolle im Schulmusical besetzt, seine Tanzchoreografie enthielt viele Sprünge und Pirouetten. Er dehnte das Training bis auf die Schulflure und unser Zuhause aus, bewegte sich drehend und tänzelnd. Mal traf sein Fuß eine Lampe, mal ein Pult oder sogar seinen Lehrer. Er hatte zu viel unkanalisierte Energie, weshalb er aus dem Unterricht aus- und in seine eigene Welt einstieg. Immer öfter musste er die Klasse verlassen. Das Onlinesystem für die Schüler und Schülerinnen strotzte bei ihm vor roten Einträgen: Hausaufgaben nicht gemacht, Unterricht gestört, abstruse Aktivitäten während der Stunde, zu spät gekommen, mit den falschen Unterrichtsmaterialien erschienen, komplett ohne Bücher und Sportzeug erschienen.

Während der letzten Schuljahre musste ich regelmäßig zu seinem Unterrichtskoordinator. Meist waren bei dem Gespräch auch noch die Direktorin, der Schulkrankenpfleger, die Psychologin und die Lehrerin seines Leistungskurses dabei. Und immer wieder kam der, um den es gehen sollte, zu spät. Er zog die Jacke nicht aus und zerrte sich die Mütze über die Augen. Er tat, als wäre er ein unbeteiligter Zuhörer, als würde er den Grund unserer Sorgen nicht verstehen. Scham oder Pflichtbewusstsein kannte er nicht.

Eines Tages kam er wie immer aus der Schule – als wäre nichts. Doch ich hatte erfahren, dass er mittags zur Direktorin gerufen worden war, und nahm ihn ins Verhör. Er erzählte, dass die Direktorin ihm einen Teller warmes Essen vorgesetzt und ihn mit einer Decke und einem Kissen aufs Sofa geschickt hatte. Er hatte gegessen und eine volle Stunde bei ihr im Zimmer geschlafen. Dann war er in den Klassenraum zurückgekehrt und dem Unterricht aufmerksam gefolgt, ohne noch einmal zu stören. Ich hätte der Direktorin am liebsten einen Orden verliehen.

Ich versuchte alles. Ich organisierte meine Arbeit so, dass ich möglichst oft zu Hause war, wenn die Kinder aus der Schule kamen. Dann konnte ich ihnen ein Essen vorsetzen, sie nach ihrem Befinden fragen und bei den Hausaufgaben helfen. Von unseren vier Kindern war unsere Tochter die

Einzige, die ihre Hausaufgaben ohne Aufforderung erledigte, gleich nach der Schule. Druck von außen brauchte sie nicht, sie mochte ihren strukturierten und gut organisierten Tagesablauf. Erst die Pflichten abarbeiten, danach kam die Kür. Ich habe es in ihrem Alter genauso gemacht.

Die Jungs waren anders. Hausaufgaben interessierten sie null Komma null. Jetzt nicht. Keine Zeit. Zu müde. Gleich. Erst muss ich mich ausruhen. Jetzt will ich raus. Ich mach sie abends. Und oft hieß es: Wir haben keine Hausaufgaben auf. Anscheinend bekamen nur Mädchen Hausaufgaben.

Ständig musste ich mich neben meine Söhne an den Tisch setzen und aufpassen, dass sie nicht abdrifteten oder zum Handy griffen und spielten. Wir versuchten es mit einer Art Ministundenplan, mit einem Rhythmus aus Konzentration und Belohnung: Bleib zehn Minuten an dieser Matheaufgabe dran. Lerne diese Liste mit schwedischen Verben. Danach darfst du eine halbe Stunde zeichnen. Lies diese Doppelseite im Geschichtsbuch, danach kannst du rausgehen und mit deinen Freunden herumhängen.

Manchmal brachten meine Söhne ihre Freunde aus der Schule mit, dann versuchte ich, sie alle um den Tisch zu versammeln und mit ihnen Hausaufgaben zu machen. Eine Zeit lang funktionierte das leidlich, ab der Oberstufe wurde es unmöglich. Ich fühlte mich fast wie eine Polizistin, jedenfalls nicht wie eine Mutter.

Ich schaue in meinen Kalender und überlege: Soll ich einfach einen Tag markieren, an dem mein eigenes Leben beginnen darf? Oder ploppt der Tag, ab dem die Kinder eine untergeordnete Rolle spielen, irgendwann von selbst auf? Ich kann nicht erkennen, ob und inwiefern ich zum Prozess der Ablösung beitrage, zum Finden des eigenen Weges. Das Einzige, was sicher ist: Eltern zu sein nimmt permanent neue Formen an, und die Liebe muss das alles tragen.

*Ich wetteifere mit mir selbst und schaue,*
*wozu ich imstande bin.*

Inneren Frieden kann man weder implantieren noch kaufen, er kommt, wenn ausreichend Zeit und Vertrauen da sind. Und Ruhe und Gelassenheit haben rein gar nichts mit persönlichen Erfolgen oder konventionellen Familienformen zu tun, sie können entstehen, wenn ich meine Grenzen akzeptiere und dankbar bin. Mich in der Rolle der Mutter zu betrachten oder der Frau oder des Mädchens wird mich nie zu einer umfassenden Wahrheit führen, da kann ich noch so lange hinstarren. Klar, ich könnte mich damit begnügen, die Mama in mir zu bestaunen, die den Kindern von der Tür aus zuwinkt, sie ins Leben schickt und irgendwann das Ende ihrer Aufgaben bedauert. Oder aber ich reiße mich vom selbst genährten Wurzelgeflecht los und gehe mutig weiter auf die neuen Farben zu, die unter der aufbrechenden Hülle erscheinen werden.

Die Zeit vergoldet die Erinnerungen an die Rushhour-Jahre und spült Probleme wie mit dem Hochdruckreiniger fort. Je älter und erwachsener unsere vier werden, desto mehr schöne Bilder steigen in mir auf. Nach Schlaf duftende Kleinkinder, die im Flanellschlafanzug zum Frühstückstisch tapsen. Feuchte Wangenküsse, die ich noch heute fühlen kann. Die magische Atmosphäre im selbst gebauten überdachten Kissenlager im Wohnzimmer. Selbst die mehligen Fingerchen im Hefeteig beim Backen in der Küche kann ich genau vor mir sehen. Ich betrachte Fotos von unseren Kindern und schaue den Schnappschuss vor der Wohnwagentür besonders lange an. Wie sehr sehne ich mich nach diesem Sommer! Dabei weiß ich, dass es ständig geregnet hat und wir frieren mussten. Heute ist mir klar: Damals habe ich eine unbestimmte Traurigkeit mit mir herumgetragen, die ich mit meiner Geschäftigkeit beiseiteschob. Ich war nicht in Balance. Von Anfang an war mir unklar, wie sich die Rolle der Mutter mit der der Partnerin unter einen Hut bringen lassen sollte. Die Berufstätigkeit dagegen konnte ich gut mit der Mutterrolle vereinbaren, das schloss sich für mich nicht aus. Erotische Kraft in meine Choreografien einzubringen war für mich schon immer normal gewesen. Doch die partnerschaftliche Sexualität wurde von der Mutterrolle erstickt. Ich mutierte zum Muttertier, das nur noch den Nachwuchs im Auge hatte. Zu meinem großen Glück hatte ich einen Ehemann, der mich in meinem Dasein als berufstätige Mutter enorm unterstützte. Unsere Beziehung war stark, so sagte ich mir, sie würde diese Schieflage aushalten. Zugleich ahnte ich, dass uns irgendwann Veränderungen bevorstehen würden.

Die Trauer hielt in aller Stille bei uns Einzug. Sie floss wie ein Rinnsal von einem zum Nächsten und zog ein dunkles Borkenschiffchen hinter sich her. Sie verlieh dem Alltag eine Note, die ich eigenartigerweise zu schätzen lernte. Sie tröpfelte etwas in meine Adern, das mich veränderte, jedoch keine kathartische Heilung brachte. Was geschah mit uns? Mit mir, meinen Kindern, der Familie? Was war los mit meiner Ehe, in die ich mich so begeistert hineingestürzt hatte? Ich hatte gelacht über die rationale Familienplanung anderer Leute und mich darauf verlassen, dass das Leben uns tragen würde. Und fest daran geglaubt, dass mein neues Ich bald hinter der dominanten Mutterrolle hervorträte.

Ich hatte es mir zur Gewohnheit gemacht, in aller Frühe allein einkaufen zu gehen, während die anderen noch schliefen. Pünktlich um sechs Uhr morgens, wenn der Supermarkt seine Pforten öffnete, betrat ich die leeren Gänge. Den großen Einkaufswagen schob ich wie einen Kinderwagen an den Regalen entlang und genoss es zugleich, dass niemand um mich herumtobte oder quengelte. Regelmäßig zog es mich zur Abteilung für Großküchen, den voluminösen Teigschüsseln, Riesentabletts und -flaschen. Ich erlaubte mir, für einen Moment zu vergessen, wie wenig Geld wir hatten; wir lebten von meinen Stipendien und dem Honorar meines Mannes, der in Teilzeit unterrichtete. Nur durch den Verzicht auf Reisen und Restaurantbesuche kamen wir zurecht. Neue Kleidung oder teure Kosmetik verkniff ich mir, mein Gewissen half mir dabei. Einzig und allein die Ausgaben für unsere Kinder zählten, für sie griff ich gern auch tiefer in die Tasche, es sollte ihnen gut gehen. Ohne es zu merken, verhielt ich mich exakt wie meine Mutter, die sich für uns aufgeopfert hatte.

Nachdem ich die Einkäufe wegsortiert und wir gefrühstückt hatten, übten alle Kinder für ihren Musikunterricht. Einmal Gitarre, zweimal Geige, einmal Cello. Jeden Tag im Jahr, ob Schule oder nicht. Sie hatten zweimal wöchentlich Einzelunterricht und einmal Gruppenunterricht. Wir fuhren also zwölfmal pro Woche zur Musikschule und zurück. Bis zu einem gewissen Alter legte ich den Kindern jeden Abend die Kleider für den nächsten Tag zurecht. Ich achtete darauf, dass die Jungs tendenziell ähnliche Pullis trugen, das machte das Weiterbenutzen durch den jeweils Jüngeren einfacher, und bevorzugte Naturmaterialien. Auffällige Logos oder wilde Muster gab es bei mir nicht. Einen Großteil unserer Kinderklamotten nähte ich selbst, der Rest stammte vom Flohmarkt. Nur Socken und Unterwäsche kaufte ich neu. Ich fand es wichtig, dass die Kinder mit sauberer und gebügelter Kleidung herumliefen.

Wirklich, ich war das Ebenbild meiner eigenen Mutter geworden.

Ich litt unter meinem Eifer, meiner Besessenheit, meinem Furor. Permanent lag ich mit mir im Wettstreit, testete meine Grenzen. Kann ich ohne Schmerzmittel gebären? Kann ich viermal komplikationslos den Kreißsaal verlassen? Kann ich jedes Kind mindestens ein Jahr lang stillen? Kann ich alle, wirklich alle Kindermahlzeiten selbst herstellen, ohne dabei auf Fertigprodukte zurückzugreifen? Kann ich sämtliche Familiengerichte aus Zutaten mit Demeter-Siegel zubereiten oder zumindest mit Biosiegel? Den Gefrierschrank mit so viel selbst gemachter Erdbeermarmelade füllen, dass es über den Winter reicht? Genügend Erdbeeren dafür pflücken, auf dem Demeter-Hof? Gelingt es mir, Flohmarktschnäppchen für hochwertige Kinderkleidung aus Wolle und Seide zu machen? Genug zu verdienen, um gute neue Kinderschuhe und homöopathische Medikamente zu kaufen? Schaffe ich es, unser Zuhause hübsch und sauber zu halten, Vorhänge zu nähen – Sommer- und Wintervarianten – und sie rechtzeitig zu wechseln? Mit allen Kindern zu spielen und jedem die passende Gutenachtgeschichte vorzulesen? Kann ich allen vieren genug Zärtlichkeit und Aufmerksamkeit schenken, ihren Freuden und Kümmernissen zuhören, an sämtlichen Elternabenden teilnehmen und mich aktiv an der Elternarbeit beteiligen? Schaffe ich es, zusätzlich zu unserem eigenen Zuhause auch die Kita zu putzen, in der jeden Frühling und Herbst ein Elterngroßputz ansteht? Und ja nicht vergessen, die Klos und das Bad mit dem blauen, die Küche mit dem gelben Reiniger!

In der Steiner-Kita gab es etliche Regeln. Keine Fingerhandschuhe für die Kinder, denn die Finger durften nicht allein sein (der Daumen bildete die Ausnahme, die die Regel bestätigte). Spielzeug bestand aus Holz oder Steinen, Plastik war streng verboten. Die Kinder sollten sich beim Spielen von der Natur inspirieren lassen, was zum Glück gut funktionierte. Die Wochentage wurden nach Möglichkeit *nicht* vor den Kindern genannt, stattdessen sollten wir uns angewöhnen zu sagen: Heute ist Maltag, morgen ist Backtag. Wir mussten die Kinder pünktlich um halb neun abliefern und genauso pünktlich um halb zwei wieder abholen. Ich versuchte, sämtliche Anforderungen gewissenhaft zu erfüllen.

Nur die Verwendung von Stoffwindeln, die ich in großen Mengen auf dem Flohmarkt gekauft hatte, gab ich nach unserem ersten Kind wieder auf. Ihre Saugkraft lag bei null, ihre Auslaufgarantie bei hundert.

Die Uhr tickte. Wir sind stark, sagte ich mir und hatte noch im Ohr, dass wir uns das – zusammen mit den Ärzten und Therapeuten – auch damals gesagt hatten, als meine Schwester magersüchtig wurde: Wir sind eine starke Familie.

Je intensiver ich mich den Kindern widmete, desto weniger litt ich. Zugleich entfernte ich mich immer weiter aus meiner Ehe, in der die körperliche Liebe schon lange keine Rolle mehr spielte. Ich war abends, wenn ich die Kinder ins Bett gebracht und mich danach um den Abwasch, meine E-Mails und die Wäsche gekümmert hatte, dermaßen erschöpft, dass ich wie tot ins Bett fiel. Zu dieser Zeit arbeitete ich an einem Tanzstück zum Thema Kinderrechte, ich hatte ihm den Titel *Niemand weiß* gegeben. Niemand wusste, wer ich war, am allerwenigsten ich selbst.

Meine Tage waren wie Luftmaschen, dünn und ohne

Halt. Meine Gedanken zerfaserten. Als ich eines Nachmittags nach der Arbeit mit meinen zwei Jüngsten Spielzeugautos durch das Labyrinth fahren ließ, das mein Mann am Vortag mit ihnen gebaut hatte, bekam ich Kopfschmerzen. Ich schob die Ärmel meines schwarzen Trainingstrikots hoch und legte meinen müden Kopf auf den kleinen Stoffwulst, der sich bildete. Trotz der unbequemen Lage auf dem Teppich schlief ich sofort ein und kriegte absolut nichts mehr mit.

Ein stechender Schmerz unter meiner Schädeldecke und das Geschrei der Kinder weckten mich auf. Ab da begann ein wochenlanger Kampf. Er entwickelte sich wie die meisten Katastrophen – man spürt sie schon kommen, noch bevor man Gewissheit hat. An diesem Nachmittag konnte ich es noch nicht wissen, doch bald gab es die Diagnose. Ich hatte eine Hirnhautentzündung und versank für Stunden, Tage und schließlich ganze Wochen im Fieberwahn. Ich weiß bis heute nicht, wie wir da durchgekommen sind. Wie meine Kinder und mein Mann das geschafft haben.

Von Zeit zu Zeit denke ich über den hehren Grundsatz meiner Eltern nach, jedem Kind gleich viel zu geben. Ich frage mich, warum sie diesen Grundsatz so betonten. Es ist doch eigentlich klar, dass bei allen Unterschieden jedes Kind gleich kostbar ist und man so fair und gerecht wie möglich handeln will. Trotzdem ist meine Erfahrung, dass man dieses Prinzip nur auf der Ebene des Taschengelds wirklich realisieren kann.

Zeit und Zärtlichkeit sind das Wichtigste. Und wenn es

zwei von vier Kindern lebensbedrohlich schlecht geht, bleibt für die anderen nun mal weniger übrig. Indem ich mich mehrere Jahre lang um die Probleme von zweien kümmerte, zwang ich die anderen beiden, allein zurechtzukommen. Dass es so läuft, weiß ich nur zu gut aus meiner eigenen Kindheit. Unsere Eltern waren dermaßen erschöpft von der Sorge um meine Schwester, dass mir nichts anderes blieb, als ihnen Freude zu machen und möglichst viel zu helfen. Für so was haben Kinder Antennen. Ich hatte sie, und meine Kinder haben sie auch. Ich wüsste nicht, wie ich diese Zeit wiedergutmachen könnte. Wie kann ich diesen zwei Kindern nachträglich die Aufmerksamkeit und Liebe schenken, die sie während der schlimmen Jahre entbehren mussten? Vom Kopf her wussten sie bestimmt, dass ich sie liebe, ebenso sehr wie die anderen beiden. Aber wie sie sich in dieser Zeit gefühlt haben, das muss ich sie mal fragen.

Die zarte Stimme meiner Tochter am Handy: Hast du Zeit für ein Treffen, Mama? In weniger als einer Sekunde überfallen mich Schuldgefühle – selbstverständlich möchte ich sie sehen, nur geht es gerade nicht. Doch eine Mutter müsste Zeit für ihre Tochter haben, egal unter welchen Umständen, ein »Jetzt passt es nicht« sollte es nicht geben. Und trotzdem soll und muss eine Mutter das sagen. Wir dürfen unsere Kräfte einteilen, uns abgrenzen, ohne uns schuldig zu machen. Wir dürfen es – wenn es uns denn überhaupt gelingt. Nichts und niemand schafft es, die Verbindung zwischen mir und meinem Kind zu durchtrennen, was meine Tochter mit ihrem Röntgenblick schon immer präzise erkannt hat.

Sie verlangt ihren Liebesanteil, und sie wird ihn bekommen. Aber dafür aufopfern möchte ich mich nicht mehr.

Mutter zu sein füllt mich immer wieder aufs Neue aus. Auch heute noch kann ich mich den ganzen Tag um meine Kinder kümmern. Wir gehen zur Bank, in die Apotheke, in Klamottenläden und auf Ämter. Jetzt, wo sie nicht mehr zu Hause leben, ist alles anders und irgendwie auch überhaupt nicht: Wenn ich gebraucht werde, bin ich wichtig, und in den guten Phasen zeigt diese Wichtigkeit sich in Form von Stille. Wenn ich von niemandem höre, ist alles bestens. Ich lerne, meine Freiheit zu genießen. Ich versuche zu verinnerlichen, dass wir alle einzeln existieren und für uns selbst verantwortlich sind.

Ich will allen vier Kindern in die Augen sehen können. Ich will mutig sein und sie ohne Vorbehalte lieben, umfassend, so wie sie sind.

Ich bin dankbar für jedes Treffen, bei dem wir authentisch sind. Ich bin dankbar für Momente, die für andere vermutlich ganz normal sind. Ich bin dankbar, dass es diese vier Menschen gibt und ich ihre Mutter bin.

*Paris, 20. 5. 2018*

*Ich mache einen langen Spaziergang durch die Stadt und steige auf den Hügel von Sacré-Cœur. Von den Treppenstufen der Kirche aus verfolge ich ein Schauspiel: Eine alte Frau wirft Vogelfutter für die unzähligen Spatzen in die Luft und lächelt selig. Ob auch die Vögel lächeln, vermag ich nicht zu sagen, aber ich sehe, wie sie hüpfend näher kommen und sich über das Futter hermachen. Eine große Taube mischt sich flatternd unter die kleineren Vögel, die erschrocken auffliegen. Die alte Frau schwenkt wütend ihre Handtasche und stößt einen Fluch aus.*

*Im hellen Sonnenlicht kann ich den gebrechlichen Körper der kleinen Frau gut studieren. Ich sehe ihre Energie. Ihre Hände sind stark, unter dem dunklen Kleid zeichnen sich kräftige Beckenknochen ab. Die Gesichtszüge sind ein wenig herb, der Hals ist sehnig, die Wirbelsäule leicht nach rechts ausgerichtet, als würde die Frau auf der linken Hüfte etwas tragen oder vor irgendetwas nach rechts ausweichen. Ihre knöchernen Knie sind minimal gebeugt, die Füße leicht auswärts gedreht. Sie trägt hohe Schnürstiefel.*

*Und dann sehe ich die Narbe an ihrem Hals! Es ist die Frau vom Blumenmarkt. Unfassbar, dass wir uns in einer Stadt von dieser Größe zufällig wiedertreffen. Ich muss zu ihr hin und Guten Tag sagen, jetzt sofort, wo die Spatzen ohnehin gerade ein Stück weiter entfernt sind. Ich grüße die Frau herzlich und frage, ob sie etwas von meinem Baguette an die Vögel verfüttern will. Sie lacht und bricht das Brot in der Mitte durch. Ihr unbekümmertes Verhalten und ihr klarer Blick künden von einer eigensinnigen Freiheit, die mich anzieht.*

*Wir werfen den Vögeln, kleinen wie großen, frische Krümel hin. Die alte Frau beißt ein Stück vom Baguette ab und hält ihr Gesicht mit geschlossenen Augen in die Sonne. Ich sage, dass ich sie bereits auf dem Blumenmarkt gesehen habe, und zeige ihr die Narbe an meinem Bein. Wir tragen beide Spuren von gelebtem Leben, sage ich.*

*Die Frau lacht kurz auf, berührt die Narbe an ihrem Hals und sagt: Algerische Narben zählen in Paris nicht.*

# TEIL 3

Ein völlig normaler Familiensonntag, es läuft weder besonders gut noch besonders schlecht, aber ich fühle nichts. Das Haus ist schön, die Kinder sind gesund, mit dem neuen Sommerhaus geht es voran, die Bettwäsche ist gebügelt. Mann und Frau haben die Hausarbeit gerecht aufgeteilt und können sich beide beruflich verwirklichen. Es gibt keinen Streit, aber auch keine gemeinsamen Träume. Am Tisch sitzen sie stumm da und lesen Zeitung.

Natürlich lief nicht alles perfekt, und dennoch hatten wir lange Zeit ein gutes Leben. Die Liebe zu unseren Kindern hielt uns zusammen wie Klebstoff. Doch zu zweit waren wir nur selten, und als irgendwann die Trennung im Raum stand, erkannte ich, dass genau darin ein Grund für unsere brüchig gewordene Beziehung lag. Wir waren gut gewesen in unseren Rollen, als Vater meiner Kinder habe ich meinen Mann großartig und liebenswert gefunden. Als Vater und Teampartner gab er alles, damit es den Kindern und mir gut ging. Wir arbeiteten sogar zusammen. Er komponierte Musik für mich und nahm mir organisatorische Dinge rund um die Produktionen ab, damit ich mich auf die Choreografie und die Regie konzentrieren konnte. Zu Hause saugte er Staub und wischte – auch spätabends wischte er noch die

Tische sauber –, ich übernahm die Einkäufe und Autotouren und kaufte oder nähte den Kindern Kleidung. Unser Familienunternehmen funktionierte.

Wären mein Mann und ich enger miteinander verbunden gewesen, hätten wir einen Pärchenurlaub geplant. Wir hätten uns zu Hause mehr ausgeruht, Sex gehabt und einen Riegel an unserer Schlafzimmertür angebracht (was eine Paartherapeutin uns schon Jahre zuvor empfohlen hatte). Doch wir reagierten auf unser Problem, indem wir seinen Kern weit umschifften.

Irgendwann war von der Verbindung zwischen uns im Grunde nichts mehr übrig. Nichtsdestotrotz wohnten wir weiter in unserem schönen Zuhause. Wir beschlossen, uns einen Hund anzuschaffen, und so lebte neben vier Kindern und einer erschöpften Mutter bald auch ein acht Wochen alter Labrador Retriever in unserem Haus in Helsinkis Zentrum. Fünf Nächte hintereinander stand ich nachts draußen und hoffte, der Welpe würde sein Geschäft machen, was er jedoch nicht tat. Aber unsere Teppiche und die Füße des antiken Tisches zernagen, das konnte er. Der Hund war unglaublich süß, doch in dieser Nacht realisierte ich, dass ich den Verstand verlieren würde, wenn es so weiterging. Ich schrieb meinen Kindern einen kurzen, pathetischen Brief: Ihr könnt wählen, der Hund oder ich.

Die Kinder wählten ihre Mutter. Der Welpe kam zurück in seinen Wurf, das Geld bekamen wir zurück. So viel zum Thema Tieridylle. Der Versuch, meinen Kindern mithilfe eines Tieres ein harmonischeres Zuhause zu bieten, war gescheitert, ich hatte versagt.

Meine Tochter wandte sich verstärkt ihrem Vater zu, mein jüngster Sohn war völlig durch den Wind, die zwei älteren vermieden es, zu Hause zu sein, und verbrachten möglichst viel Zeit bei ihren Freunden. Ich hatte mit meinem Mann nichts mehr gemeinsam. Nichts außer dem Haushalt und der Elternschaft. Alles, was mal da gewesen war, hatte sich verflüchtigt. Wir hatten keine Visionen mehr für uns, keinen Boden unter den Füßen.

Die Wochenenden waren die Hölle. Ich versuchte, mich zu entspannen, was natürlich nicht gelang. Ich fand mich zutiefst ungenügend, in allem. Ob beim Spielen mit den Kindern oder für mich allein, nichts kriegte ich hin. Schon gar nicht, mit meinem Mann in einem Raum zu sein. Die Tagesanfänge und -enden waren am schlimmsten, und die Nächte brachten mir keine Ruhe. Am liebsten hätte ich an den Wochenenden überhaupt nicht existiert.

Wenn unser Ältester dann doch mal nach Hause kam, kritisierte er mich in einer Tour, schonungslos. Vor der ganzen Familie listete er auf, was ich alles falsch machte, und setzte obendrauf, dass sein Psychiater ihm in allem recht gab.

Wir mühten uns so ab. Wirklich, wir strengten uns dermaßen an, Gott weiß, wie sehr. Wie oft habe ich geweint. Im Auto, in Parkhäusern, beim Abendspaziergang, in meine runtergezogene Kapuze.

Ich begann eine Therapie und redete mir ein, es läge am Tod meiner Schwester. Um noch gezieltere Hilfe zu erhalten, gingen wir zur Paartherapie. Die Therapeutin sah mir direkt in die Augen und fasste zusammen: Sie beide sitzen in völlig verschiedenen Zügen, und Ihr Zug ist schon vor sehr langer Zeit abgefahren. Diese lakonische Aussage brachte unsere Tragödie auf den Punkt. Ein ganzes Gebäude stürzte in sich zusammen. Erst fiel der Putz ab, gleich darauf brachen die Fußböden durch.

Ich war mit den Kindern allein zu Hause, als ich ihnen sagte, dass wir uns trennen würden. Mein Mann und ich hätten es nicht geschafft, das zusammen zu tun. Zu lange hatten wir einander gemieden, waren in den gemeinsamen Zimmern auf Abstand geblieben. Darin hatten wir eine bemerkenswerte Routine entwickelt. Innehalten, am gleichen Tisch sitzen und etwas verkünden, das die Kindheit unserer vier jäh beendete – das konnten wir nicht.

Eigentlich hatten wir unseren Kindern geschworen, uns niemals zu trennen. Auf ängstliche Nachfragen hatten wir stets geantwortet: Nie im Leben. Wir hatten es uns so sehr gewünscht! Alle Eltern wünschen sich das. Wie sehr hatte ich daran glauben wollen. Und doch hatte ich diesen Tag seit Jahren gefürchtet und ihn unbewusst wohl auch erwartet.

Ich handelte intuitiv. Ich nahm drei von den Keramikschüsseln, aus denen wir Joghurt aßen, und stellte sie auf den Tisch. Eine repräsentierte die Kinder, eine ihren Vater und eine mich. Die Kinderschüssel stand ganz nah bei den Eltern, und die zwei Elternschüsseln standen ineinandergestapelt auf der gleichen Stelle. Ich sagte: Auch wenn man diese zwei Schüsseln jetzt auseinandernimmt und nebeneinanderstellt, bleiben wir Eltern gleich nah an euch Kindern dran. Schaut, so.

Die Kinder fragten sofort, was mit Weihnachten sei. Das würden wir doch zusammen feiern, oder? Ich sagte Ja. Dazu sollte es allerdings nicht mehr kommen. Ich denke, es wird auch in Zukunft nicht geschehen.

Als unsere Ehe endgültig zerbrach und wir die entsprechenden Schritte einleiteten, wurde es schlimmer denn je. Mit dem Verkauf unseres Zuhauses eskalierten die Probleme der Kinder. Ich rannte zur Beratung beim Jugendschutz, zum Schulpsychologen und in die Klinik für Essstörungen. Dass auch mir die Welt entglitten war, spielte keine Rolle. Meine Erschöpfung ging einfach weiter, für meine eigenen Sorgen reichten die Ressourcen nicht. Es gab zu viele Kinder mit zu vielen Schwierigkeiten. Meine Hauptaufgabe bestand darin, ihnen irgendwie Halt zu geben, meine Arbeit halbwegs anständig über die Bühne zu bringen und meine äußersten Schichten zusammenzuhalten.

Mein Ex-Mann verhielt sich in dieser Zeit betont sanft und geduldig. Er bot mir keinerlei Widerstand, was ich durchaus hätte gebrauchen können. Ich verlor mich, vertraute meinen Gefühlen nicht mehr, wurde zu einer Marionette, weinte hinter meiner Maske. Ich war völlig neben der Spur, und er folgte mir darin nur.

Als die Trennung vollzogen war, sah ich meinen Ex-Mann nur noch wie durch ein Schlüsselloch. Dieser enge Kanal wuchs mit den Jahren weiter zu, vermooste einfach. Schon seit Langem kann ich meinen Ex-Mann überhaupt nicht mehr erkennen.

*Paris, 21. 5. 2018*

*Einer spontanen Eingebung folgend, schicke ich meinen Kindern eine Nachricht und frage, was sie heute über die Trennung denken. Die Antworten kommen schnell.*

*»Ehrlich gesagt denke ich nicht gern über eure Trennung nach. Ich liebe euch beide und bin erleichtert, dass mein Kontakt zu euch, der zu dir und der zu Papa, die harte Zeit der Trennung gut überstanden hat.«*

*»Ich habe in letzter Zeit nicht mehr oft an eure Trennung gedacht. Kein Wunder, die ist bald acht Jahre her, es gibt andere Themen, die mich beschäftigen. Und ich finde es auch richtig gut, dass ich nicht mehr dauernd daran denke, so war es nämlich früher. Bei manchen Paaren zieht sich das ja ewig hin, da wird bis ins Grab gestritten. Zum Glück nicht bei euch. Aber besonders gut versteht ihr euch nicht, und das beschäftigt mich schon.*

*Es ist traurig, wenn Leute so nachtragend und selbstbezogen sind, dass sie das Vergangene nicht loslassen und irgendwann auch wieder Freunde sein können. Ich finde, ihr beide macht das gar nicht so schlecht. Vielleicht wird es ja noch besser, wenn ihr Enkelkinder kriegt.*

*Als du damals gesagt hast, dass du und Papa euch trennt, saßen wir mit unserer kleinen Schwester am Küchentisch. Ich weiß noch genau, dass ich zum Weinen aufs Klo gerannt bin und dort eine Nachricht an Papa geschrieben habe, mit krassen Worten und vielen heftigen Emojis. Ich wollte dramatisch sein, das kannte ich aus Filmen, da rennen die Leute in solchen Momenten immer aufs Klo. An mehr erinnere ich mich nicht. Eigentlich weiß ich von der gesamten Trennung nicht besonders viel, das zog sich ja über mehrere Monate hin, fast ein ganzes Jahr. Aber wahrscheinlich habe ich auch viele andere Sachen vergessen, die schon acht Jahre zurückliegen.*

*Ich schätze, ich habe eure Trennung inzwischen ganz gut verarbeitet. Trotzdem merke ich, dass ich nicht gern drüber nachdenke, auch jetzt nicht. Und das nicht nur, weil ich letzte Nacht schlecht geschlafen habe und müde bin, sondern weil das Thema einfach hart ist. Vielleicht habe ich es also doch noch nicht ganz verarbeitet. Andererseits frage ich mich, ob man eine so krasse Angelegenheit überhaupt vollständig abhaken kann und dann irgendwann gar keine Gefühle mehr hochkommen. Als wäre das so was wie der Sommerurlaub letztes Jahr in Stockholm oder so. Wohl eher nicht.«*

*»Ich habe die miese Stimmung damals zwischen euch kaum ausgehalten. Dauernd bist du wegen irgendwas zusammengebrochen, und Papa hat mit Staubsaugen reagiert. Aber ich habe mir eingeredet, dass es nur eine Phase ist, ihr hattet uns schließlich versprochen, euch nie zu trennen. Deshalb war ich ziemlich irritiert, als wir uns plötzlich an den Tisch setzen sollten, um über euch zu reden. So ein Gespräch führt man ja nur, wenn es richtig ernst wird. Insgeheim hatte ich aber sowieso nur*

*noch so halb an euch geglaubt, und dieses Gespräch war der Sargnagel.*

*Wenn man das Leben als ein großes Spiel betrachtet, dann habt ihr verloren, du und Papa. Beide zusammen, und mich habt ihr voll mit reingezogen. Ich war extrem verletzt und enttäuscht, mein Grundvertrauen war erschüttert. Und das wegen meiner eigenen Eltern! Trotzdem wusste ich, dass ich es irgendwie schaffen würde, damit zurechtzukommen, ich war ja nicht mehr klein. Umso mieser war es für meine jüngeren Geschwister. Hättet ihr wirklich nicht noch ein paar Jahre durchhalten können? Früher habt ihr immer gesagt: Scheidungskinder haben es schwer, und obendrein werden sie manchmal auch noch in der Schule gemobbt. Daran musste ich sofort denken – würden auch wir jetzt gemobbt werden?*

*Rückblickend kann ich sagen, ich habe das alles ganz gut weggesteckt. Das Kindheitsparadies hatte sowieso längst Risse, als es zur Trennung kam. Aber mit meinen jüngeren Geschwistern fühle ich bis heute mit. Gleichzeitig verstehe ich euch und akzeptiere euren Weg. Die Wut auf euch ist weg.*

*Ich bin dankbar, dass ich ziemlich viele Jahre in einer heilen Familie leben konnte. Da war viel Liebe und Gemeinschaft, viel positive Energie. Das ist für mich eine Art Vorbild. Wenn ich selber mal eine Familie gründe, soll es so sein wie früher bei uns. Und dann möchte ich es besser machen, damit meine Familie nicht irgendwann auf die gleiche Art kaputtgeht.*

*Ich denke, es ist in Ordnung so, wie es jetzt ist. Und ich sehe auch, dass mit dem Ende eurer Beziehung etwas Neues entstehen konnte. Es ist schön mitzukriegen, dass eure jetzigen Beziehungen euch glücklich machen und ihr für sie einsteht.«*

*»Als ich klein war, habt ihr mir versprochen, dass ihr euch nie trennen werdet. Ich habe euch mehrmals gefragt, und genau das habt ihr mir gesagt. Über die Hälfte meiner Klasse hatte getrennte Eltern, was ich seltsam fand. Ich kapierte nicht, warum das so oft darauf hinauslief. Und ich musste es zum Glück auch nicht kapieren, weil es mir ja nicht passieren würde. Ihr hattet mir das fest versprochen.*

*Als die Stimmung bei uns zu Hause immer schlechter wurde und die anderen schon was ahnten, habe ich die Augen vor den Tatsachen verschlossen und an euer Versprechen geglaubt.*

*Und dann ist es doch passiert. Das hat mein Urvertrauen komplett zerstört. Ich konnte lange niemandem mehr vertrauen, keinem einzigen Menschen auf der Welt.*

*Meine Liebe zu Papa ist genauso groß wie meine Liebe zu dir. Ich habe mit euch beiden meine Schwierigkeiten, aber die Liebe ist trotz eurer Trennung geblieben. Und das wird sich auch nie ändern.«*

*Leben ist immer von Sterben bedroht.*

Es sich einzugestehen war ein erster Schritt. Unser Kind konsumierte wieder Drogen, und dieses Mal war es ernst. Anders riechender Urin, häufige Abwesenheit in der Schule und zu Hause, Zuspätkommen, Abtauchen, extreme Unzuverlässigkeit, Lügen – wir sahen ein, dass wir dringend Hilfe brauchten. Ein einziger Anruf genügte, und wir wurden Dauerklienten bei der Drogenberatungsstelle.

Irgendwann bekam unser Sohn einen Platz in einer betreuten Jugend-WG. Doch eines Abends kehrte er von einem Spaziergang nicht dorthin zurück. Mehrere Wochen lang fehlte von ihm jede Spur. Wir wussten nicht, wo er war, mit wem er sich umgab, ob er überhaupt noch lebte. Mehrmals rief ich abends die Polizei an und fragte, ob sie meinen Sohn nicht suchen könnten, zusammen mit mir, ob sie nicht wenigstens etwas von ihm gehört hätten. Die Antwort lautete, für so was gebe es keine Ressourcen, er trage ja keine Bombe bei sich und sei somit keine Gefahr für sich und andere.

Ich schickte meinem Sohn täglich eine Nachricht. Ich schrieb, dass ich ihn liebte und immer lieben würde und wir zu Hause auf ihn warteten. Auch wenn so vieles nicht gut lief, die Liebe zu meinen Kindern war unerschütterlich.

Dann kam der Abend, an dem ich wieder einmal voller

Angst das Stadtzentrum abfuhr und ihn plötzlich rauchend am Straßenrand stehen sah. Ich fuhr im ersten Gang auf ihn zu und fürchtete, er würde weglaufen. Doch er blieb stehen und machte die Beifahrertür auf. Abgemagert und verdreckt setzte er sich neben mich. Ich liebe dich, sagte ich. Er umarmte mich. Mama, ich liebe dich auch. Er stieg wieder aus, knallte die Tür zu und rannte weg. Ich setzte den Blinker und fuhr nach Hause. Das Leben ging wieder weiter.

Jede Begegnung kann die letzte gewesen sein. Ein Blick an der Tür. Und dann geht man schlafen. Am Leben zu sein ist immer vom Sterben bedroht.

Mein Sohn, früher ein höfliches Kind, hatte die Tür zum ersten Termin bei der Suchtberatung nur für sich aufgemacht und ließ sie gleich wieder zufallen. Im Warteraum wippte er nervös mit den Beinen. Wir saßen auf roten Plastikstühlen, er, sein Vater und ich, der Boden war grau mit schwarzen Punkten. Ich wollte unbedingt an das Gute glauben, wollte, dass der böse Traum endete. Dass eine nette Mitarbeiterin erschien, die Drogen und die Bong aus seinem Rucksack holte und wir gemeinsam zurück in unseren Alltag fahren konnten. Dann kam eine müde und distanziert aussehende Frau mit rot gefärbten Haaren. Zum ersten Mal stieg eine eiskalte Angstwelle in mir auf: Wir werden es nicht schaffen.

Drogensucht beginnt genau wie eine Essstörung an einem ganz normalen Tag. Ein Streichholz reicht, und das Feuer brennt. Ein Zurück in den alten Zustand gibt es nicht mehr. Bei anderen Kindern ist es weniger zwingend, da führen ein paar einzelne Erfahrungen nicht sofort ins Verderben. Drogenkonsum beginnt oft in einer langweiligen Schulpause, ganz banal, mit dem Augenzwinkern des neuen Kumpels, in dessen Gruppe man mitmischen will. Hasch zu rauchen kann für viele unproblematisch sein, andere rutschen schnell in die tiefe Kluft der Abhängigkeit. Unser Sohn gehört leider zu der Gruppe von Menschen, bei denen die Flügeltüren in die Welt der Drogen sich sofort sperrangelweit öffnen.

Zur Beratung zu gehen fand ich anfangs erniedrigend, doch irgendwann schüttelte ich das ab. So was zählte jetzt nicht, die Aussicht auf Hilfe war entscheidend. Mir wurde schnell klar, dass ein Kampf vor uns lag, bei dem keiner von uns der Gegner war und den niemand allein gewinnen konnte. Wir standen als gesamte Familie am Startpunkt eines langen, zähen Orientierungslaufs. Durchhalten musste jeder für sich.

Dort im Zimmer fühlte ich mich wie in einem Albtraum gefangen. Die Fragen, die wir der Rothaarigen beantworteten, sollte ich fünf Jahre lang immer wieder zu hören kriegen: Wie fing das alles an? Worüber genau machen Sie sich Sorgen? Was muss Ihrer Meinung nach passieren? Ich ließ die Hand meines Ex-Mannes, nach der ich gegriffen hatte, wieder los. Er war viel zu geduldig, viel zu lasch! Die Hand meines Sohnes durfte ich nicht halten, er duldete nicht die geringste Berührung, nannte mich eine dumme Fotze.

Da saßen wir. Weil einer von uns munter log, wurden die Aussagen der zwei anderen relativiert und verwässert. Ich war sauer, dass die Rothaarige nicht dazwischenging, aber sie zog nur ihren Fragenkatalog durch und machte sich Notizen. Mit ein paar lahmen Floskeln zu den Gefahren des Drogenkonsums beendete sie das Gespräch und gab uns einen neuen Termin. Ich fand sie furchtbar. Mein Ex-Mann kaute auf der Unterlippe, tippte etwas in sein Handy und verhielt sich passiv. Das Treffen war zu Ende, wir zerrten uns die Jacken über und gingen wieder nach draußen. Jeder für sich allein, so wie wir gekommen waren. Das war unser neuer, trauriger Stil. Auf der Straße versuchten wir, unsere Gedanken zu sammeln. Unser Sohn verweigerte den Dialog. Ich schlug vor, ihn in die Schule zu fahren oder gemeinsam etwas essen zu gehen, aber meine Vorschläge funktionierten nicht mehr. Innerlich war er längst weg. Wohin unser Sohn verschwunden war, wussten wir nicht. Und auch nicht, ob er je zurückkommen würde.

Seine neuen Freunde waren merkwürdig. Sie hatten dreckige Fingernägel und komische Spitznamen. Sie rochen süßlich und nach Zigaretten. Es waren völlig andere Leute als früher. Die alten Freunde hatten uns zur Begrüßung umarmt, sich auf meine selbst gebackenen Brötchen gestürzt und gefragt, wie es mir geht. Die neuen Freunde bekam ich nicht zu fassen. Sie glitten wie Tiere ins Zimmer meines Sohnes, lagen träge herum und sahen Filme mit viel Geballer und Gebrüll, mitten am Tag.

Wenn ich mal ins Zimmer ging, war die Verachtung mit Händen zu greifen. Sie fanden mich lächerlich, auf meine Fragen antworteten sie mit Flüstern, Kichern und müdem Stöhnen. Dann verschwanden sie urplötzlich nach draußen. Erst später kapierte ich, dass sie in den Keller gingen und kifften.

Unser Sohn haute immer öfter und immer länger ab. Ich weinte ständig, konnte kaum noch schlafen. Das wird mich umbringen, dachte ich. Gleichzeitig hatte ich eine Wahnsinnsangst, dass *er* umkam. Sein Vater und ich suchten ihn überall. Im Wald, am Hauptbahnhof, auf den Straßen, bei seinen Freunden, auf den Hinterhöfen der Freunde. Ich rief alle seine Kontakte an, irgendjemand musste doch etwas wissen. Ich klopfte mir auf die Schulter, dass ich mir in besseren Zeiten die Nummern hatte geben lassen. Leider brachten sie mich nicht weiter.

Mein Mann und ich wechselten uns beim Suchen ab. Einmal rannte ich, nachdem ich ihn abgelöst hatte, einfach im Nachthemd los, stieg ins Auto und fuhr, einer Eingebung folgend, zum verlassenen Wasserturm. Ich war mir so sicher, dass er dort sein würde! Doch ich fuhr vergebens hin, der Ort lag einsam und verlassen da. Das Handy meines Sohnes blieb weiter ausgeschaltet. Benommen fuhr ich zurück nach Hause.

Der Zirkus ging weiter, Woche für Woche. Ich war völlig verzweifelt, befand mich weit hinter meiner Grenze. Dann geschah ein Wunder. Mein verschwundener Sohn schickte mir eine SMS. Wenn du versprichst, nicht die Polizei mitzubringen, können wir uns morgen um 14 Uhr vor dem Hauptbahnhof treffen.

Am nächsten Tag stand ich frühzeitig vor dem Haupteingang und wartete auf ihn, ein buntes Gewimmel aus Dutzenden Menschen umgab mich. Ich hielt Ausschau nach einem verwahrlosten jungen Mann, einem dünnen Streuner. Mich umarmte ein gut gekleideter, gesund aussehender, vertrauter Sohn. Er erzählte, dass er bei der Mutter seiner Freundin lebte. Ich war unfassbar erleichtert, dass es ihm gut ging. Und zugleich rasend vor Wut, dass die Freundin und die Mutter mich belogen hatten. Natürlich hatte ich auch bei ihnen angerufen.

Als ich mit meiner Tochter zum ersten Mal zum Arzt fuhr, weil sie nichts mehr aß, war mein Herz hellwach und fühlte sich kühler an als sonst. Ich hatte Hoffnung, und ich hatte Angst. Was vor uns lag, war ungewiss, aber ich erfasste intuitiv, dass wieder eine neue Phase begann. Das Wartezimmer, in dem wir saßen, wurde zum Startfeld eines weiteren, eines neuen Brettspiels. Den Würfel würden ab sofort größere, unkontrollierbare Kräfte werfen. Was konnte ich machen? Ich hatte nicht die geringste Ahnung.

Meine Tochter und ich schwiegen. Schon bevor die Ärztin reinkam, sich unsere Geschichte anhörte und mein Kind untersuchte, wusste ich, womit wir es zu tun hatten: Anorexia nervosa. Am gleichen Ort, sogar im gleichen Zimmer hatte ich vor vielen Jahren mit meinen Eltern und meiner Schwester gesessen. Guter Gott, wieso kriege ich diese Karte noch einmal in die Hand! Ich wollte dieses Spiel nie wieder spielen.

Die Ärztin war warmherzig und sehr präsent, das spürte ich beim ersten Blick, beim Händeschütteln. Wir sollten ihr erzählen, weshalb wir gekommen waren. Unsere Tochter sagte, sie wisse es nicht so recht. Als die Ärztin nun mich aufforderte zu antworten, fing ich an zu weinen. Die Tränen waren uralt. Sie wiegt zu wenig, sie wächst nicht mehr! Das Schluchzen drang aus allen Zellen, das Wasser floss lang gebahnte Wege. Ich hätte den Gedanken an meine Schwester nicht zulassen dürfen, doch er war zu mächtig und ich wehrlos. Der Schatten dieser Geschichte fiel düster ins Untersuchungszimmer. Die Ärztin war ernst, ruhig und erfahren. Wir standen am Anfang einer Reise. Beim Rausgehen hatten wir bereits die nächste Station vor Augen. Die Ärztin hatte uns eine Karte in die Hand gedrückt und auf die Kinderpsychiatrie gezeigt.

Für mich hatte das Ganze mit einer wortlosen Geste zwischen meiner Tochter und mir begonnen: Ich hielt ihr die Pralinenschachtel hin, und sie schüttelte den Kopf. Es war das erste Aufblitzen der Krankheit. Weihnachten, und sie aß keine Schokolade. Dass sie weniger redete, weniger sang und schmaler wirkte, hatte ich bereits registriert. Ich machte mir Sorgen. Jedes meiner Kinder machte mir während unseres Trennungsjahres Sorgen.

Mein Alltag bestand inzwischen zu einem Großteil aus Terminen in Arztpraxen und Beratungsstellen. Wieder und wieder wurde besprochen, was im Leben meiner Kinder schon alles passiert war und wie wir darüber besser kommunizieren konnten. Mir ging auf, dass ich auf viele Ereignisse rein intuitiv reagiert hatte, sie einfach irgendwie passiert waren. Ich hatte Schuldgefühle.

Es gibt so viele Arten von Ereignissen. Manche kommen völlig überraschend. Sie können verletzend oder heilsam sein, aber in jedem Fall verändern sie alles. Dann gibt es Sachen, die sich im Stillen entwickeln und eines Tages wie ein Vulkan ausbrechen und alles unter sich begraben. Es gibt Entwicklungen, die man erahnt, aber nicht wahrhaben will. Und es gibt Dinge, für die man keine Worte findet. Sie breiten sich wie Wasserfarbe nach und nach übers ganze Papier aus, saugen sich tief in die Poren.

Wie kann ein Kind über das Grauen sprechen? Meine Eltern mussten sich trennen. Oder aktiver: Meine Eltern haben sich getrennt. Oder noch anders: Sie gehen getrennte Wege. Oder: Sie stehen kurz vor der Scheidung. Oder: Sie haben gemeinsam beschlossen, sich zu trennen. Oder: Ein Elternteil will sich scheiden lassen. Oder: Ein Elternteil hat die Familie zerstört.

Ich musste versuchen, mich auf eine Sache zu konzentrieren. Eins nach dem anderen. Jedes Kind einzeln anschauen. Mich danach um das restliche verrückte Leben kümmern. Arbeiten, Wohnen, Haushalt. Ich zwang mich, innezuhalten, die Dinge genau zu betrachten. Vor allem die Qualen meiner abgemagerten Tochter.

In meiner Verzweiflung blieb mir nichts anderes übrig, als fest an den Erfolg der Behandlung zu glauben. Ich war dankbar über jeden Euro Steuern, den ich zahlte. Uns wurde deutlich vor Augen geführt, dass die Gesellschaft ohne therapeutische und beratende Angebote, ohne das Gesundheitssystem verloren wäre. Schon bei unserem Sohn hatten wir Hilfe in Anspruch genommen. Trotzdem ist der Begriff des »Angebots« mit Vorsicht zu genießen. Ich musste wie eine Löwin kämpfen, um für meine Tochter einen festen Platz in der Klinik zu ergattern.

Die auf Essstörungen spezialisierte Abteilung lag nur wenige Hundert Meter von dem Haus entfernt, in dem ich als Kind gewohnt hatte. Wenn ich an dem Gebäude mit den Kranken vorbeifuhr, dachte ich: Diese Gegend ist mein Schicksal. Meine Schwester wäre dort beinahe gestorben. Und mein jüngstes Kind, meine einzige Tochter, kämpfte dort um sein Leben. Ich stand draußen und war doch absolut involviert. Ich fühlte mich so dermaßen schuldig – für die Drogensucht und auch die Magersucht. Es war das schlimmste Gefühl überhaupt. Nur kurz eine Zehe in dieses Gefühl zu tunken genügte, um mir die letzte Kraft aus den Knochen zu saugen.

Ich habe mehrere Träume, die immer wiederkehren. Einer ist der von den gestapelten Baumstämmen im Wald. Es sind zwei haushohe Stapel. Beide A-förmig, die Stämme liegen aufeinander, in der untersten Reihe um die vierzig oder fünfzig, in jeder Reihe darüber jeweils ein Stamm weniger, ganz oben liegt nur noch einer. Kein einziger Stamm darf rausgezogen werden, sonst stürzt alles zusammen. Ich selbst liege auch in diesem Stapel, relativ weit unten in der Mitte. Wenn ich mich bewege, egal wie, kann das nur den Tod bedeuten.

Auf dem Stapel neben mir sitzt ganz oben ein geschlechtsloses, dickliches Wesen. Es glotzt ins Leere, Kommunikation mit ihm ist nicht möglich. Auf dem Stapel, in dem ich stecke, sitzt ein federleichtes Mädchen. Sie ist nur noch Haut und Knochen. Sie schaut nach unten und rührt mit einem Löffel in einer Teetasse. Das Porzellan und das Mädchen sind so zerbrechlich, dass ich kaum zu atmen wage. Die erzwungene Starre ist nicht auszuhalten. Ich bin eingezwängt, gefangen. Kein Lüftchen weht, kein Wasser plätschert. Ich bekomme keine Luft, und dies ist das brutalste Symptom meiner Schuld.

Als meine Schwester erkrankte, wurde ich automatisch zur Mitwirkenden an einem Stück, in dem meine Vitalität einer der Gründe für ihre Krankheit war. Als meine Tochter erkrankte, erneuerte sich meine Verantwortung. Ich hatte den Boden bestellt, auf dem die Magersucht meines Kindes gedeihen konnte.

Die Frage, was ich tun sollte, nagte rund um die Uhr an mir und bahnte einen schmalen Verbindungsweg zwischen meinem Herzen und meinem Hirn, den ich zu einem breiten Trampelpfad austrat. Alle meine Ängste und die Mutlosigkeit wanderten diesen Pfad entlang. Und auch die Erleichterung über jede noch so geringe Gewichtszunahme. Und die Angst, mich zu früh zu freuen. Inzwischen war ich zu der Überzeugung gelangt, dass Essstörungen zu den schwierigsten Krankheiten überhaupt gehörten. Auch die Drogensucht zählte dazu. Und als Drittes die Depression. Als ich meine eigene Therapie begann, wurde mir sofort eine diagnostiziert.

Einmal mussten wir alle zusammen mit meiner Tochter essen, es sollte einen therapeutischen Effekt haben. Bei solchen Maßnahmen, die alle Beteiligten deutlich spüren lassen, wie beschädigt die gesamte Familie ist, braucht man eine Menge Vertrauen in das behandelnde Personal. Ich kratzte es mühsam zusammen. Wir – meine Söhne, mein neuer Partner und ich – gingen gemeinsam mit meiner Tochter mittagessen. Seit Ewigkeiten hatten wir keine sorglose Mahlzeit mehr zusammen eingenommen, nicht zu Hause und schon gar nicht im Restaurant.

Zwei Krankenschwestern erwarteten uns hinter verschlossenen Türen. Sie machten auf, und wir traten ein. Ein gedeckter Tisch erwartete uns, die Atmosphäre erinnerte mich an eine Schulmensa. Ich merkte, dass ich zu schauspielern begann. Ich spielte Mutter. Wer ich in dieser Zeit wirklich war, wusste ich nicht, und diese Tatsache wollte ich unbedingt verstecken. Es kostet verdammt viel Mut, sich authentisch zu zeigen, ohne Rolle zu agieren, wenn ein eigentlich alltägliches Ereignis wie ein Mittagessen zur Familientragödie mutiert. Wir redeten über das Wetter, die Wandfarbe und andere unwesentliche Dinge. Parallel dazu nahm ich die Qualität des Essens, die Portionsgröße, die Zeit zwischen Kauen und Schlucken wahr, vor allem bei meiner Tochter. Ich beobachtete ihren Gesichtsausdruck, ihre Gesten und wie viel Aufstrich sie auf ihr Brot schmierte. Schnell legte auch ich mir eine Scheibe Brot neben meinen Teller mit Fischsuppe. Butter oder anderen Aufstrich nahm ich allerdings nicht, weil ich das auch zu Hause nicht tat. Ich wollte versuchen, ehrlich zu bleiben. Aber ich nahm einen Nachschlag Suppe und hoffte, das Personal würde das gut finden. Doch die Suppe schmeckte fad. Alles schmeckte fad, seit meine Tochter erkrankt war. Wenn ich Außenstehenden die Logik einer Essstörung erklären sollte, überkam mich tiefe Müdigkeit. Wenn man die Spielregeln dieser Krankheit nicht bereits als Kind kennengelernt hat, ist sie fast unmöglich zu begreifen.

Die Essenszeit näherte sich ihrem Ende. Meine Tochter bekam die letzten Löffel Suppe und einen Großteil von ihrem Brot nicht runter. Hier kulminierte das Problem unserer Familie, hier zeigte sich etwas, das schwer in Worte zu fassen war. Die Minuten dehnten sich wie Kaugummi. Mein Kind bewegte den Löffel in der Flüssigkeit hin und her, hin und her. Dann ließ sie ihn klirrend fallen und erstarrte. Stumme Tränen liefen ihr übers Gesicht. Ich kann nicht, presste sie schließlich hervor. Der Blick einer Krankenschwester ließ sie einen letzten Anlauf nehmen, sie führte den Löffel bis an den Mund – doch eine größere Kraft führte ihn unberührt zurück auf den Teller. Die Krankenschwester stand auf, fragte »Schokolade oder Erdbeere?« und ging in die Küche. Meine Tochter gab keine Antwort. Die Schwester drückte ihr eine kleine Glasflasche mit Ersatznahrung in die Hand, es war die Sorte mit Erdbeergeschmack, den Suppenteller brachte sie weg. Meine Tochter wurde panisch, zitterte. Sie führte die Flasche an die Lippen und trank einen Schluck. Einen zweiten. Dann stellte sie die Flasche auf den Tisch. Wir ließen sie nicht aus den Augen, verfolgten jede Bewegung. Meine Söhne standen auf, stellten sich hinter sie und umarmten sie fest. »Du schaffst es, Schwester«, sagte einer. »Wir wissen, dass du es schaffst«, ein anderer. Und der dritte: »Du kommst da durch.«

Ich musste an *meine* Schwester denken und fühlte mich wie gelähmt.

Sie schaffte es wirklich. Sie trank die Flasche leer. Sie war eine Heldin. Aber eine, der es schlagartig schlecht ging, denn jetzt durfte sie dreißig Minuten lang nicht auf die Toilette. Jeder im Raum wusste, warum.

Ich hatte die Krankheit meiner Tochter mit zu verantworten. Doch statt mir Vorwürfe zu machen, kämpfte sie, verbrachte etliche Wochen und Monate in der Klinik. Phasenweise ging sie nur tagsüber hin. Der Kampf dauerte mehrere Jahre. In dieser Zeit bewohnte eine beklemmende Mischung aus Angst und Sorge mein Herz.

In den Etappen mit Tagesbesuchen fuhr ich meine Tochter morgens und abends mit dem Auto, damit sie keine Kalorien für den Weg verbrauchte. Das Frühstück wurde, wie jede Mahlzeit, in einem gläsernen Raum ausgeteilt. Die magersüchtigen Frauen saßen starr da, wie vor einer OP, nur ohne Betäubung. Wenn die Krankenschwester mal kurz nicht hinsah, verlagerte eine ihr Gewicht nach vorn auf die Beine und hob den Po vom Stuhl an, um Kalorien zu verbrennen. Eine andere stopfte sich ein Stück Brot in den BH. Alle hatten eingefallene Wangen. Und alle mussten zwei Scheiben Brot, Butter, zwei Scheiben Käse, einen gesüßten Joghurt und ein Glas frischen Saft zu sich nehmen. Bis zu der Zwischenmahlzeit – einem Stück Obst – hatten sie nur eine Stunde Zeit. Beim Mittagessen gab es als Herausforderung noch einen Nachtisch, und zum Kaffee mussten sie ein Stück Karottenkuchen, einen Muffin oder eine Portion Eis essen. Zum Abendessen durfte ich mein Kind wieder abholen. Bis dahin ließ ich es in diesem gläsernen Aquarium zurück und vertraute dem Personal. Eine Schwester mit blau gefärbten Haaren war besonders streng, zugleich hatte sie einen guten Humor. Ich konnte ihr offen zeigen, wie furchtbar das alles war. Sie sah es sowieso, las es in meinem Gesicht. Meine Tochter wandelte durch das Land der Toten.

Ich hatte so viele extreme Gefühle. Eins davon war Wut, Wut auf meine kranke Tochter. Warum konnte sie nicht einfach wieder anfangen zu essen? Warum kapierte sie es nicht? In Wahrheit war ich diejenige, die es nicht kapierte. Sie tat doch, was sie konnte. Während alle anderen in die Schule gingen, Aufsätze schrieben und Spaß hatten, ging sie Tag für Tag auf die Station. Zwischen den Mahlzeiten musste sie zu einer Physiotherapeutin und Entspannungsübungen machen. Ich hätte eine Bank überfallen können, ein Haus wegbomben, einen Berg versetzen, egal was. Ich wollte kämpfen – und hatte keine Waffen.

Ich stieg ins Auto, um sie pünktlich abzuholen. Mein Ex-Mann würde auch da sein, er hatte am Nachmittag mit unserer Tochter und der Ärztin ein Gespräch geführt. Darüber, wie es weitergehen sollte.

Als ich auf den Parkplatz fuhr und die beiden vor dem Eingangsbereich warten sah, wusste ich sofort, dass es nicht gut stand. Die kraftlosen Gesten, die hängenden Schultern sagten alles. Die Ärztin hatte nicht lange drum herumgeredet: Wenn das Gewicht in den nächsten sieben Tagen nicht endlich nach oben geht, müssen wir dich wieder rund um die Uhr hierbehalten.

Unsere Tochter verkündete uns nun, sie werde da nicht

mitmachen, das sei Erpressung. Mit mir zum Auto gehen wollte sie auch nicht. Sie rannte weg, auf ihren strichdünnen Bambi-Beinen den Hügel hinunter. Mein Ex-Mann rannte hinterher, schnappte sie und trug sie zum Auto. Sie zappelte, wehrte sich, schlug um sich. Wir redeten ihr gut zu. Ich versuchte, ruhig zu bleiben, gleichmäßig zu atmen und ihr in die Augen zu sehen. Dies waren entscheidende Momente. Ich hoffte, sie würde spüren, dass wir so handeln *mussten*, wenn wir ihr Leben schützen wollten. Ohne Liebe und ohne die Grenzen, die die Liebe setzt, gibt es nur eine fatale Leere. Aber gegen die Grenzen, die die Liebe setzt, kann man aufbegehren.

Irgendwann hatten mein Ex-Mann und ich unsere Tochter auf den Beifahrersitz gekriegt, er hielt sie fest, ich schnallte sie an. Ihr Körper war unfassbar dünn. Sie beruhigte sich, fuhr mit mir nach Hause. Dort stand uns als Nächstes das Abendessen bevor.

Rückblickend betrachtet bestanden die Jahre der Krankheit – bei meiner Schwester wie bei meiner Tochter – vor allem aus Mahlzeiten. Wenn eine gegessen war, mussten sich alle mühsam davon erholen, schon stand die nächste an.

Essgestörte Kinder kontrollieren nicht nur sich, sondern die ganze Familie. Und die Familie kontrolliert das Kind. Das Kind weiß genau, was die anderen essen, und bereitet eifrig Mahlzeiten zu. Es freut sich, wenn die anderen Kalorien zu sich nehmen, und meiner Erfahrung nach ganz besonders dann, wenn es dieses Essen früher selbst gern gegessen hat. Allzu ungesund darf es nicht sein, das belastet ein essgestörtes Kind, aber eine vertretbare Leckerei tischt es den Familienmitgliedern nur zu gern auf. Und dann sieht es ihnen verstohlen beim Essen zu. Alle anderen sollen sich unbedingt etwas gönnen.

Die Tatsache, dass ich in Bezug aufs Essen ein eigenes Geheimnis hatte, schwächte die Verbindung zu meiner Tochter. Ich war nicht bereit, meine Prinzipien für sie aufzugeben – wann ich aß, was und wie viel. Ich hatte schon einmal für jemand anderen mitgegessen, das reichte. Ganze Jahre lang hatte ich mich für meine Schwester vollgestopft. Ich war nicht bereit, ein weiteres Mal meinen Körper zu opfern, den ich mir in einem langen Prozess zurückerobert hatte – was wahrlich nicht einfach gewesen war, nach vier Schwangerschaften, vier Geburten, vier Stilljahren und langen Phasen von Selbstvernachlässigung. Ich sagte mir: Alles andere kann ich für sie tun. Ich gebe meine Zeit, meine Präsenz, meine Zärtlichkeit, meinen Schutz. Alles, nur über meinen Körper bestimme ich selbst. Darauf habe ich ein Recht. Als Mutter, als Frau, als Tänzerin, als Mensch.

Als eine Freundin mir erzählte, mit welcher Methode sie ihre essgestörte Tochter zurück ins Leben geholt hatte, wurde mir schwindelig. Die Freundin war wochenlang jeden Tag zur Schule der Tochter gefahren und hatte mit ihr auf dem Schulhof mittaggegessen. Alles, was die Tochter essen sollte, aß sie auch selbst. Bei den Mahlzeiten zu Hause handhabten sie es nach dem gleichen Prinzip. Meine Freundin hatte sich mehrere Wochen von der Arbeit freigenommen und sich voll und ganz auf das Kochen und die Mahlzeiten mit ihrer Tochter fixiert. Auch darüber hinaus hatte sie ständig ein Auge auf sie, sogar wenn die Tochter ins Badezimmer ging, sonst wäre sie womöglich beim Zähneputzen heimlich herumgehüpft, um Kalorien zu verbrennen. Als ich das hörte, dachte ich: Was bin ich doch für eine schlechte Mutter.

Die Abteilung, in der mein Kind schließlich wieder rund um die Uhr lebt, ist farblich in hellen Erdtönen gehalten. Irgendwo brüllt eine Frau, wild und entschlossen. Ich hänge meinen Mantel an die Garderobe und gehe in den Aufenthaltsraum, wo etwa zehn junge Frauen sitzen. Sie reden nicht miteinander, kaum eine blickt zu mir hoch. Alle scheinen zu frösteln, tragen mehrere Schichten Kleidung. Sie sind klapperdürr, apathisch und bewegen sich wie in Zeitlupe. Eine ist etwas aktiver, sitzt in der Ecke und strickt. Die anderen hocken nur herum. Ich frage, ob sie wüssten, wo meine Tochter sei. Bestimmt in ihrem Zimmer, lautet die Antwort. Garantiert halten sie mich für dick. Aber ich bin nicht dick, ich bin schlank. Ich bin gesund. Bin normal.

Ich klopfe bei meiner Tochter an die Tür und warte. Keine Reaktion. Ich spüre die schwere, harte Stelle in meiner Brust. Dieselbe Schwere wie damals, als meine Schwester starb. Ich drücke die Klinke runter und gehe rein. Meine Tochter sitzt auf ihrem Bett, über sich die Tagesdecke, die wir ihr von zu Hause mitgegeben haben. Neben ihr liegt ihr altes Kuscheltier, der Hund. Plötzlich sehe ich sie als kleines Mädchen. Immer wenn ich früher zu ihr ins Zimmer ging, spielte sie etwas Schönes oder bereitete eine Aufführung vor.

Sie war fröhlich und voller Energie, alles, was sie tat, hatte Präsenz und Intensität. Jetzt ist sie das genaue Gegenteil.

Ich setze mich zu ihr aufs Bett und lege meinen Arm um sie. Geliebtes Kind, sage ich. Wir sitzen da. Sie weint. Ich drücke meine Tränen weg, versuche mich zu beherrschen, aber als das schwere Gewicht in meiner Brust sich bewegt, muss auch ich weinen. Da sitzen wir. Irgendwann richte ich die Grüße ihrer Brüder aus und erzähle, wie es zu Hause so läuft. Sogar übers Wetter rede ich, in der Hoffnung, dass auch sie etwas sagt. Hast du den Gel-Beutel dabei, fragt sie schließlich. Ich hole ihn aus meinem Rucksack, wärme ihn draußen in der Mikrowelle auf, gehe schnell zurück und gebe ihn ihr. Sie schiebt ihn sich zwischen ihren Wollpulli und das Baumwollhemd, über ihren eingefallenen Bauch.

Ich schaue weg und entdecke die LED-Kerze auf dem Tisch. Meine Tochter erzählt mir, dass Oma sie besucht hat. Großartig, meine Mutter bringt also echte Kerzen zum Grab meiner Schwester und Friedhofskerzen ins Zimmer meiner Tochter, das ist ja fantastisch, denke ich – und schäme mich sofort für meine Bissigkeit. Es ist doch schön, dass meine Mutter hier war. Wie das für sie sein mag, ihre Enkelin am gleichen Ort zu besuchen wie damals ihre Tochter? Dieselbe Klinik, dieselbe Krankheit. Ich frage mich, was mit mir selbst los ist. Je intensiver ich darüber nachdenke, umso deutlicher wird das Gefühl, dass auch ich krank bin. Oder höchstens nur noch ganz knapp bei den Gesunden einzuordnen. Wo verläuft die Grenze zur Krankheit?

Es klingelt, das Zeichen zum Essen. Meine Tochter springt auf. Man muss sofort losgehen, darf nicht trödeln, sagt sie.

Gäste sind bei den normalen Mahlzeiten nicht erlaubt. Sie erzählt noch schnell, dass sie am Vormittag vorgeschlagen hat, mich als Gast in die Gruppe einzuladen, ich könnte Körper- und Entspannungsübungen anleiten. Ich nehme das als ein Zeichen ihrer Liebe. Dann ist sie weg. Ich schaue mich noch einmal in ihrem Zimmer um. Es ist ihr derzeitiges Zuhause. Ist es wirklich besser als das, was ich ihr bieten kann? In meiner Nase kitzeln Tränen. Mein Gesicht kribbelt, mein Brustkorb zieht sich zusammen, am liebsten möchte ich bei meinem Kind bleiben. Aber ich muss los und mich um die anderen Kinder kümmern, muss einkaufen, mit dem Leben weitermachen. Gott, lass sie gesund werden, bete ich, bitte. Ich liebe sie so sehr.

In der Natur ist der Tod ständig präsent, auch wenn man ihn nicht wahrnimmt. Der Herbst kündigt sich schon im Sommer an. Mit unsichtbarer Hand malt er Spuren in die Laubbäume, die Blätter werden dünner und brüchiger, das nährende Wasser fließt langsamer. Ader für Ader trocknet das Blatt aus, Geschmeidigkeit, Farbe und Lebenssaft schwinden. Und dann kommt der Tag, an dem das Blatt fällt.

Wenn ich von Rollen schreibe, meine ich damit die Rollen in meiner Familie.

Ich schreibe von Aufopferung und Märtyrertum, und das nicht ohne Grund, denn diese Form der mütterlichen Liebe bringt Erschöpfung und Isolation mit sich. Mutter zu sein bedeutet dann, im Dasein für andere nicht den Verstand zu verlieren. Es ist ein ständiger Kampf, und ich weiß, wovon ich spreche.

Das Zuhause, in dem man mit den anderen lebt, ist nicht alles, was man hat. Derzeit jedoch verlangt es alles von mir.

# TEIL 4

*Ich male euch eine Frau.*

Mein Gesicht ist oval. Meine Augen sind blau, meine Augenbrauen fast schwarz. Die Knorpel in meinen Ohren und meiner Nase tun bei stärkerem Druck weh. Meine Wangen röten sich an der frischen Luft. Wenn meine Mutter früher zu mir sagte, dass sie am liebsten in meine Wangen beißen würde, richtige Schneewittchenwangen hätte ich, wurde mir ganz warm vor Freude. Wenn ich in der Schule eine falsche Antwort gab, wurde ich feuerrot. Im Winter ist mein Gesicht manchmal starr vor Kälte.

Meine Ohren sind sensibel, wie bei meiner Mutter. Wind, Zugluft und Berührungen mögen sie nicht. Ich kann meine Ohren weder von vorn noch von der Seite gut im Spiegel betrachten. Ich überlasse sie sich selbst.

Meine Augen sind schlechter geworden. Weil ich bei der Arbeit genau sein muss, brauche ich eine Brille, doch eigentlich würde ich auf Hilfsmittel zwischen mir und der Außenwelt gern verzichten.

Wenn ich meine Lippen schminke, muss ich an den Satz einer Maskenbildnerin denken: Du hast den perfekten Mund. Solche Sätze sind unglaublich wichtig! Ich pflege meine Lippen regelmäßig mit Vitalis-Balsam. Einmal hat einer meiner Söhne das ganze Döschen aufgeschleckt; er hatte Sehnsucht nach mir, und ich war bei der Arbeit gewesen.

Meine Zähne waren lange tadellos. Bis zu meiner ersten Schwangerschaft kannte ich Karies und andere Probleme nicht. Dann kamen die Stilljahre, und ich entwickelte eine nächtliche Gier nach warmem Apfelsaft. Es war dunkel, ich stillte, hatte Durst und brauchte Trost, da war Apfelsaft genau das Richtige. Ich wechselte zu einer privaten Zahnärztin, die sich auf Angstpatienten spezialisiert hatte, und fuhr gut damit. Dann hatten wir irgendwann kein Geld mehr für Privatärzte, daher ging ich zurück zu einem Kassenarzt. Seine Behandlungen mussten später alle wieder von der Privatärztin korrigiert werden. Ich bin heilfroh, eine freundliche, wertschätzende und in jeder Hinsicht gute Zahnärztin gefunden zu haben. Ich war sogar schon mit ihr Kaffee trinken, auch bei ihr zu Hause. Ihren Mann habe ich ebenfalls kennengelernt. Sogar Brot habe ich für die beiden gebacken. Ich mag meine Zahnärztin, und sie mag mich. Dasselbe kann ich über das Verhältnis zu meiner Therapeutin, meiner Kosmetikerin und meiner Gynäkologin sagen. Was das wohl über mich verrät? Nun ja, in meinen frühesten Beziehungen habe ich ordentlich was abgekriegt, nun suche ich immer wieder nach Bestätigung. Auch von denen, deren Dienste ich bezahle. Im Grunde ist daran nichts Schlimmes, es ist ja absolut nachvollziehbar, trotzdem geniere ich mich dafür.

Mein Oberkörper ist sehr beweglich, daher beginnt meine tänzerische Arbeit oft von dort. Ich stelle mir vor, dass mir unsichtbare Orchideen aus den Schultern wachsen, die sich von Bewegung und Licht ernähren. Wenn ich eine Choreografie entwickele oder mir ein Tanzstück anschaue, liegt mein Fokus in der Regel bei den Schultern, ich empfinde sie als frei und ausdrucksstark. Wenn ich die Hände hinterm Rücken verschränke und mich weit nach vorn beuge, kann ich sie über den Kopf hinweg fast bis zum Boden bringen. Weil ich hypermobil bin und morgens gern Liegestütze mache, tun meine Schultern gelegentlich weh. Und sie knacken und knirschen; ich kann diese Geräusche sogar provozieren. Beim Sex sind sie manchmal so laut, dass ich Sorge habe, sie könnten auskugeln.

Meinen Hals mag ich am liebsten unverhüllt. Wenn ich doch mal einen höheren Kragen trage, dann richtig, dann einen Rollkragenpulli. Enge Rundhalsausschnitte meide ich. Ich liebe Küsse auf den Hals, und ich mag es, wenn man mein Schlüsselbein sieht. Es ist die Krönung meiner aufrechten Haltung.

Mein Brustbein steht deutlich hervor, was bei tiefen Ausschnitten auffallen kann. Immer wenn ich diese Stelle berühre, fällt mir die Frage meines Vaters ein: Du liebe Güte, was ist denn das? Auch einer meiner Söhne sagte mal: Mama, das sieht übertrieben aus. Ich finde das nicht, ich mag mein hervorstehendes Brustbein. Ich weiß noch, wie ich als Austauschschülerin bei einem Musikfestival eine Frau sah, die sich vorbeugte, um in ihrer Handtasche zu kramen. Ihr Kragen gab den Blick auf genau diese Körperstelle frei. Ich fand das unglaublich sexy.

Ich mag feste, zärtliche Berührungen an den Brüsten. Wenn sich die Berührung zielsicher auf die Rundungen konzentriert, aber auch, wenn sie wie aus Versehen gestreift werden. Und wenn die Hand sich dann irgendwann von meinen Brüsten abwärtsbewegt, ist das purer Genuss.

Meine Brüste sind symmetrisch, doch ihr Aussehen hat sich mehrmals verändert. Als junge Frau hatte ich runde Brüste, die gut mit meinen restlichen Proportionen harmonierten. In den Schwangerschaften wurden sie deutlich größer, beim Stillen bekamen sie blaue Adern. Nach jedem Abstillen schrumpften sie, jedes Mal ein Stück mehr. Ich liebte es, meine Kinder zu stillen, es fühlte sich so natürlich an. Wichtig und unkompliziert zugleich. Einmal hätte ich beinahe eine Brustentzündung bekommen, ich konnte sie gerade noch mit Kohlblättern und Wolltüchern abwenden. Jedes Kind hat mir die Brustwarzen mindestens einmal blutig gebissen, doch auch davon habe ich mich nicht abschrecken lassen. Ich habe meine Milch kurzerhand abgepumpt und eingefroren, wollte den Kindern nichts Künstliches geben. Als ich sie nach jeweils zwölf Monaten abstillte, kochte ich ihnen Reissuppe aus Bioreis und dickte sie mit feinem Mandelmus an.

Hoffentlich kriege ich nie Brustkrebs. Meine Schwester ist daran gestorben. Falls es doch so kommt, bin ich vermutlich besser vorbereitet als andere. Trotzdem, die weibliche Brust ist und bleibt für mich ein Symbol der Lebenskraft – wenn ich auf meine Brüste verzichten müsste, wäre das ein äußerst schmerzhafter Abschiedsprozess.

Meine Arme sind muskulös, und diese Muskeln gehören unbedingt zu mir. Die Haut auf meinen Armen ist glatt, Behaarung habe ich kaum noch. Entweder hat das Stillen das für immer verändert, oder ich sehe die dunklen Härchen nicht mehr. Auf den Unterarmen sind viele Leberflecke, an der linken Schulter eine Narbe von der Tuberkuloseimpfung.

Meine Handgelenke sind kräftig. Trotzdem habe ich mir das rechte schon gebrochen und musste es operieren lassen. Die Narbe ist deutlich zu sehen, sie ist bis heute empfindlich. Meine Handteller sind groß, meine Finger lang. Ich kriege manchmal zu hören, ich hätte Arbeiterhände. In gewisser Weise habe ich das: Meine Hände können gut anfassen. Der Umgang mit anderen Körpern ist nun mal meine Arbeit, sie ist extrem physisch.

Ich habe ein leichtes Raynaud-Syndrom: Wenn ich kalte Hände kriege, werden meine Finger steif und kalkweiß.

Mein Bauch ist das Zentrum meiner Balance, konkret wie im übertragenen Sinn. Wenn ich aus dem Gleichgewicht gerate, bekomme ich Magenschmerzen. Wenn ich verliebt bin, ist meine Verdauung hyperaktiv, bei Verstimmungen wird sie träge.

Mein Rücken ist lang, meine Schulterblätter sind groß und beweglich. Ich weiß nicht, ob ich auf einem Foto mit zwanzig Rückenansichten meinen eigenen erkennen würde. Mein neuer Mann sagt, ich hätte tolle Pobacken, die schönsten der Welt.

Warum werde ich verlegen, wenn ich den Körper weiter abwärtswandere, wieso regt sich beim Schreiben Widerstand? Weil sich eine strenge Stimme meldet und fragt: Müsste man das nicht auslassen, wen interessiert so was? Ich überlege, ob ein so alltägliches Möbelstück wie der Tisch den Körper bewusst vom Nabel an abwärts verbergen soll, ob

Tische deshalb fast nie aus durchsichtigem Material bestehen. Die untere Körperhälfte könnte schließlich zivilisierte Gespräche stören, und selbst bei rein privaten Essenseinladungen ist der Anblick des Unterkörpers offenbar unerwünscht.

An meinen Beinen habe ich Narben von einer Verbrennung. Als ich vor vielen Jahren die Limonade für den Ersten Mai gemacht habe, ist das Glasgefäß geplatzt. Die heiße Flüssigkeit rann mir über beide Beine, an den Oberschenkeln brauchte ich eine Hauttransplantation. Auf meinem linken Schenkel gibt es eine visitenkartengroße Stelle, die im Sommer nicht braun wird. Und auf dem rechten bildet die Narbe ein Gitter mit Pünktchen darin.

Meine Knie verlangen eine Extraportion Aufmerksamkeit. Immer wieder melden sie sich mit leichten Schmerzen, wollen ärztlich untersucht werden, aber angesichts dessen, was ich schon alles mit ihnen angestellt habe, kriegen sie die Schulnote Eins. Außerdem sind sie schön. Sie tragen ein paar dunkle Stellen und winzige Narben aus meiner Kindheit.

Meine Beine sind Tänzerinnenbeine, stark und muskulös. Wohlproportioniert. Sie zeigen erste Spuren des Alterns, Andeutungen von Krampfadern, kein Wunder, ich muss viel stehen. Vielleicht bleibt es auch bei den feinen bläulichen Schatten.

Ich finde meine Beine eher schwierig, sie fühlen sich jeden Tag anders an. Wenn ich Gott wäre und mich noch einmal entwerfen könnte, würde ich sie länger und schmaler machen.

Meine Füße haben einen hohen Spann und auf der Unterseite einen recht großen Hohlraum. Vielleicht kommt das von den vielen Ballettübungen in der Wachstumszeit. Oder aber es liegt einfach an den Genen. Ich glaube, vor allem Letzteres.

*Paris, 22. 5. 2018*

*Die meisten Leute spazieren der Flussströmung entgegen. Ich biege ab, gehe noch ein ganzes Stück weiter und betrete die Kunstbibliothek. In dem beeindruckenden Saal mit dem Dach aus kleinen Kuppeln herrscht Stille. Konzentriert beugen die Leute sich über ihre Bücher, das Licht der Tischlampen verbreitet eine intellektuelle Atmosphäre. Sämtliche Blicke weisen nach unten, die Seiten werden behutsam umgeblättert.*

*Ich würde am liebsten über die Tische tanzen und an den Säulen und Regalen baumeln. Ich möchte mit gespreizten Beinen das Holzgeländer hinunterrutschen, und dazu spielen die Pariser Philharmoniker Schostakowitsch.*

*Nicht weil ich die Stille nicht respektieren würde. Sondern weil Kontraste und Widersprüche interessanter sind als Harmonie.*

Die weibliche Sexualität ist eine Welt unendlicher Wunder. Das soll sich nicht anhören, als fände ich, es wäre bei den Männern anders; das ist nicht der Punkt. Aber meiner Beobachtung nach zelebriert die Gesellschaft die männliche Erektion im Vergleich zur weiblichen Erregung deutlich stärker. Natürlich hat das auch praktische Gründe, die Anatomie des männlichen Körpers erlaubt einen früheren und freieren Blick auf die Geschlechtsorgane. Und als Mutter dreier Söhne würde ich sagen, dass die Sexualität bei Jungs grundsätzlich entspannter gesehen wird als bei Mädchen. Jungs dürfen schon als Kind an ihrem Penis herumspielen (wenn auch belustigte Reaktionen nicht förderlich für ihre Entwicklung sind).

Als ich meine Periode bekam, überreichte meine Mutter mir einen Stapel Binden, wie ein Geschenk, und sagte, ich sei nun eine Frau. Heimlich kaufte ich mir Tampons. Als ich den Beipackzettel auffaltete, fiel ich aus allen Wolken: Der Querschnitt durch den weiblichen Körper zeigte eine Öffnung, die nicht die Harnöffnung war! Hier floss das Blut durch! Der Handspiegel, mit dem ich bislang die von meiner Mutter geflochtenen Zöpfe begutachtet hatte, half mir nun, meine körperliche Identität zu erkunden und zu verstehen. Nach und nach lud sich das eigentlich neutrale

Spiegelglas mit dem Eindruck von Abenteuer und Gefahr auf.

Wenn meine Periode vorbei ist, verspüre ich die intensivste Lust und bin vollkommen unbekümmert. Ich stehe am Anfang. Alles ist möglich, so wie am Morgen. Zum Abend hin wird es schwerer, und die Lichter erlöschen. Direkt nach meiner Periode gehören meine Brüste ganz mir. So wie damals nach dem Abstillen. Weich und vertraut und ohne Schwellungen, ich muss nichts mehr abgeben. Meine Haut ist rein, die Richtung ist klar.

Der Gedanke an die Menopause ist mir ein Graus. Schweiß, Hitzewallungen und Launenhaftigkeit – wo ich doch sowieso schon Stimmungsschwankungen habe. Das will ich nicht. Ich will mich nicht von meinem Zyklus verabschieden, so anstrengend die Blutung auch ist. Mein Zyklus gibt mir das Gefühl eines ewigen Kreislaufs, zeigt mir die nie versiegende Kraft des Lebens. Er hilft mir, das Zentrum meiner Energie wahrzunehmen.

Wenn ich in meine Erinnerungen eintauche, weiß ich ganz genau, wie meine Kinder entstanden sind. In welcher Stimmung, in was für einer Stellung, an welchem Ort. Manchmal überlege ich, wie viele meiner Eizellen hätten befruchtet werden können.

Für mich ist die Sexualität die stärkste Kraft, die wir haben. Auch an einem hektischen Tag und sogar mitten in einem Streit kann ich sie mir zunutze machen. Gerade dann, wenn andere Kräfte dominieren wollen. Das Gefühl, dass ich und meine Ansichten gut und richtig sind, kann ich in veränderten Positionen besonders deutlich spüren. Oder wenn ich kopfüber hänge, denn wenn ich mich am schwächsten zeige, bin ich am stärksten. Nicht zu wissen, was als Nächstes passiert, erweckt eine positive Spannung. Alles schon vorher zu wissen schwächt meine Präsenz. In mir wohnt ein konzentrationsgestörter Teenager, der sich im Gewand einer Erwachsenen in die Welt gewagt hat.

Die Klitoris und der Penis haben einiges gemeinsam. Die Vagina, die eigentlich ein langer schmaler Tunnel ist, empfinde ich als ein sehr flexibles Organ, das sich in jede beliebige Richtung weiten kann. Sie ist ein schwer erklärbares Geheimnis, das am ehesten etwas von einem Korallenriff hat, tief unten im Ozean. Die Anatomie bietet nur *eine* (beschränkte) Herangehensweise, die Körperlichkeit des Menschen zu untersuchen. Die Sexualität sollten wir durch das Leben, durch pures Ausprobieren und einen spielerischen Zugang erkunden. Oder mit den Mitteln der Kunst. Oder der Verrücktheit.

Ein genüssliches, langes Liebesspiel hat eine gewisse Parallele zur Todessehnsucht – das Sehnen soll ein Ende haben, mit der Hoffnung auf Wiedergeburt.

*Paris, 23. 5. 2018*

*Ich greife mit der rechten Hand nach meiner linken. Ich bin still und allein. Aus irgendeinem Grund habe ich mich für die hinterste Ecke in diesem etwas heruntergekommenen Café entschieden. Ich sehe aus wie eine Frau, die Tee trinkt. Ich* bin *eine Frau, die Tee trinkt. Und in mir steckt eine Frau, die sich so sehr nach der Umarmung ihres Liebsten sehnt, dass sie den Tee kalt werden lässt.*

*In meinem Schatten lebt eine Trauer. Wie auch in deinem. Ob wir diese Schatten aufeinanderlegen und zusammennähen könnten? Dann hätten wir einen Traueranzug! Den könnten wir einem Lebenshilfecoach schenken, einem von diesen betont dynamischen Typen.*

*Wie gern würde ich mit dir noch einmal von vorn beginnen. Mit dem Urknall. Zusammen mit dir aus der Scholle emporsteigen in eine neue Welt, in inniger Umarmung. Wir würden es mit allen Wettern und Stürmen aufnehmen.*

*Er ist meine Liebe.*

Über Partnerschaft wird in unserer nordischen Alltagskultur eher nüchtern gesprochen. Als würde zu Beginn der Beziehung ein Siegel draufgehauen, und damit wäre alles klar und die Verbindung gesetzt. Die Bezeichnung *Ehe* hört sich in manchen Kontexten sogar nach einer Berufs- oder Interessenvereinigung an. Bund der Steuerzahler, Bund der Architekten, Bund der Ehe. Man hofft, dass die Ehe als äußere Form den erwünschten Inhalt schon dauerhaft bereitstellen wird und man nur vorab das Wichtigste geklärt haben muss. Wirklich ernsthaft über Liebe geredet wird erst, wenn sie bröckelt.

Ich habe mich aus einer langen Ehe gelöst und dann schneller neu verliebt, als ich es für möglich gehalten hätte. Ich habe den Mann gefunden, nach dem ich mein Leben lang suchte. Er ist derjenige, den ich von allen Menschen am meisten vermisse, ob wir nun getrennt sind oder in einem Raum.

Seine Umarmungen geben mir mehr Sicherheit als sämtliche früheren Umarmungen. Ich vertraue ihm. Ich stelle seine Liebe nicht infrage. Ich will mit ihm leben, trotz der heftigen Zusammenstöße und der rätselhaften Mysterien, die es zwischen uns gibt. Unsere Perspektiven auf das Leben, unsere inneren Kompassnadeln sind sehr verschieden. Er stammt aus einer ländlich geprägten Arbeiterfamilie mit vielen Kindern, und als Erwachsener ist er kreuz und quer durch die Welt gereist. Meine Geschichte ist eine andere.

Eine wilde, verrückte Liane umschlingt uns, hat uns gleich bei der ersten Begegnung verbunden. Wir erkannten sofort, dass wir auf eine Beziehungsqualität stießen, nach der wir lange gesucht hatten. Und verstanden, dass das Verstehen zwischen uns nicht das Wichtigste war. Wir wurden einander zu Flugfeldern, auf denen wir jederzeit landen konnten, aus verschiedenen Himmeln kommend. Ich glaube, so etwas nennt man Seelenverwandtschaft.

Wir geraten oft aneinander. Wir haben beide Kinder, die wir sehr lieben, und in der Summe sind das ziemlich viele Kinder. Überhaupt ist unser gemeinsames Leben davon gekennzeichnet, dass alles *viel* ist. Obendrein haben wir verschiedene Charaktere und Tagesrhythmen. Und unterschiedliche Arten zu denken. Wir machen beide Kunst, sind temperamentvoll und alles andere als perfekt.

Mein neuer Mann hat viel Energie. Er ist zäh und hält eine Menge aus – bis zu dem Punkt, an dem er nicht mehr kann. Mit seinem sanften Wesen überschreitet er oft seine Grenzen, und plötzlich ist Schluss. Dann verlässt er die Situation und geht raus, um mit sich allein zu sein. So lange, bis er wieder einen klaren Kopf hat. Daran kann ich mich nur schwer gewöhnen.

Seine bevorzugte Sitzposition ist diese: das rechte Bein ausgestreckt, das linke angewinkelt und leicht geöffnet. Sein Oberkörper neigt sich über die Gitarre, für die er mitunter eine Art Hassliebe empfindet, genau wie für mich. Das

Instrument und ich sind da nicht die Einzigen, mein Mann ist neben seiner Sanftheit auch leidenschaftlich und hat ein großes Herz. Er ist für mich wie ein großes Stück wilde Natur, fremd und vertraut zugleich.

Wenn er schläft, hält er ein Kopfkissen im Arm, wie ein Kind seinen Teddy. Er liegt auf der Seite, der untere Arm ist unters Kissen geschoben. Wie das Kissen aussieht, spielt keine Rolle, Hauptsache, er hat eins. Manchmal reibt er im Schlaf mit dem großen Zeh auf dem Bettlaken herum, dann denke ich, dass vor der Tür etwas raschelt, und wecke ihn auf. Danach bleibt es bis zum Morgen still. Ihm ist fast immer warm, auch nachts. Tags sowieso. Bevor wir abends einschlafen, streicht er mir liebevoll die Haare aus dem Nacken und massiert mit dem Daumen meine Stirn, von unten nach oben, so herum mag ich es lieber. Dann streichelt er von der Schläfe zum Ohr und sagt, dass er mich liebt. »Gute Nacht, mein Schatz«, fügt er hinzu, und ich wiederhole es. Das ist das Letzte, was ich am Tag sage.

Wenn er zu Hause auf dem Sofa Musik macht und singt, ist seine Position halb sitzend, halb liegend. Der linke Fußknöchel überkreuzt den rechten, die Gitarre liegt wie in einer Umarmung auf seinem Schoß. Ob nun Musik oder Menschen, sein Körper ist eigentlich immer bereit zur Umarmung.

Ich liebe unsere Küsse, ich mag sie so sehr. Im Zusammenleben mit ihm sind sie das Allerschönste. Ich musste relativ alt werden, um in diesen Genuss zu kommen, doch schon immer wusste ich, dass Küsse alles sagen.

Ich liebe es, wenn mein Mann mir Gute Nacht wünscht,

seinen linken Arm unters Kissen legt und den rechten darum herum, die Faust vor seiner Brust. Ich liege ihm zugewandt und greife mit meiner kühlen nach seiner warmen Hand. Er schiebt die Hand ein Stück vor und umfasst meine Finger. Er glaubt, dass er dann von oben aussieht wie ein Jogger. Oder wie ein langes vierbeiniges Tier. Ich schätze, die Position nervt ihn manchmal ein bisschen, trotzdem macht er mit. Es ist eine Phase, so wie man morgens eine Zeit lang Müsli oder warmen Porridge isst. Irgendwann kommt eine andere Phase. Vom Fußende des Bettes aus gesehen liegt mein Mann links, bevorzugt auf der linken Körperseite. Damit liegen wir fast immer einander zugewandt.

Wenn ich einen Mann mit Baby sehe, eine stillende Mutter oder ein tapsig herumlaufendes Kleinkind, kommen mir die Tränen, solche Sehnsucht nach einem Kind habe ich. Nur zu gern wäre ich noch einmal schwanger, würde gebären, stillen und ein Kind versorgen. Ich möchte meinen Mann in dem Kind wiedererkennen, mich selbst, uns beide. Obwohl ich nicht besonders jung war, als meine vier Kinder kamen, denke ich rückblickend, ich hätte älter sein sollen. Ich konnte damals nicht gut zuhören, nicht präsent und gelassen sein. Heute würde ich mich nicht mehr so am Ideal der Perfektion abarbeiten. Stattdessen mehr auf mich hören und auf meinen Mann. Es gäbe mehr zu lachen und weniger Stress und Nervosität. Ich würde andere öfter um Hilfe bitten.

Wenn ich reisen muss und mein Mann und ich telefonieren, kann ich die Sehnsucht in seiner Stimme hören. Er erzählt kleine Dinge aus seinem Alltag und beschreibt sie präzise. Auch damit zeigt er mir, wie sehr er mich vermisst. Er erzählt, wie er durch die Gänge im Supermarkt geht und das Wetter für die nächste Woche checkt, und fragt, ob ich auch wirklich nächste Woche zurückkomme, mit dem späten Flug? Ich muss nur einen einzigen Abend von ihm getrennt sein, schon vermisse ich ihn. Manchmal reicht eine Stunde. Die französische und die deutsche Sprache haben dafür eine schöne Wendung: Tu me manques. Du fehlst mir.

Egal, wo ich bin, ich will immer zu ihm. Er hat eine Kraft, die mich anzieht und erregt. Wie das funktioniert, ist mir ein Rätsel. Wir spüren voneinander viel mehr, als uns rational bewusst ist. Und unser Wissen übereinander basiert auf gemeinsam gelebtem Leben. Auf geteiltem Schmerz, geteilter Trauer, wilden Liebesnächten und ruhigen Vormittagen. Dieses Wissen basiert auf dem, was die Haut fühlt. Es ist ein Wissen, das Liebende sich sofort aneignen und nie vergessen. Sie kennen sich in diesem Wissensgebiet aus wie ein Astronom im Weltall – wer könnte klüger sein als Liebende? Zugleich aber auch wer verrückter?

Das Gesicht meines Liebsten ist für mich neu und auch fremd. Manchmal überlege ich, woher es genetisch stammt. Zugleich fühle ich eine tiefe Verbundenheit. Seine Mimik kann alles Erdenkliche ausdrücken, und seine Haut gibt auch im fröstelnden Zustand noch Wärme ab. Seine Kleidung ist schwarz, nie bunt, er nimmt Farben anders wahr.

Hals und Nacken zeigen sein Energielevel an. Wenn er sich für etwas begeistert, sitzt und steht er aufrecht. Anstrengung lässt ihn zusammensacken, die Brust scheint zu schrumpfen und sich eng ums Herz zu legen, zum Schutz vor Schmerzen. Die Hände meines Liebsten sind sensibel und stark, spiegeln seinen Seelenzustand wider. Ein Blick auf seine Hände sagt mir mehr als tausend Worte. Wenn seine Hände ruhig sind, ist mein Liebster ausgeglichen. Wenn er sie gestenreich zu Fäusten ballt und wieder öffnet, ist er rastlos, und wenn die Fäuste geschlossen bleiben, sieht es schlecht aus.

Seine Arbeit besteht darin, die Welt zu untersuchen. Er ist ein Astronaut, ein Taucher, ein Abenteurer. Er liebt alte Tonbandaufnahmen, Interviews, Vogelstimmen. Er mag eine Art von Musik, die anders ist als seine eigene. Ich finde, er könnte auch selbst solche Musik machen. Er sieht gern Filme, Fotos, Gesichter. Er hat mit seiner Gesundheit zu kämpfen, vor allem mit der Wirbelsäule. Die vielen Jahre im Tourbus, die Reisen in entlegene Winkel der Welt haben sein Interesse nach außen gerichtet. Mittlerweile schaut er auch nach innen und kümmert sich besser um sich selbst.

Mein Liebster hat Höhenangst. Und er hat Angst vor Schlangen, aber auf eine andere Weise als ich. Er packt schnell zu und bringt sie für mich um. Er liebt es, mich anzuschauen, wenn ich herumalbere, wenn ich lache, wenn ich schlafe. Er liebt es, mich anzuschauen, wenn ich mich für ein Fest zurechtmache, ein Kleid anziehe, meine Haare im Nacken hochstecke. Er liebt es, mir beim Ausziehen zuzuschauen. Er liebt mich ohne Kleidung, ohne alles. Er liebt mich.

Bei aller Innigkeit habe ich festgestellt, dass ich nicht gut lieben kann, wenn ich die ganze Zeit mit dem anderen zusammen bin. Ich brauche meinen eigenen Raum, gedanklich, und wenn es geht, auch konkret. Ein eigenes Zimmer. Die Ausstrahlung meines Partners ist so stark, dass ich mich leicht in dieser Energie verliere. Und doch vermisse ich ihn, kaum habe ich die Tür hinter mir zugemacht. Ich mag zwar erleichtert sein, doch eine sehnsüchtige Spannung zieht mich sofort wieder zu ihm hin. Wir haben Glück miteinander gehabt, er und ich.

*Paris, 25. 5. 2018*

*Mein Liebster.*

*Es ist schon spät. Ich habe mein Testament aufgesetzt. Gilt eine Textnachricht als offiziell?*

*Hiermit verkünde ich meinen letzten Willen: Ich will eingeäschert werden.*

*Und meine Asche bekommst du. Meinen ganzen Körper. Wie viel das ist, weiß ich nicht.*

*Für mich ist mein Körper alles, er ist mein einziges Zuhause.*

*Und nach meinem Tod sollst du es bekommen.*

*Du warst da, als ich leben wollte.*

*Du warst da, als ich sterben wollte.*

*Du warst immer da, schon bevor wir uns trafen.*

*Niemand liebt meinen Körper so wie du.*

*Neben mir steht eine Flasche Chablis und ist mein Zeuge.*

*Amen, fertig, Schluss.*

*Ich konnte die Tür hören.*

Wenn sich bei mir diffuse ungute Emotionen einnisten, begegne ich dem normalerweise mit Aufräumen und Putzen, Renovierungsmaßnahmen oder Sport. Oder ich rufe Freunde an. Mittlerweile putze ich meistens. Egal, wofür ich mich entscheide, das Ergebnis ist immer dasselbe: Oberflächlich betrachtet bin ich erleichtert. Wenn ich mich ausgetobt habe, stellt sich ein Gefühl von Produktivität ein. Klar, so kann man leben und tiefergehenden Fragen und kreativen Prozessen beharrlich ausweichen.

Mir wird klar, wie sehr ich als Kind und Jugendliche echte Gespräche vermisste, Diskussionen. Wie gern hätte ich meine Gedanken offen und ehrlich mit jemandem geteilt und unter die Oberfläche geschaut, wäre echt und authentisch gewesen. Zwar wurden wir zur Ehrlichkeit erzogen, aber die Inhalte, die dieses Ehrlichkeitskonzept zuließ, waren streng umgrenzt. Ich lebte in einem Puppenheim, ging vorgezeichnete Wege, und abends wurde in der Stube die Suppe warm gemacht. Danach schön zeitig ins Bett. Schlafengehen war für meinen Vater die Standardlösung für alle heiklen Situationen, die zu einer echten Diskussion hätten führen können. Aber womöglich auch zu Streit und Tränen, und das hielt man bei uns nicht aus. Nein, so sollte und wollte man in diesem Hause nicht sein. Das verinnerlichte ich so sehr, dass ein Streit in unserer Küche mir tatsächlich Todesangst eingejagt hätte. Bis heute habe ich Angst, wenn mein Liebster und ich uns streiten.

Meine Eltern haben Gefühle in gute und schlechte eingeteilt, in gestattete und verbotene. Diese Bewertung sollten wir allen persönlichen Entscheidungen zugrunde legen, eine gute Entscheidung sollte mit guten und erlaubten Gefühlen einhergehen. Schlechte Gefühle musste man entschlossen beiseiteschieben, denn schlechte Gefühle konnten gefährlich werden. Sie konnten verletzen, zerstören und trennen.

Eines Abends zog mein Partner sich die Bettdecke übers Gesicht. Eigentlich waren wir mitten im Gespräch, ich hatte gerade einen neuen Satz begonnen. Ich verstummte, Stille trat ein. Ich fragte, was los sei, und zupfte an der Decke. Warum möchtest du mir nicht zuhören, fragte ich. Ich höre dir doch zu, sagte er mit ernster Stimme, mit viel Nachdruck und Schwere. Was sollte dieser Ton mir sagen? Es klang, als wäre gegenseitiges Zuhören äußerst mühsam und nichts wert. Dass einander zuzuhören die Basis unserer Beziehung war, schien plötzlich egal zu sein. Vielleicht fand er, dass unsere Kommunikation nichts brachte, dass man in einer solchen Situation nur noch weggehen konnte.

Nach einer Weile stand er schweigend auf, zog Pullover und Hose über und ging. Ich konnte die Tür deutlich hören. Wahrscheinlich würde er mal wieder ans Meer flüchten und einsam die Uferwege abschreiten. Warum das so sein musste, leuchtete mir nicht ein. Ich hatte ihn das mal gefragt, hatte versucht, ihn aufzuhalten. Er wolle ja gar nicht weg, meinte er, aber es gehe nicht anders. Er fühle sich so mies, dass er keine andere Wahl habe. Wenn ein Mann gehen muss, muss ein Mann gehen, soso.

Am darauffolgenden Abend gab es erneut ein folgenschweres Missverständnis. Wir erstarrten zu Eis. Ich hatte die Spannungen zwischen uns nur aus meiner Sicht beschreiben wollen, doch er hörte meine Worte als Kritik an seiner Person. Genau das war der wunde Punkt in unserer Beziehung. Er glaubte mir nicht, wenn ich ihm sagte, weshalb ich seufzte. Dass es eben *nicht* seine Schuld sei. Ich konnte sagen, was ich wollte, er meinte es besser zu wissen. Und er wollte mich zum Schweigen bringen. Sei endlich still, sagte er. Wir wussten beide, dass nicht mehr viel fehlte, und er würde wieder rausgehen ans Meer, die typische Fluchtreaktion.

Aber er blieb, und wir schliefen ein. Weil ich den Mund hielt. Weil ich ein Schlafmittel genommen hatte und weil er auch im Streit schlafen konnte. Weil ich meinen Anspruch, einen Streit vor dem Schlafengehen zu klären, aufgab. Wir schliefen ein, weil ich mich an der Stelle hart machte, wo die zwei Worte »Sei still« mich angegriffen hatten. Offenbar hatte er in unserer Beziehung die Macht, Stopp zu sagen. Er hatte die Macht zu sagen, ich glaube dir nicht. Das war nicht in Ordnung.

Ein paar Stunden später wachte ich von einem intensiven Traum auf, in dem ich geweint hatte. Auch in der Wirklichkeit weinte ich. Im Traum war mein Partner kalt und abweisend gewesen, wir standen vor dem Ende unserer Beziehung. Es war nur ein Traum, aber meine Tränen waren echt. Die Trauer erweichte den Stein in meiner Brust und half mir, das Gefühl anzunehmen, vor dem ich Angst gehabt hatte. Der Traum war mein Helfer, er schützte mein Herz und meinen Verstand.

Mein Liebster wachte von meinen Schluchzern auf und tastete nach mir, seine Hand fand meine. Und auf einmal konnte ich glauben, dass wir aus dieser Situation herausfanden. Er würde mir zuhören und mich verstehen. Jetzt würde er das wollen, er liebte mich ja. Ich saß da und ließ die Tränen laufen, veränderte meine Position erst, als ich deutlich spürte, meine Empfindungen würden trotzdem greifbar bleiben. Ich wollte ihm klarmachen, wie unfair es war, das Gegenüber zum Schweigen zu verdonnern und ihm nicht zu glauben.

Für alle heftigen Reaktionen gibt es Gründe, meist sind es empfindliche Narben aus der Vergangenheit. Wenn diese Stellen berührt werden, reagieren wir unverhältnismäßig. Der wunde Punkt meines Partners war sein übergroßes Schuldbewusstsein. Er hatte einen nahestehenden Menschen, der schwer erkrankte, nicht retten können. Seitdem prangte eine Art Schuldspruch auf seinem Rücken, eine imaginäre Tätowierung, die sämtliche Beziehungen beeinflusste. Mein Partner gab alles, um engeren Bezugspersonen zu helfen, Schwierigkeiten ertrug er nicht. Ich riet ihm: Lass los, lass den Dingen ihren Lauf. Er antwortete: Das kann ich nicht.

Mir musste er nicht helfen. Ich hatte mich doch längst selbst gerettet, konnte mich auf meinen Atem und meine Empfindungen verlassen. Mein Körper gab mir Sicherheit, und gute Freunde hatte ich außerdem. Wozu sollte er mir meine Gefühle abnehmen?

Was ich mir jedoch von meinem Partner wünsche, was ich wirklich brauche, ist ein offenes Ohr. Er soll zuhören und empathisch sein, egal, was für Gefühle ich habe. Dass er immer gleich nach einer Lösung strebt, finde ich schwierig. Mir würde Verständnis völlig genügen.

In den kritischen Momenten unserer Beziehung schlagen Blitze um uns ein, und unser Verhältnis zeigt ein anderes Gesicht. Wir verlieren die Verbindung, sprechen mit fremder Stimme wie zu einem Unbekannten. Reflexhaft reagieren wir auf Triggerpunkte, doch worum es wirklich geht, erfassen wir nicht: die Angst, verlassen zu werden, die Angst zu scheitern.

Manchmal erscheint vor meinem inneren Auge die alte Tafel aus meiner Grundschulzeit. In der Mitte einer Kreideskizze stehen er und ich, um uns und zwischen uns verläuft ein Netz aus Blutbahnen, ohne die unsere Beziehung nicht existieren kann. Weiter oben sind diese Bahnen beschädigt, eine Stelle ist richtig entzündet, die schädlichen Bakterien breiten sich weiter aus. Es steht schlecht um uns, wir verletzen uns immer häufiger, unsere Liebe atmet nicht mehr. Wir rutschen in eine negative Dynamik. Wenn wir die wahren Gründe dafür, unsere Triggerpunkte, nicht anzuschauen wagen, wird es nicht gut enden.

Manchmal denke ich, dass ich eine Art Rastplatz bin. Mit Tisch und Bank ausgestattet und an einer passenden Stelle gelegen, einer flachen Stelle am Fluss, wo die Strömung langsamer fließt und Wanderer Ruhe finden. Auch ich will Ruhe finden.

Ich wurde geboren, ich habe gelebt und lebe noch immer, als Nächstes werde ich sterben. Theoretisch bin ich die gleiche Person wie vor einem halben Jahrhundert, habe in der Zwischenzeit aber einen langen Weg zurückgelegt. Vier neue Menschen habe ich in diese Welt hineingeboren und jede Menge erlebt. Mein Körper hat etliche Arten der Behandlung und der Liebe erfahren. Noch immer kann ich nicht begreifen, wer ich eigentlich bin.

Ich suche mich in Spiegelbildern und Fensterscheiben. Ich höre mich reden und atmen. Ich spüre unterschiedliche Berührungen, an verschiedenen Stellen meines Körpers. Manchmal ist punktueller Druck am besten – wie wenn man Kartoffeln in die Erde setzt. Manchmal erfrischt mich ein leichtes Streicheln, das wie Wasser über die Haut fließt. Oft ist das Beste ein Hauch, ein zarter Wind, der über mein Gesicht fährt. Und wenn ein Luftstrom die Haut an meinem unteren Bauch berührt, ist das geradezu himmlisch.

Momentan umgibt mich eine Schutzhülle, die den direkten Gefühlseindruck abschwächt. Ich sehe und spüre weniger deutlich, was passiert. In einem ähnlichen Zustand befand ich mich zu Beginn meiner ersten Schwangerschaft, als ich wusste, dass eine große Veränderung bevorsteht, unausweichlich.

Vielleicht bin ich in Gefahr? Oder ich befinde mich am Anfang einer Reihe von Erfahrungen, die mich zu einer neuen Identität führen werden. Danach wird auch für die Menschen in meiner Umgebung nichts mehr sein, wie es mal war.

Ich wurde geboren. Ich habe gelebt und lebe noch immer. Als Nächstes werde ich sterben. Nichts ist so sicher wie der Tod. Ich bin es leid, dass wir ständig in der Vergangenheit und in der Zukunft leben. Mich dürstet nach einem bewussten Leben im Jetzt.

Berührt zu werden ist die schönste und beste Art, die Schutzhülle der Angst aufzuweichen. Berührung hat die Kraft, Schmerzen, Verhärtungen und Ängste zu durchdringen, alle ihre Mischformen. Mit der richtigen Berührung von außen kann ich mich an Orte vorwagen, zu denen ich es sonst nicht schaffen würde. Tief in mein Innerstes. Wo ich dunkelstes Schwarz und hellstes Licht entdecke. An einen Ort, wo ich die vielen Veränderungen verstehe und erkenne, dass ich nur wenige Dinge kontrollieren kann.

Mit einer Berührung sage ich: Ich bin für dich da. Meine Berührung zeigt dir, ich bin bei dir. Eine Berührung erlaubt, tief durchzuatmen. Zu sein. Wenn man berührt wird, endet der Zwang, permanent zu denken.

Die Berührung ist unsere erste sinnlich wahrnehmbare Erfahrung. Wir erleben sie bereits im Mutterleib. Und die Reise durch den Geburtskanal ist eine ganz extreme Berührung. Danach fühlen wir die Hände, die uns halten, und die warme Haut, auf der wir abgelegt werden. Diese Erfahrungen bilden die Basis. Die Basis unseres Vertrauens.

*Paris, 26. 5. 2018*

*In einer kleinen Gasse im Marais-Viertel betreibt ein graubärtiger Mann einen Süßwarenladen. Er lächelt den Passanten freundlich zu und bietet kleine Kostproben aus einer Emailleschale an.*

*Ich beschließe, ein Stück Pistazienhalva zu kaufen. Der Mann geht in sein Geschäft und berührt routiniert die Mesusa rechts am Türrahmen. Er ist Jude, in dem runden Röhrchen befindet sich ein beschriftetes Pergament mit Abschnitten aus der Tora. Das dunkel angelaufene Metall ist von seinen unzähligen Berührungen blitzblank.*

*Ich denke darüber nach, an welcher Art von Durchgang* ich *etwas Heiliges spüre. Wo ich etwas Ähnliches kurz berühren kann.*

Tanzen heißt, Raum zu durchschreiten.
Luft zu durchbrechen.
Mit Gewicht zu spielen.
Tanzen heißt, mit der Zeit zu flirten.

Schreiben heißt, neugierig zu sein.
Aufzuräumen.
Geduld zu bewahren.
Schreiben ist Tanzen, nur mit dem Stift.

Choreografieren ist Schreiben mit dem menschlichen Körper.

Als die Trennung größtenteils vollzogen war, zog ich in ein nahe gelegenes Haus um. Das Kellerzimmer war karg und spärlich eingerichtet, der Boden hatte ein Loch, das einzige Fenster war mit Farbe bemalt. Auf dem Anhänger des Zimmerschlüssels stand *Toilette*. Meinen Ehering hatte ich abgenommen, offiziell war ich noch verheiratet. Meine Kinder wohnten im Nachbarviertel bei ihrem Vater. Wir versuchten, den Alltag so gut wie möglich über die Bühne zu bringen.

Ich begann zu schreiben. Das hatte ich seit vielen Jahren nicht getan, eine gefühlte Ewigkeit hatte ich nicht mehr mit mir selbst gesprochen. Und nicht nur im Leben, auch in der Arbeit war ich nicht mehr wirklich aufrichtig gewesen. Etwa wenn ich andere dazu aufforderte, ihren Körper so zu lieben, wie er ist. In mir wuchs das Bedürfnis, aus dem Kellerraum hervorzutreten und selbst auf die Bühne zu gehen. Ich träumte von einem Solostück. Und kaum wagte ich das laut auszusprechen, fanden sich Menschen, die das für eine gute Idee hielten und mich unterstützten.

Die Arbeit an diesem Stück war Teil des großen Umwälzungsprozesses, in dem ich mich befand und in dem alles Innere nach außen trat. Ich führte Regie mit mir selbst, ich war die, die das Publikum anschauen würde. Die Lösungen für dieses Bühnenstück fand ich, indem ich sämtliche Fragen mit meiner Arbeitsgruppe besprach und immer wieder auf mein Grundmotiv zurückkam: Wahrhaftigkeit. Titel des Stücks wurde mein Vorname. Eine Freundin meiner verstorbenen Schwester, auch sie eine Kostümdesignerin, entwarf das Kleid für das Stück, und es sah exakt so aus, wie ich es mir vorgestellt hatte. Das Bühnenbild war asketisch. Ein Kühlschrank, zwei Backöfen, ein Tisch zum Backen. Ich stand allein im Raum, ich tanzte, backte und sang.

Im Programmheft stand: *Wir sind Brot.*

Das während der Aufführung gebackene Brot verteilte ich im Publikum, auch die Bühnenarbeiter vergaß ich nicht.

Mein Grundgedanke war: Die Basis des Wohlbefindens ist immer simpel. Brot zu verteilen ist eine effektvolle einfache Geste, und Brot zu diesem Zweck zu backen eine gute Sache.

Es war kein Zufall, dass ich auf der Bühne mit Mehl und Wasser wirbelte. Das einzige Solostück meines Lebens – ich realisierte es auf der großen Bühne des Nationaltheaters – behandelte mein schwierigstes Thema: Ernährung und den Vorgang des Essens. Dabei hockte ich sogar im Kühlschrank und sprach von meinen Kindern und ihren von mir unabhängigen Körpern. Die Nabelschnur existierte nicht mehr, sie gehörten mir nicht. Nur ich gehörte mir.

Am Premierenabend war mein Ex-Mann da, er kam mit seiner neuen Partnerin, einer Theaterkritikerin. Auch meine Eltern und alle vier Kinder sahen sich die Premiere an. Am aufgeregtesten war ich wegen meiner Tochter, dass sie zusah, ging mir direkt ins Herz. Gerade eben erst war ihre Essstörung diagnostiziert worden.

In diesem Tanzstück wurde auch gesprochen. Dies waren meine Worte:

*Einen Alltag ohne Brot kann ich mir nicht vorstellen. Ich kann mir* mich *ohne Brot nicht vorstellen. Jedes Mal wenn das Leben einen Sprung nach vorn macht und ich wieder ein bisschen mehr darüber weiß, wer ich bin, was ich will, was mich freut und was ich liebe, ist die Antwort darauf, frisch gebackenes Brot zu essen.*

*Auch wenn ich Hunger habe, denke ich als Erstes an Brot.*

*Brot zu backen ist beruhigend und erdend. Manche trösten sich mit dem Gedanken, dass morgen auch noch ein Tag ist, dass die Sonne immer wieder aufgeht. Ich tröste mich mit dem Gedanken, dass ich jederzeit Brot backen und es mit jemandem teilen kann. Darauf ist Verlass.*

*Ich will es wagen. Die Zeit wird knapp.*

Jeder Körper hat seine eigene Art zu tanzen. Auch wenn sich zwei Körper begegnen, ist das einzigartig. Und manche Körper bewirken, dass ich den Kontakt zu meinem eigenen Körper verliere.

Raum für kreatives Schaffen, in dem Eindrucksvolles und Wichtiges entsteht, den Tänzerinnen und Tänzer sich einfach nehmen können, gibt es viel zu wenig. Und es gibt zu wenig Momente, in denen ich, eine professionelle Tänzerin, mich *nicht* für meinen Körper schäme. Wie kann ich davon frei werden?

Ich komme nicht allzu gut hinunter auf den Boden. Und vom Boden komme ich nicht gut hoch. Schon als Kind fiel es mir schwer, auch später habe ich es nicht perfekt gelernt. Aber ich kann meinen Körper aufrichten und aktivieren, den Bauch einziehen, die Schulterblätter tief nach unten schieben, eine aktive Haltung einnehmen, in der alles nach oben zieht, einen langen Hals machen, eine Ausdrehung. Ich habe die richtige Muskelspannung.

Warum kippen die Leute in deinen Werken dauernd um, fragte mich eine Choreografin, die ich sehr bewundere. Wo ist bei deinen Tänzern die Aggression, fragte eine andere. Das ist im Grunde das Feedback, das ich von Kollegen für meine Arbeiten bekommen habe.

Die Körpersprache meiner Werke ist von Alltagsbewegungen inspiriert. Ich zeige, wie Bewegungen sich in uns Menschen manifestieren und wie sie sich zwischen uns auswirken. In der Regel tanzen andere Menschen meine Choreografien, nicht ich – auch Komponisten spielen ihre Werke selten selbst. Meine Arbeit erfüllt mich ganz besonders, wenn die Tänzerinnen und ich eine starke Verbindung zueinander haben, die von einem wachen Lauschen gekennzeichnet ist. Die Bewegungen für eine Choreografie lassen sich gut in diesem Lauschen finden, einem nonverbalen Verstehen unseres körperlichen Ausdrucks, wo Worte kaum Bedeutung haben. Oft vermittle ich meinen Tänzerinnen und Tänzern durch Bilder, Zeichnungen oder Posen, was ich meine. Es gibt nicht viel, was mich so befriedigt und berührt wie eine stimmige Bewegung. Für ihre Kraft könnte ich niemals Worte finden.

Ich weiß, dass mein Körper noch mehr leisten könnte. Das Studium an der Theaterhochschule hat Spuren hinterlassen, die sich bis in die Gegenwart ziehen und auf mein Selbstbewusstsein auswirken, meinen Glauben an mich selbst. Zweimal haben Tanzlehrerinnen mich explizit gelobt, die Worte habe ich mir genau eingeprägt. Beide waren amerikanische Jüdinnen, leider leben sie heute nicht mehr. Bei ihnen hatte ich keine Angst, ich selbst zu sein, ihr wohlwollender Blick stärkte meinen Wunsch, mich zu entwickeln, über mich hinauszuwachsen. Im Energiefeld dieses Blicks wagte ich, Erfolg und Misserfolg zu riskieren. Diese Lehrerinnen wollten, dass ich ich bin und keine andere. Und bei ihnen traute ich mich das. Auch in Paris traute ich mich, jedenfalls ab und zu. Manchmal auch in Amsterdam. Zu Hause in Finnland war es, aus welchem Grund auch immer, am schwierigsten, an mich zu glauben und mich über den Weg der Freude weiterzuentwickeln.

Wenn ich überlege, was ich sonst noch über meine Art zu tanzen gehört habe, fallen mir folgende Sätze ein: Man sieht, dass du dein Leben lang tanzt. Man sieht, dass du den Tanz liebst. An anderes Lob kann ich mich nicht erinnern.

Ich finde, in der Welt des Tanzes mangelt es an Lob und gegenseitiger Unterstützung. Subtiles negatives Feedback wiederum gibt es viel – es besteht vor allem aus abgewendeten Blicken: Das gefällt mir nicht, das klappt so noch nicht. Ich weiß, dass die allermeisten Tänzerinnen und Tänzer von Haus aus streng mit sich sind. Ermutigung und positives Feedback nehmen sie daher oft nicht ernst, manchmal können sie es schlicht nicht annehmen. Leichtigkeit im Tanz scheint nicht okay zu sein. Das ist sehr traurig.

Bevor ich meine Tochter in die Klinik für Essstörungen und meinen Sohn in den Drogenentzug brachte, wusste ich nicht viel über Schmerz.

Bevor ich meine jüngere Schwester bis zu ihrem Tod begleitete, wusste ich nicht viel übers Loslassen.

Träume und Hoffnungen haben beängstigend wenig mit dem realen Leben zu tun. Ich werde mich immer an den Morgen erinnern, an dem mir ein neuer Post-it-Zettel vom Kühlschrank entgegenleuchtete:

*Wir behandeln hier die schwierigste Krankheit der Welt.*

Meine Knochen sind bleischwer, meine Stimmung ist am Boden. Es regnet. Alles scheint egal, alles ist mühsam.

Es ist eine Art Übergangswetter, das ich in den Gliedern spüren kann: Die Luft wabert, ist feucht und drückend. Jederzeit kann etwas passieren. Noch tut es das nicht. Die Wolken hängen tief, auf meinem Brustkorb lastet Gewicht. Mein Zwerchfell ist wie eingeklemmt. Meine Hüftgelenke sind steif. Unter den Füßen juckt es, die Waden zucken. Mein Oberkörper scheint sich nur noch zufällig aufrecht zu halten. Das kleinste Niesen, und alles fällt in sich zusammen – und die Tauben verlassen den Marktplatz.

Ich möchte die beste Mutter sein, die beste Partnerin. Diese zwei Rollen können doch eigentlich nicht so schwer sein, immerhin bin ich die einzige Besetzung, es gibt keinen Vergleich. Aber mein Partner und ich sind beide zum zweiten Mal verheiratet, insofern kann ich mich mit mir selbst in meiner ersten Ehe vergleichen.

Sogar beim Yoga will ich die Beste sein. Will die Bauchmuskelübung am längsten halten. Will bis in den Spagat hinunterkommen. Ich will auffallen und im Gedächtnis bleiben. Stilvolle Kleidung tragen. Schön sein. Ich ärgere mich, dass ich keinen Kopfstand und keinen Handstand hinkriege und nicht weiß, ob ich die Disziplin habe, es zu lernen. Ich schimpfe oft mit mir, auch das ärgert mich. Ich will gut organisiert sein und mich gewissenhaft um alles kümmern. Rechnungen zahle ich sofort, den Wäschekorb lasse ich nie überquellen, zum Staubsauger greife ich bei den ersten winzigen Wollmäusen und Krümelspuren. Ich will saubere Fensterscheiben. Ich will selbst gemachtes Müsli in Vorratsmengen haben und selbst gebackenes Brot im Gefrierschrank. Ich will meine Arbeit gut machen und von Produktion zu Produktion besser werden, will Spuren beim Publikum hinterlassen. Ich will besser sein als andere, und das ist mir peinlich. Es ist mir peinlich, dass ich so sehr auf mich schaue.

Es ist mir peinlich, dass mir das peinlich ist.

Und über diese ganze Peinlichkeit ärgere ich mich auch.

Ich erreiche die Dunkelheit. Den düsteren Bereich, in dem Menschen sich verletzen, voneinander abwenden, verlassen. Ich erreiche das Schreckliche, das Schwerste. Nichts kann mehr etwas ausrichten, Gleichgültigkeit breitet sich aus. Der Grund für unseren Kampf hat seine Bedeutung verloren. Auf einmal fehlt er. Wir lassen einander los und fallen, stürzen ins Leere, den Rücken durchzustrecken hilft nicht mehr. Jetzt zeigt sich, dass Menschen nicht lieben können, obwohl sie es anders wollten. Jetzt offenbart sich der Grund für unsere Wertlosigkeit. Jetzt kommt ans Licht, wie mangelhaft wir sind. Wie schlecht wir lieben können. Denn wir sind hungrig, bedürftig, verkorkst.

Nichts ist mehr wie vorher. Und ich stehe an einem Bahnhof und bin bereit zu einer Reise, über die ich rein gar nichts weiß. Soll ich einfach losfahren? Und kommt jemand mit? Oder bleibe ich, wo ich bin, werde von allen vergessen, vielleicht auch von mir selbst? Wieso soll ich noch länger herumstehen und warten, wenn ich nicht einmal weiß, worauf? Holt mich irgendwann jemand ab oder bleibt dieser Zustand für immer bestehen? Ein lähmender Zustand, ohne erkennbare Richtung und Bedeutung.

Bei akuter Gefahr – einem Unfall, einem Feuer, etwas Konkretem – handele ich schnell. Wenn ich die Bedrohung klar erkenne, weiß ich genau, was zu tun ist. Aber wenn ich ein Problem nicht durchschaue, klappt das nicht, und ich bin enttäuscht von mir. Ich denke dann, dass ich mein Leben falsch aufgebaut und nicht die richtigen Entscheidungen getroffen habe, dass ich unfähig bin zu wachsen und Abgründe zu überbrücken.

In meinen engsten zwischenmenschlichen Beziehungen will ich stark und ich selbst sein. Doch als Kind wagte ich nicht, mich zu zeigen, hatte Angst vor den Reaktionen. Vor Gebrüll und Streit, die womöglich in die gespenstische Stille einbrechen könnten. Diese stumme Leere, dieses Vakuum ließ das Wurzelgeflecht in mir wachsen. Und das Wurzelgeflecht ist auch ein Bild für meine Beziehungen zu anderen. Ich wuchs in dem Glauben auf, nichts brauchen zu dürfen und ausnahmslos für andere da sein zu müssen.

Die Notlüge ist eine böse Falle für jeden, der seine Wünsche nicht äußern kann. Sie macht alles schwammig und diffus. Notlügen lassen einen hohl und einsam zurück. Wenn ich meine Müdigkeit, meine Kraftlosigkeit oder meinen Unwillen verleugne, verleugne ich mich selbst. Wenn ich meine Gefühle und Wünsche vor meinen Mitmenschen verberge, betrüge ich auch mich selbst. Es heißt, die Wahrheit macht frei; trotzdem muss ich feststellen, dass ich mich ständig am Nettsein orientiere.

Ich habe die Pflanzen meiner Nachbarin zerdrückt, als ich aus dem Fenster geklettert bin und meinem Schwarm hinterhergesehen habe, ich habe in der Schule mit lautem Kichern gestört, ich habe einen Barsch getötet und Regenwürmer aufgespießt. Ich habe meine Schwester geärgert,

Lakritze aus ihrem Süßigkeitenvorrat geklaut und die anderen Süßigkeiten so hingelegt, dass es nicht auffiel. Ich habe meinen Bruder herumkommandiert, ich habe mich in der Schlange vorgedrängelt und bei Wettkämpfen den ersten Platz gemacht. Unfassbar, dass ich mich für solche Dinge schämen sollte – und es tat. Sie als echte Missetaten empfand. Ich dachte wirklich, ich müsste die anderen gewinnen lassen!

Ja, ich ließ die Klopapierrolle aus dem Plumpsklo rollen und wischte mir den Po mit einer Socke meines Cousins ab. Ich aß Kuchenteig und die guten Schokostreusel aus Amerika. Aber im eigentlichen Sinne Böses habe ich als Kind nicht getan. Jedenfalls fällt mir nichts ein. Wieso musste Jesus für solche Dinge sterben? Vielleicht, weil ich später tatsächlich Böses tun würde? Und er alles schon im Voraus auf sich nehmen wollte?

In meinem späteren Leben ist jedenfalls so einiges passiert. Ich habe nackt getanzt und andere dazu animiert. Ich war vor meinem achtzehnten Geburtstag sexuell aktiv. Hatte mit einem Verheirateten eine Affäre und bin vor so etwas auch nicht zurückgeschreckt, als ich selbst verheiratet war. Hatte etliche Sexualpartner und habe noch als Verheiratete mit vielen geknutscht. Ich habe etliche Male ans Fremdgehen gedacht, mit diversen Männern. Ich habe gelogen, Habe eine Sonnenbrille geklaut (sie aber später zurückgebracht). Ich habe im Supermarkt Obst mit dem falschen Code abgewogen, um es billiger zu kriegen. Ich habe mich ohne Eintrittskarte in Säle und Keller gedrängelt. Bin schwarzgefahren. Habe schlecht über andere geredet. Habe furchtbar übertrieben und die Wahrheit verdreht. Ich habe andere Frauen beneidet. Meinen Vorteil gesucht. Meine Eltern vernachlässigt. Meine Kinder mit Strenge überfordert. Sie angebrüllt. Meinen Körper vernachlässigt. Meine Bedürfnisse. Mich für andere verausgabt.

Vielleicht das Schlimmste: Ich habe meine allerengsten Mitmenschen kontrolliert und manipuliert. Immer wieder.

Welche gekreuzte Körperhaltung soll ich jetzt einnehmen?

Mein Vater beschützte unser Zuhause mit einem Schlagstock. Der Schlagstock befand sich oben im Flurschrank. Hin und wieder führte er ihn uns vor und sagte: Auch die Polizei hat so ein Ding, und wenn jemand kommt und schlechte Absichten hegt, verteidige ich euch. Im Kaminzimmer befanden sich außerdem mehrere geladene Schusswaffen. Manchmal entleerte mein Vater sie, damit wir aus dem Fenster nach draußen zielen konnten. Ehrlich gesagt wollte ich die Waffen nicht einmal in ungeladenem Zustand anfassen. Ich fand es entsetzlich, dass wir etwas besaßen, mit dem man andere Menschen töten konnte. Mein Vater sagte, das müsse so sein, zu unserem eigenen Schutz. Er hatte uns ein schönes gelb geziegeltes Haus errichtet und wollte es gegen alle Gefahren absichern. Damit es auch ja standhielt, wenn der böse Wolf kam, wie in der Geschichte mit den drei kleinen Schweinchen.

Obwohl wir also glauben sollten, dass uns keine Gefahr drohte, hatte ich vor sehr vielen Dingen Angst. Die vermeintliche Sicherheit durch Waffen bewirkte nichts, ich konnte mich auf nichts stützen.

Heute kommt das gemeinsame Leben mit meinem Partner meiner Vorstellung von Sicherheit am nächsten. In seiner Nähe, in seinen Armen fühle ich mich geborgen. Das große Paradox dabei: Er könnte keiner Fliege etwas zuleide tun und ist alles andere als der strahlende Held; er hat eine Vergangenheit voller Brüche. Trotzdem weiß ich, bei ihm kann ich mich fallen lassen. Er würde mich gegen jede Gefahr verteidigen.

Früher wohnten wir eine Zeit lang in der Nähe einer WG für Drogenabhängige. Im Erdgeschoss unseres Hauses befand sich ein kleiner Supermarkt, in dem regelmäßig der Ausnahmezustand herrschte: Ein paar Drogenabhängige lenkten die Verkäufer mit irgendetwas ab, während ein Kumpel sich die Jacken mit Diebesgut vollstopfte. Ich kaufte oft in diesem Laden, manchmal war ich gerade erst aufgewacht und trug noch meine Pyjamahose. Nach und nach lernte ich die Verkäuferinnen kennen, und ich bewunderte sie für ihre Toleranz. Einmal backte ich ihnen einen Apfelkuchen, zum Dank für ihre Geduld mit der schwierigen Kundschaft. Im Sommer saßen die Drogenabhängigen manchmal auf den Treppenstufen vor unserem Haus, mit einigen habe ich geredet. Ihre Geschichten waren dramatisch, und oft konnte ich deutlich sehen, wie sich ihr körperlicher Zustand innerhalb weniger Monate radikal verschlechterte. Blaulicht und Sirenen waren Teil unserer Alltagskulisse, einmal gab es in der WG sogar einen Mord.

Wir Erwachsenen konnten die Situation annehmen und waren ganz klar der Ansicht, dass diese Menschen ein Dach über dem Kopf und Unterstützung brauchten. Aber meine Tochter, die gerade ins Teenageralter gekommen war, hatte große Angst vor den Drogenabhängigen.

Ich war und bin mir meiner Ängste und der meiner Mutter vollkommen bewusst. Bis zur Erschöpfung habe ich mich mit ihnen befasst. Zugleich fällt mir keine einzige Situation ein, in der ich meiner Tochter von diesen Ängsten erzählt hätte. Trotzdem haben sie sich auf meine Jüngste übertragen. Wird der böige Wind zum Sturm anwachsen? Kündigt das tief fliegende Flugzeug Krieg an? Ich habe das Zittern meiner Mutter genau wahrgenommen, ich habe sie geradezu gescannt. Und meine Tochter mich.

*Paris, 27. 5. 2018*

*Ich habe einen Unfall mit einem Leihfahrrad. Der Stoffbeutel mit meinen Einkäufen ist in die Speichen des Vorderrads geraten. »Merde«, fluche ich und sammele Fenchelknollen, Erdbeeren und Avocados wieder ein. Dann fällt mir auf, dass das Vorderrad leicht verbogen ist. Und erst als Letztes sehe ich Blut an meinem Knie strömen. Ein Student, der mit einem Motorroller unterwegs ist, hält und bietet seine Hilfe an: Erst will er mich ins Krankenhaus fahren, danach kümmert er sich um das kaputte Rad und bringt es zurück. Vor Rührung muss ich weinen, ich lasse die Tränen raus und im Fahrtwind wieder trocknen.*

*Der Student hält direkt vor der Notaufnahme und begleitet mich zum Empfang. Ich bedanke mich bei ihm und wühle einen zerknitterten Zehneuroschein aus der Tasche meines Kleides. Er lehnt lächelnd ab, sagt Salut und verschwindet nach draußen.*

*Eine Krankenschwester säubert die Wunde, versorgt sie mit einer Binde und bittet mich, noch auf die Untersuchung durch eine Ärztin zu warten.*

*Im Warteraum ist ein Mann im Sitzen eingeschlafen. Irgendetwas an ihm erinnert mich an meinen Partner, den ich in diesem Moment furchtbar vermisse. Am Fenster geht eine Frau nervös im Kreis und summt dabei ein Lied, das ich seit der Kindheit kenne. Es erzählt von einem Mädchen, dessen Korb von Muschel-*

*fischern geklaut wird; meine Mutter hat es uns früher vorgesungen:*

*À la pêche aux moules, moules, moules*
*Je ne veux plus y aller maman*
*Les gens de la ville, ville, ville*
*M'ont pris mon panier maman*
*Les gens de la ville, ville, ville*
*M'ont pris mon panier maman.*

*Ich mustere mein geschwollenes Knie. Es schmerzt. Ich denke an andere Dinge, die ebenfalls wehgetan haben, und weil Erinnerungen für mich in Listenform besonders anschaulich sind, krame ich einen Kassenbon hervor und schreibe auf die Rückseite:*

*Wer und was mir wehgetan hat*

*Meine Schwester: Hat mich gekratzt und an den Haaren gezogen.*

*Das große Nachbarmädchen: Hat mich mit einem Frosch beworfen.*

*Meine Mutter: Hat Warzen in meiner Leistengegend auszudrücken versucht, mich an den Haaren gezogen und mich einmal geschlagen.*

*Meine Ballettlehrerin: Hat mich zu Boden geschubst, weil ich gelächelt habe.*

*Mein Ex-Mann: Hat mich zur Seite gestoßen. (Immer wieder. Es tat zwar nie weh, hat mich aber so geärgert, dass es mit auf die Liste kommt.)*

*Die Trainerin für rhythmisches Turnen: Hat mich gewaltsam in den Spagat gedrückt.*

*Mein erstes Kind: Hat mir einen Ohrring aus dem Ohrläppchen gerissen.*

*Mein zweites Kind: Hat mir Spielzeug ins Auge gestoßen.*

*Mein drittes Kind: Hat mich bespuckt und mich Fotze genannt.*

*Mein viertes Kind: Hat mich mit absoluter Gleichgültigkeit behandelt.*

Als meine Großmutter starb,
wurde mein erster Sohn geboren.
Als meine Schwester starb,
wurde ich geboren.

So dürfte ich niemals denken.
Aber so denke ich.

*Alle meine Werke handeln von Trauer.*

Meine drei Patentanten beugen sich über mich. Ich liege in einer Wiege und bin gerade erst geboren. Sie beglückwünschen mich, weil ich ich bin. Ob körperlich, seelisch oder geistig, ich bin in jeder Hinsicht ich selbst. Meine Tanten lieben mich und versichern mir, dass mich auch weitere Menschen lieben werden. Sie begleiten jeden meiner Entwicklungsschritte, ohne mich dabei zu eng zu binden; sie wollen, dass ich frei bin. Sie sichern mir ihre Hilfe zu, jetzt und für die Zukunft. All das ist möglich, weil ich geliebt werde.

Als ich jünger war, tadelte meine Mutter mich: Ich würde meine Kerze von beiden Enden abbrennen. Sie ermahnte mich zur Ruhe, sagte, ich müsse lernen, allein zu sein. Sie wusste nicht, wie es ist, *ich* zu sein. Sie ahnte nicht, dass *ich* die beste Expertin für mich werden würde. Auch ich ahnte das zu der Zeit noch nicht.

Bewegung und Aktivität sind das einzige Mittel, das meine inneren Stürme beruhigt. Im Tun finde ich Ruhe, im Treiben Entspannung. Der Knoten aus ineinander verhedderten Metalldrähten löst sich leichter, wenn ich nicht an Ort und Stelle verharren muss. Ständige Bewegung führt jedoch zwangsläufig zu Müdigkeit, und im Grunde bin ich mein ganzes bisheriges Leben müde gewesen.

Ich hasse den Drang meines Egos, immer mehr zu wollen. Von anderen etwas haben zu wollen. Ich hasse den tief in mir schlummernden Neid, der sich auch auf enge Vertraute richtet. Ich hasse das Gefühl von Benachteiligung, wenn jemand anderes etwas erreicht oder bekommt. Ich hasse das Gefühl, dass mir etwas weggenommen wird, denn es ist ganz unberechtigt. Mir wird nichts weggenommen.

*Paris, 28. 5. 2018*

*Madame Lanselles Tanzschule liegt in der Nähe der Metrostation Bastille. Das Haus wirkt ein wenig verfallen, es ist ein ganz normaler Dienstagmorgen. Also eigentlich nichts Besonderes. Aber kaum setzt die Musik ein, beginnt das Wunder.*

*Ich verlagere mein Gewicht auf ein Bein, drehe mich um mich selbst. Gehe in die Ecke des Raums, lasse meinen Körper vom Gewicht meiner Hand führen, drehe mich um, nehme beide Hände mit. Fouetté. Vier federnde Schritte in die Diagonale, eine Drehung, und flop. Alles ist da, wie von selbst. Eine Drehung, développé. Ich ziehe einen Arm an mich heran, mache eine Pirouette um die eigene Hand. Ich strecke ein Bein nach vorn, hebe es in die Luft, fange es wieder ein, ein Tritt, eine Drehung entlang der führenden Hand, wieder zurück, schmelze in einen Flatback, bringe mein Gewicht auf die Hände, flop, lande in der vierten Position, schaukele mein Becken nach oben, lege mit einem Impuls aus dem Rücken die Hände entspannt auf die Oberschenkel, lasse mich auf die Knie fallen, rolle mich unter dem linken Arm hindurch, atme, halte die Luft an, rolle zurück, schlüpfe unter meiner Hand hinweg, komme wieder ins Stehen, umfasse meine Knie mit den Handflächen, dehne mich weit auf, zurück ins Sitzen, werfe die rechte Hand und die Beine nach links, fließe zurück in den Stand und male einen imaginären Farbkreis um mich herum. Très bien.*

Kunst ist für mich eine Suche nach Wahrheit, ein Zugehen auf die Dinge. Kunst ist Schweiß und ein schmerzender Körper. Die Werke sind dabei manchmal fast ein Nebenprodukt, bilden eine Art Rahmen, in dem meine Arbeit sichtbar wird. Die Bedeutung ist schon viel früher entstanden, auf dem Weg dorthin – wenn man denn Glück hat und sie überhaupt entsteht. Am liebsten mag ich die Arbeitsphase, in der ich wie wild Notizzettel bekritzele und beim Einkaufen in der Kassenschlange neue Schulterbewegungen ausprobieren muss.

Alle meine Werke handeln von Trauer. Als Unterströmung ist sie stets präsent, auch wenn andere Themen obenauf liegen. Ich halte mich nicht für melancholisch, doch ein Nachdenken über das Leben, das die Trauer ausspart, käme mir seltsam vor. Wenn ich mit meinen Themen gesehen und verstanden werde, kann die Trauer blitzschnell in Freude umschlagen. Im Entstehungsprozess meiner Arbeiten trudele ich oft wie ein Angelschwimmer auf den wechselnden Wellen von Euphorie und Versagensangst umher. Und nein, das ist keine bipolare Störung, sondern multipolare Leidenschaft.

Zwischen dem, was unter meiner Haut liegt, und dem, was außerhalb meiner Haut ist, herrscht Krieg.

Das alte Wurzelgeflecht ist eigentlich schon tot, aber es sitzt tief. Ich möchte es aus mir herausreißen. Ich will nicht, dass etwas Totes mich beherrscht. Ich möchte frei sein. Noch liegen hoffentlich einige Jahre vor mir. Die möchte ich selbstbestimmt und ohne alte Zwänge leben.

Bewegung ist für mich die naheliegendste Ausdrucksform. Dann kommt das Schreiben. Die dritte Ausdrucksform ist, Mutter zu sein. In allem musste ich lernen, dass mein Streben nach Perfektion das Gute verhindert hat. Die Liebe blieb trotzdem unversehrt. Sie ist eine regenerative menschliche Kraft, die immer wieder neu in Erscheinung treten kann.

Ich versuche, aktiv dafür zu sorgen, dass meine Freude lebendig bleibt.

Die Bitternis und die Schuldgefühle anderer sind nicht meine Sache.

Ich habe Papier und Stift genommen und mein Leben als Zeitstrahl dargestellt. Sofort konnte ich erkennen, wo Ereignisse sich zusammengeballt und einander sogar in den Schatten gestellt haben. Manche Dinge wurden von wichtigeren Geschichten begraben, sind fast in Vergessenheit geraten. In einigen Jahren habe ich vor allem innerlich gerungen, in anderen hat sich die äußere Form gewandelt. Viel los war letzten Endes immer.

So wird mein Schreiben mir zum Verstehen. Das Chaos lässt sich in Konsonanten und Vokale bringen und bändigen. Mein Blick folgt der Erinnerung und wird dabei gnädiger.

Beim Schreiben bin ich kompliziert, auch für mich selbst. Ich brauche Musik, sie muss aber im Hintergrund bleiben, sonst stört sie. Das Fenster muss offen stehen, die Scheibe sauber sein. Auch körperlich muss die Balance stimmen, zu viel Energie ist genauso schlecht wie zu wenig. Der Kaffee muss gut und stark sein, doch der Magen friedlich. Meine Mitmenschen sollen abwesend sein, aber nicht allzu weit weg, falls ich sie mal brauche.

Physisch betrachtet ist Schreiben immer dasselbe, egal, wie der Text wird. Ich sitze da und tippe. Dabei benutze ich rechts nur Zeigefinger und Daumen, links bloß den Zeigefinger. Ich arbeite am Küchentisch, der aufgeräumt und sauber sein muss. Nur die gelben Notizzettel dürfen neben dem Laptop liegen – auf ihnen stehen meine Stichworte. Ich drehe sie um, schiebe sie umher, decke sie wieder auf wie beim Memory: Hier gehören zwei Schlüsselbegriffe zusammen, ich greife sie auf. Dann werden die Zettel weggeräumt, und die Sätze entstehen.

Beim Schreiben ist für mich der Gedanke wichtiger als die Form. Ich erlebe die Dinge nicht als voneinander abgegrenzt, sondern als ineinander übergehend, als beständigen Strom. Insofern denke ich das Schreiben oft von der Bewegung her.

Tanzen ist sichtbare Bewegung im Raum. Dabei bin ich immer an die Zeit und den Tag gebunden, an das Energielevel meines Körpers. Ich setze mich dem Blick von anderen aus, trete in ihn ein. Dabei denke ich zwangsläufig daran, wie mein Tun nach außen wirken mag. So wurde ich erzogen.

Die Krux beim Schreiben ist, dass ich die Dynamiken im Text ohne äußere Bewegungen gestalten muss. Wie bringe ich Atem in den Text, wie Pausen und Brüche? Wie führe ich die Energie von Wort zu Wort weiter, wie bekomme ich eine Zäsur in einen Gedanken? All das muss im Sitzen passieren, für eine Bewegungshungrige wie mich eine echte Herausforderung. Das Schwierigste aber ist, von sich selbst zu erzählen – und damit verbunden auch von anderen. Von Familienmitgliedern. Indirekt auch von Körpergliedern, denn an die Familie zu denken hat nicht nur Auswirkungen auf meinen Geist – nein, mein ganzer Körper geht mit. Die Reaktionen der anderen kann ich dabei nicht vorhersehen, ich muss sie freilassen. Meine Geschichte ist eine über den Körper, den Geist und über die Menschen, die mit mir leben und gelebt haben.

Beim Schreiben will ich meine vorgefertigten Interpretationen und eingefahrenen Muster infrage stellen. Es ist, wie mit einer Eisenstange auf viele Jahre altes Eis zu schlagen. An manchen Stellen ist das Eis so dünn, dass eine leichte Berührung reicht, schon plumpse ich ins kalte Wasser.

Ich will untersuchen, was in mir geschieht, will absolut aufmerksam sein.

Will sehen, was ich verstehen kann.

Schreiben, was ich verstehen kann. Und annehmen, was ich nicht verstehen kann.

Wenn ich so vorgehe, werde ich vielleicht gesund.

Meine Knochen melden mir zurück: Es hat sich gelohnt, bis hierhin zu leben. Ich bin gesprungen. Ich habe Menschen in die Augen geschaut. Ich habe die große Verrücktheit gewagt, die wir Liebe nennen. Ich bin das Risiko eingegangen und habe vertraut. Nicht weil ich mir sicher sein konnte, dass es toll wird, sondern weil der Drang, es zu probieren, stärker war als der Impuls, es besser zu lassen.

Das hat einen Knacks ins Wurzelgeflecht gebracht, einen Ruck in Richtung Lockerung. Was mich und meine Freiheit, meine Begeisterung, meinen Wesenskern bislang zurückgehalten hat, ist in Bewegung gekommen. Mein wahres Selbst erhält mehr Raum. Das kann niemand mehr zurückdrehen. Eine nicht näher zu fassende Kraft zieht mich aus meiner Schreibstube ins Sonnenlicht, und ich wünsche mir nichts sehnlicher, als dieses Licht an andere weiterzugeben. An meine Mutter, die ich vermisse, selbst wenn sie mir nah ist. An andere Mütter, die mir zugehört, Anteil genommen, mich getröstet, ihre Erfahrungen mit mir geteilt und Ratschläge gegeben haben, mein ganzes Erwachsenenleben lang. An meine Freunde, die sich mir mitgeteilt und mir klargemacht haben, dass niemand von uns allein ist.

Schreiben hat für mich bereits auch in physischen Dimensionen stattgefunden und ist damit ein Teil meiner Körperlichkeit:

Ich habe mit dem Daumen auf meine Zeigefingerseite geschrieben, mit der Zunge an den Gaumen, mit einem Filzstift in die Handfläche und mit den Zehen in den Sand. Jetzt schreibe ich zum ersten Mal etwas in dem Bewusstsein, dass die Worte bleiben und andere sie lesen werden.

Choreografien bleiben nicht. Sie sind wie Blätter am Baum, sie wachsen, um vom Wind fortgeweht und vergessen zu werden. Tanz lebt nur einen kurzen Moment, und er unterliegt dem Gesetz der Schwerkraft. Schreiben unterliegt der Druckerschwärze.

*Paris, 29. 5. 2018*

*Buchhandlungen haben mich schon immer begeistert, aber das verwinkelte Labyrinth von Shakespeare and Company ist ein wahres Paradies.*

*Ich lasse den Blick schweifen und merke, wie mir die Tränen kommen; plötzlich fühle ich mich außen vor, dabei bin ich mitten im Zentrum. Aber die Bücher stehen mit dem Rücken zu mir, und ich weiß auf einmal nicht, wie ich das für mich Wesentliche aus diesen Massen herausfiltern soll. Dafür begegne ich hier Menschen, die für etliche Wochen nach Paris gekommen sind, um die Nuancen von Zinnoberrot zu studieren. Oder alte Landkarten. Ich treffe eine asiatische Cellostudentin, die schon fast vier Monate das Cellokonzert von Schumann übt. Und ich? Ich interessiere mich für den Moment. Die Begegnung, voll und ganz, auch physisch. Ich erzähle der Musikerin, dass ich in mich gehe. Sie geht aus sich heraus.*

Wie soll ich je in eigenen Schuhen gehen, wenn Empathie bedeutet, in die Schuhe anderer zu schlüpfen? Warum soll ich ausblenden, was mich daran hindert, ich zu sein? Wie kann ich meine Tochter, die in mir herangereift ist, zur Welt kam, immer weiter wächst und älter wird, aufrichtig lieben?

Ich bin es mir schuldig, dass ich eines Tages, wenn ich auf mich und mein Leben zurück schaue, mein ganzes Gewicht fühlen, meine Stimme hören und meine Seele sehen kann. Sonst hätte ich nichts weiterzugeben.

Manchmal kommt es mir vor, als geschähe alles in der falschen Reihenfolge. Als würde das Alphabet rückwärtslaufen. Ich habe Kinder zur Welt gebracht, ohne zu verstehen, was das bedeutet. Ich habe sie geboren, ohne selbst wirklich geboren zu sein; ich war nicht wirklich fertig. Ich bin gesprungen, ohne zu wissen, wohin ich falle.

Im Stadtteil Hakaniemi treffe ich zufällig ein paar Theaterleute. Seit unserer intensiven und kräftezehrenden Zusammenarbeit ist Zeit vergangen, unsere Rollen haben sich vertauscht. Wer damals in einer Krise steckte, ist jetzt obenauf, und umgekehrt. Ich erzähle, dass ich ein Buch schreibe. Erst sind sie überrascht, dann sagen sie, sie seien darauf gespannt. Meine Schritte sind leicht.

Ich schaue aufs Wasser des Tokoinlahti und beschließe mich so auszurichten, als hätte ich nichts zu verlieren.

Ich wüsste so gern, was meine Mutter über mich dachte, als ich ein Baby war. Ein Kind. Ein Teenager. Vermutlich ist es zu spät, sie zu fragen. Alte Mauern soll man nicht einreißen, das ist ein festes Prinzip bei ihr. Ihre Art, Mutter zu sein, heißt, alte Erinnerungen ruhen zu lassen und abzuwarten, bis sie sich still vergolden.

Aber ihr, die ihr meine Kinder seid, sollt Bescheid wissen. Ich werde euch diese kaputte Geschichte erzählen. Und mir auch eure anhören.

Die Faszien in meinem Oberkörper dehnen sich auf. Ich lege die Finger auf die Tastatur. Wo soll ich anfangen?

Heute ist das Schreiben eher wie Singen, wie das Spielen eines Instruments oder ein Gespräch zu mehreren. Es ist etwas ganz Eigenes, in diesem Augenblick sogar wie ein Tanz. Ich fliege zwischen den Zeilen durch die Luft. Ich spiele Chirurgin und operiere meine tauben Stellen. Ich reinige und belebe sie, sodass sie wieder durchblutet sind. Die Narben vernähe ich mit feinem Silberfaden, damit ich nie vergesse: Hier bin ich bereits gewesen, hiermit kann ich leben.

Ich sitze am Fenster und schreibe mit nacktem Oberkörper. Das amüsiert außer mir wahrscheinlich auch meine Nachbarn. Ich würde gern aufs Dach klettern und rufen, ich bin die Königin des Dschungels, mich zur Bezwingerin des patriarchalen Schwachsinns erklären und mit meinen Schwestern in alle diese dummen Institutionen marschieren und Revolution machen. Der Gedanke wirkt wie ein kleiner Alkoholrausch. Trotzdem beschließe ich, zuerst mich selbst zu retten. So wie es im Flugzeug heißt: Erst die eigene Maske aufsetzen, dann für andere sorgen. Also zerre ich weiter am Wurzelgeflecht, entferne es vollständig und erobere mir meinen Körper zurück, als mein einziges Zuhause.

Ich weiß, wie Abhängigkeit funktioniert, ich kenne sie aus eigener Erfahrung.

Damit ich ich selbst sein kann und eine Frau, kümmere ich mich morgens als Erstes um meinen Körper. Ich schließe mein Zuhause auf. Nur so spüre ich mich, weiß ich, dass ich da bin. Heute war ich seit Langem wieder beim Ballett, und alles ist im Flow. Seit nun vierzig Jahren tanze ich, doch noch immer überrascht mich die Wirkung dieser Droge: Müdigkeit weicht Leichtigkeit.

Ich musste nur die Stange berühren, schon fanden meine Arme, Beine und mein Becken in die richtige Position. Trotz meines Alters. Als die Musik einsetzte, brandete eine Welle der Rührung in mir auf: Hier bin ich, und ich stehe nicht in Beziehung zu anderen oder zur Vergangenheit, sondern zu mir. Niemand besitzt die Macht, mir meinen Kern zu entreißen. Mein Atem fließt nur für mich.

Als Kind besaß ich einen fiktiven Schalter. Wenn ich ihn drückte, konnte ich in die Zukunft fliegen. Meine Zukunft war unendlich, dass ich irgendwann sterben muss, kam mir nicht in den Sinn. Das Leben war eine bunte Bühne und nichts unmöglich. Chagalls fliegende Figuren waren meine Spielkameraden, Mary Poppins wohnte auf unserem Dachboden, Dornröschen schlief neben mir im Bett. Alle gingen freundlich miteinander um, kleine hellblaue Blumen zierten den gesamten Erdball. In der Luft hing Zitronenduft, vermischt mit einer Prise Meer.

Heute denke ich jeden Tag daran, dass mein Leben enden wird. Ich betrachte den Lauf der Dinge mit den Augen einer älter werdenden Frau.

Wenn Menschen authentisch sind, sind sie am schönsten. Wenn sie sich treu sind. So wie es eigentlich nur Kinder können.

Ich atme ein, und ich atme aus. Langsamer ein und noch langsamer wieder aus. Erkenne ich die Schönheit meiner Eltern, wenn ich über die verstaubten Kulissen, die zwischen uns stehen, hinwegblicke? Erkenne ich die Schönheit unserer Beziehung, so wie sie eben ist, oder starre ich verbissen auf meine Interpretationen? Ich versetze mich zurück in die Kindheitsperspektive und denke ganz intensiv an sie, an Mutter und Vater. Ich atme ein, ich atme aus. Langsamer ein und noch langsamer aus. Das Beste, was sie geben konnten, war genau richtig. Wir stehen in einer Kette unvollkommener, verletzter Menschen. Auch das ist Schönheit.

Als Kind wurde ich einmal vom Steg ins Wasser geschubst. Es steckte keine böse Absicht dahinter, sollte nur ein Spaß sein. Aber die Sekunden unter Wasser waren lang. Mir ging die Luft aus, Panik durchflutete meinen Körper.

Seitdem hatte ich Angst vor Wasser.

Ich wurde erwachsen, aber hielt beim Schwimmen noch immer die Luft an und kniff mir die Nase zu.

Mein Partner und ich machten eine Reise nach Berlin. Wir besuchten ein Wellnessbad, dessen Außenfront etwas von einem Bunker hatte. Innen gab es ein Becken unter einer kuppelförmigen Decke; sie hing voller Sterne, die mich entfernt an Kinderaugen erinnerten. Sie glühten in Zeitlupe auf und verschwanden wieder, einer löste den anderen ab, ohne dass es je ganz dunkel wurde. Der Pool unter dem Sternenhimmel war mit Salzwasser gefüllt, von tief unten kam Musik. Ich konnte noch immer nicht entspannt schwimmen und hatte Angst, Wasser in die Ohren zu bekommen. Also ging ich aufrecht im Becken umher und betrachtete die still dahintreibenden Badegäste.

Dann streckte mein Partner seine Arme auf der Wasseroberfläche aus und bat mich, es mit seiner Hilfe zu versuchen. Ich legte mich auf den Rücken und ließ mich von ihm halten. Ich versuchte mich zu entspannen, hatte aber Angst, er könnte mich loslassen. Mein Vertrauen ins Element Wasser wurde früh zerstört, es von null wieder aufzubauen brauchte Zeit. Irgendwann wurde ich lockerer. Die Arme unter mir – einer unter meinen Hüften, der andere unter meinem Hinterkopf – waren sicher. Mein Partner begann, mich ganz langsam über das Wasser zu ziehen, bewegte mich sanft umher. Ich schaute in den gewölbten Himmel über mir, doch mein Blick verschwamm. Ich weinte.

Ich liebe es, Körper zu betrachten. Zeitgeschichte wird in Menschen zu persönlicher Geschichte, und diese zeigt sich in asymmetrischen Haltungen, Narben und Falten. Ich sehe die Bewegungsmuster und Körperschwerpunkte, das Bemühen, wirklich im eigenen Körper zu sein. Wie gern wüsste ich, was diese Körper erlebt haben, welche Zärtlichkeiten sie kennenlernen durften. Was ihnen verweigert wurde, was ihnen fehlt. Ich überlege, was die einzelnen Personen wohl mögen. Höflich ist das nicht gerade, zumal im Schwimmbad, wo alle bis auf die Badesachen entblößt sind.

Je älter Menschen werden, umso interessanter wird ihre Haut. Dutzende Falten auf den Schenkelinnenseiten, den Ellenbogen. Tief hängende Brustpartien. Irgendwann sehen wir alle aus wie große Kerzen, deren Wachs träge herunterfließt, begleitet von müden Seufzern.

Es ist einfacher, andere anzugucken als sich selbst. Die anderen sieht man klarer, erkennt die körperlichen Mängel, verknüpft sie mit der Persönlichkeit.

In den Armen meines Partners löste sich mein Gewicht auf. Mein Körper wurde durchsichtig und flexibel, eins mit dem Wasser. Zum ersten Mal im Leben war ich tief in meinem Körper verankert und zugleich von ihm befreit. Ich spürte ihn nicht aufgrund seiner Schwerkraft, sondern wegen der sanften Wasserströme, die ihn streichelten. Zum ersten Mal in meinem Leben hatte ich die Kontrolle abgegeben. Damit wagte ich mich in etwas vor, in das ich zutiefst hineingehörte. Wie lange ließ ich mich so treiben? Ich habe keine Ahnung. Streng genommen weiß ich gar nicht, was genau passierte, rein äußerlich war die Situation unspektakulär. Der Gott der Physik und mein Mann hielten das Gewicht meines Körpers. Eine religiöse Erweckung war es nicht, aber die Taufe im salzigen Wasser öffnete mir eine Tür in den Himmel.

Irgendwann wollte ich probieren, mein Gesicht ins Wasser zu tauchen. Seit meiner Kindheit ging ich davon aus, mir würde Wasser in die Nase laufen, wenn ich die Nasenlöcher nicht fest zuhielt. Natürlich kann der Mensch seine Zeitspanne hier auf Erden auch bestens verleben, ohne den Kopf ins Wasser zu tunken. Aber ich hatte einen Mann getroffen, dessen Sternzeichen Fische war, der sich im Wasser wohlfühlte und der obendrein einen Schein für Rettungstauchen gemacht hatte. Meine Chance war gekommen.

Wir gingen in ein flaches Becken. Ich stand im warmen Wasser und übte, einen regelmäßigen, kräftigen Luftstrom aus der Nase abzugeben. Dasselbe probierte ich sekundenweise unter Wasser. Beim ersten längeren Tauchversuch musste mein Partner laut loslachen: Mein Hinterkopf, ja die ganze hintere Körperseite blieben über Wasser. Für mich war es ein enormer Schritt, meinem Gefühl nach war ich unglaublich tief gelangt. Ich mochte diese neue Herausforderung und übte sie von da an jedes Mal, wenn ich schwimmen ging.

Dass ich ein paar Jahre später einen Tauchkurs machen sollte, hätte ich allerdings nicht gedacht – doch so kam es. In einem schwachen Moment, vielleicht durch die Überredungskünste meines Partners weichgeklopft, versprach ich, mir die Unterwasserwelten, die er so liebte, genauer anzusehen.

Ein enger, kühler Taucheranzug, eine schwere Flasche auf dem Rücken, an Land unpraktische Flossen: Perfekt ausgerüstet ließ ich mich vom Beckenrand des Helsinkier Schwimmstadions ins Wasser gleiten. Wir gingen potenzielle Notsituationen durch. Was macht man, wenn das Mundstück aus den Lippen gleitet, wenn der Sauerstoffvorrat plötzlich alle ist, wenn dem Tauchpartner die Luft ausgeht, wenn die Brille verrutscht und so weiter. Mit einigem Masochismus ausgestattet, sagte ich mir, je härter, desto lehrreicher. Man konnte unter Wasser ja sogar weinen, wie ich herausfand. Ich musste an den Rat meiner Trainerin für rhythmische Gymnastik denken. Wenn es hart wird, schimpf los.

Indem ich ins Wasser ging, wandte ich mich meiner größten Angst zu. Ich wagte es, mit zittrigen Händen die Brille abzunehmen und wieder aufzusetzen, tief unter der Oberfläche. Dasselbe übte ich mit der Weste und schließlich mit dem Mundstück, *dem* Gegenstand, der mich am Leben hielt.

Mein Tauchschein war, fand ich, nobelpreiswürdig in der Kategorie Mut und Ausdauer. Trotzdem stand ich erst am Anfang der Reise. Als Nächstes überredete mein Partner mich, ihn auf eine Tauchsafari in Afrika zu begleiten.

Unser Ziel war das Rote Meer. Der Ort, an den die Schwalben zogen, wenn es Winter wurde. Wir würden sieben Tage und Nächte auf einem Boot verbringen und in dieser Zeit kein einziges Mal anlegen. Das Leben sollte vor allem aus Tauchgängen bestehen. Als ich das Boot betrat, realisierte ich es: Ich musste meine Verbindung zum festen Land für eine ganze Woche kappen.

Das Boot war kleiner und der Wind stärker, als ich es mir vorgestellt hatte. Und niemand hatte mich darüber informiert, dass sich eine Sturmfront dem Roten Meer näherte. Unsere Kabine lag vorn im Bug, der besonders heftig auf und nieder ging. Im Nachhinein ist es mir ein Rätsel, wie ich das ausgehalten habe. Der Seegang war so heftig, dass man phasenweise auf dem Boden entlangkriechen musste, auch zum Klo. Die Hälfte der Belegschaft wurde mindestens einmal seekrank. Tagelang sahen wir kein Ufer, Handynetz hatten wir sowieso nicht. Ich glaubte, ich müsste sterben. Mein Partner dagegen schien alles in vollen Zügen zu genießen.

Dreimal täglich, vormittags, nachmittags und abends, gab es ein Meeting an Deck. Der leitende Tauchlehrer zeigte uns auf der Karte, wie die Strömungen verliefen und welche Korallenriffe und Tiere wir sehen könnten. In Shorts und T-Shirts, manche in Badehandtücher gehüllt, saßen wir um ihn herum und hörten zu. Die Vorbereitungen für die Tauchgänge erschienen mir jedes Mal aufs Neue wie ein

Aufbruch in den Kampf. Nur zu gern wollte ich ein gleichberechtigter Teil der Gruppe sein, aber meine Sorgen waren um vieles größer als die Begeisterung. Schon bekam jeder einen Tauchpartner zugeordnet, dann hieß es, ob es noch offene Fragen gebe. Am liebsten hätte ich gefragt: Ist das wirklich sicher? Sollen wir ernsthaft da runter, ins tiefe Wasser? Wird nicht etwas Furchtbares passieren? Ich war wieder das kleine Mädchen, das beim Anblick von Passagierflugzeugen Panik bekam und seine Eltern fragte, ob ein neuer Weltkrieg drohte. Mit dem Gefühl, hier die Außenseiterin zu sein, sah ich zu, wie die anderen sich bereit machten. Hörte die Geräusche aneinanderstoßender Sauerstoffflaschen, das Quietschen beim Anziehen der Taucheranzüge. Alle wirkten fröhlich und unbesorgt. Als sie fertig ausgestattet waren, konnten sie sich an Bord nur noch steif und mühsam bewegen. Wieder musste ich an den Tod denken – auch im Alter wird der Mensch steif, und irgendwann kommt der Sprung hinein ins Ende. Vielleicht auch in die Glückseligkeit. So jedenfalls schienen die anderen den nahenden Sprung ins Wasser zu empfinden.

In diesem Durchgang waren die Übungen dran. Als ich an die Reihe kam und mit der schweren Ausrüstung ins Wasser hüpfte, fand ich das Ganze hochkomisch und selbstzerstörerisch zugleich. Was ich hier tat, war unfassbar weit entfernt von den Dingen, die ich normalerweise mochte, die ich in meinem bisherigen Leben verfolgt hatte. Im Augenblick des Sprungs schielte ich schräg nach oben und sah Vögel am Himmel fliegen. Hätte ich doch mit ihnen tauschen können!

Die körperlich schwierigste Übung war der Teil mit der Weste, das Aus- und Anziehen in den hohen Wellen. Und die mental schwierigste war, die Sauerstoffflasche unten in der Tiefe kurzzeitig zu verschließen. Bei der Westenübung standen alle anderen an Deck und sahen mir zu. Die Weste verband mich mit der Sauerstoffflasche und somit auch dem lebensnotwendigen Mundstück. Der Wind blies so stark, und die Wellen schlugen derart hoch, dass ich wie eine Verrückte kämpfte. Mein Partner, dem ich doch vertraute, stand wie die anderen passiv da und schaute zu. Ich war unglaublich wütend, vor allem auf ihn. Warum sprang er nicht runter und half mir? Er kannte mich, er sah doch, dass es nicht mehr lustig und ich an meine Grenze gekommen war. Ließ er es drauf ankommen? Sollte ich einfach untergehen? Irgendwann schrie ich um Hilfe – obwohl ich wusste, dass dies eine Übung war, die man allein bewältigen sollte.

Die zweite schlimme Übung, ich nenne sie die Selbstmordübung, machte man im Tandem. Ich bekam den ruhigen Tauchlehrer zur Seite, den ich schon aus Helsinki kannte; er hatte mich unterstützt, als ich zum ersten Mal den Kopf einen halben Meter unter Wasser brachte und mich dabei mit fahlweißen Knöcheln am Treppengeländer festhielt. Gemeinsam ließen wir uns bis auf den Grund sinken, der mir unendlich tief zu liegen schien. Doch die Unterwasserwelt war auch faszinierend, viel schöner noch, als ich sie mir vorgestellt hatte. Korallen in unzähligen Farbnuancen, bizarre Fische, absolute Ruhe. Nachdem ich das Szenario eine Weile bestaunt hatte, suchte mein Tauchpartner

Blickkontakt. Ich musste mich nun auf den potenziellen Tod vorbereiten und ging buchstäblich in die Knie. An Bord waren wir alles genau durchgegangen, ich wusste, was bevorstand. Der Tauchlehrer würde mir ein Zeichen geben, hinter mich schwimmen und das Ventil meiner Sauerstoffflasche für dreißig Sekunden zudrehen. Nur so lernte man, mit einer Situation ohne Luftzufuhr umzugehen. Ich hoffte, er würde das Ventil danach sofort wieder aufdrehen. Wenn in ihm ein Mörder schlummerte, brauchte es in dieser Situation nicht viel: eine winzige Bewegung mit Daumen und Zeigefinger, deren Richtung alles entschied. Rettung oder Tod.

Als ich wieder an Deck war, schrieb ich in mein Notizbuch:

Indem ich in meine Angst hineingetaucht bin, habe ich gespürt, wie sehr ich leben will.

Mama, ich bin getaucht. Ich habe es gewagt. Ich bin ins Wasser gesprungen.

Mama, ich will nicht länger in Kampfhaltung verharren.

Wenn der Mensch stirbt, schreit er oft nach der Mutter. Das ist tausendfach belegt. Und tatsächlich: In dem Moment, als mein Tauchpartner die Sauerstoffflasche zudrehte, dachte ich an meine Mutter. Aus ihr bin ich gekommen, zu ihr kehre ich zurück.

Es gibt das Leben über dem Wasser und das unter dem Wasser. Den größten Teil unseres Lebens stehen wir an Grenzen. Vögel können fliegen, Fische einen Tanz unter Wasser aufführen. Wir Menschen sind begrenzt. Wenn wir nicht die Liebe hätten, würden wir umherwanken wie Schaumkronen.

Was ist normal? Ist es normal, dass der Wind mitten am Tag zunimmt? Ist es normal, dass die Liebe alles verlangt, sogar noch mehr? Ist es normal, dass ich Angst habe? Ist es normal, dass wir so verschieden sind? Bin *ich* normal? Ist das alles okay oder nicht? Ist es normal, dass mir die Antwort darauf nicht wichtig zu sein schien?

Bis ich getaucht bin.

Bis ich den Traum träumte, in dem meine Haut sich umstülpte.

Bis meine Schwester starb.

Bis ich verstand, dass ich mein Körper bin. Und dass mein Körper mit der Welt verbunden ist und ich nicht von ihr getrennt bin.

Ich wollte immer jemand werden, wollte etwas sein. Mein Leben – war immer das Bemühen, ich selbst zu werden.

*Nicht in diesem Ton, sagen sie.*

Ich spinne mir ein Netz aus Angst. Befestige es an der Scham. Die Scham ist wie ein Stein, der seit Ewigkeiten am gleichen Ort gelegen hat und anscheinend zum Menschsein dazugehört. Scham ist leise, und sie lässt sich nicht umgehen oder überlisten. Eigentlich brauche ich die Scham nicht. Aber wenn ich den Stein zur Seite rolle, greifen mich lebendig begrabene Trugbilder an. Sie fordern: Hör auf zu tanzen! Halt den Mund! Nicht in diesem Ton!

In Wahrheit gibt es überhaupt nichts, für das ich mich schämen müsste. Es gibt nur Missverständnisse, Hindernisse, ungute Umstände.

Und es gibt Trauer, die sich in Wut und Minderwertigkeitsgefühlen ausdrücken kann.

Scham ähnelt dem Gefühl, jemanden viel zu nah an sich heranzulassen, sogar bis unter die Haut, ohne dass man es eigentlich wollte.

*Paris, 31. 5. 2018*

*Ich sitze in meinem kleinen Zimmer im 4. Arrondissement. Der Nachmittag ist glühend heiß, ich öffne das Fenster und setze mich aufs Fensterbrett, lasse die Füße baumeln. Auf der Straße tanzt eine junge Frau. Sie ist barfuß, hat eine Rotweinflasche in der Hand und Kopfhörer auf. Ich beobachte ihre Bewegungen, ziehe mein Hemd aus und lege es auf den Flügel. Tanze ihre Choreografie nach.*

*Eine Welle durch den Körper von unten, innehalten, loslassen, mit einer Drehung in die Knie, Bounce, biegen, wanken, woosh, Plié, laufen, innehalten, loslassen, Shimmy im Brustkorb, Welle, loslassen, stopp, Schritt, Schritt, innehalten, stolpern, Rolle über den Boden, zittern, kriechen, hochziehen, Pause, Schlag, noch ein Schlag, Haken nach innen, Drehung über die Seite, Sprung, weiterlaufen, Plié, tiefes Plié, Tempo, Verlangsamung, stopp, Shimmy mit dem gesamten Körper, ein heftiger emotionaler Ausbruch, umfallen, dehnen, weitermachen, beben, suchen, sich aufraffen, aufstehen.*

*Wie kann eine betrunkene Frau eine so schöne Choreografie tanzen?*

Das Interessanteste an Menschen ist das, was sie verstecken. Während ich dies schreibe, denke ich an Kollegen, Personen aus meinem Arbeitsumfeld, meinem Bekannten- und Freundeskreis, sogar an Familienmitglieder. Und an mich selbst. Ich versuche zu durchschauen, warum ich nicht wage, aufrichtig zu sein, und stattdessen permanent mein Innerstes schütze. Diesen verletzlichen Ort, den alle, die mir nahe sind, doch besonders lieben müssten.

Es gibt viele Dinge, von denen ich denke: Du liebe Güte, darüber kannst du nicht schreiben. Nein, wirklich nicht. Unter dem Stein hervor kriecht die Scham. Die Scham, ein Mensch zu sein, der denkt, fühlt und einen Körper hat. Meine Annahme, dass Gedanken und Theorien ein einfacherer Schreibstoff wären, ist sicherlich nicht falsch. Irgendwoher wissen wir genau, mit wem und in welchen Situationen wir über Körperliches sprechen dürfen. Das geht wirklich nur selten. Kein Wunder, dass der Gang zum Zahnarzt, Gynäkologen oder Urologen Beklemmung auslöst. Wir haben es mit innerkörperlichen Bereichen, mit Tabuzonen zu tun. Diese Zonen sind uns nicht vertraut, wir sprechen nur selten und stammelnd über sie. Als Künstlerin interessiert mich das natürlich sehr. Was passiert, wenn die Haut sich umstülpt und das Innere nach außen gekehrt wird?

Wenn der Mensch gerade geboren ist, auf dem Sterbebett liegt oder krank ist, sind Gespräche über das Körperliche erlaubt. Und wenn kleine Kinder und alte Greise tanzen, findet man das rührend und schön. Aber wenn eine Frau um die fünfzig tanzt? Eine ganz normale Frau, die kein Tanzprofi ist? Überall beobachte ich Scheu, Verunsicherung, Lebensvermeidung. Die Leute machen sich klein, drücken ihre Träume weg, haben Angst vor dem Neuen. Natürlich, Angst ist wichtig, damit wir am Leben bleiben, aber statt vor Wildtieren haben wir heute Angst vor dem Lebendigsein.

Ich habe Angst, verrückt zu werden, zu ertrinken und die Kontrolle zu verlieren. Ich fürchte mich, wenn ich in Bereiche abtauche, wo Freiheit wichtiger ist als Kontrolle.

Woher kommt das? Mein Herz schwankt seit meiner Kindheit zwischen zwei Kräften. Einerseits wäre ich gerne eine zarte Fee, würde Geigenklänge und ferne Farben am Horizont bewundern. Doch kaum habe ich das hingeschrieben, merke ich, dass es nicht stimmt, denn der andere Teil von mir ist ein Kerl – wild, schnell und voller Energie. Zwischen diesen beiden Polen wanke ich umher, suche nach einer Mitte, die überhaupt keinen Sinn ergibt. Ich presse mich mit einer Hand nach unten und zerre mich mit der anderen hoch. Und nirgends gibt es einen Zeiger, der mir verrät, wie ich wirklich bin. Ich weiß es nicht. Und das beschämt mich.

Ich tendiere dazu, zu denken, dass es einen konkreten Grund haben muss, wenn jemand mich mag und meine Nähe sucht. Dass es an meiner sozialen Geschmeidigkeit liegt oder meinem künstlerischen Talent. Oder daran, dass ich gut nähen kann, souverän Auto fahre und Französisch kann. Oder einen kritischen Blick habe und Dinge mutig anpacke. Ich nähre diesen Gedanken, leiste ihm Gehorsam, indem ich jedem das zu geben versuche, was er oder sie meiner Vermutung nach von mir will. Und das läuft darauf hinaus, dass ich mich dauernd anstrenge und denke, ich müsste alles geben. Es gab Momente, in denen ich mich wie eine Märtyrerin fühlte, einmal sagte ich sogar zu meinen Kindern: Auf meinen Grabstein lasst ihr bitte eingravieren: *Sie hat absolut alles gegeben*.

Schon als kleines Kind durchschaute ich das Spiel. Wenn ich lieb war, wurde ich gemocht. Wenn ich tat, was die anderen sagten, erntete ich ein Lächeln. Wenn ich mich unkompliziert gab, blieben die Dinge unkompliziert. Wenn ich leise war, durfte ich auf den Schoß. Wenn ich beim Tanzen und auch sonst diszipliniert war, nicht wild, war ich in Ordnung. Wenn ich aß, was man mir hinstellte, wurde ich akzeptiert.

Wer ich jenseits dieser Grenzen war, als ganzer Mensch,

wusste ich nicht. An das diffuse Gefühl der Fremdbestimmung gewöhnte ich mich mit den Jahren. Lange Zeit dachte ich sogar, ich sei frei und mein Körper auch. Erst als alles um mich herum zusammenbrach, erkannte ich, wie es wirklich stand.

In meiner Therapie begriff ich, dass es einen Zwischenraum gibt. Einen Raum zwischen dem Außen, dem, wie ich mich nach außen verhalte, und dem Alten, Gelernten. Dieser Raum ist von Bahnen durchzogen, in denen frisches Blut pulsiert. Mein Blut. Ich liebe diesen Raum, dieses Selbst, auch wenn wir noch nicht besonders vertraut miteinander sind.

Der Prozess des Schreibens macht mich froh. Aber er bringt mich auch auf den Gedanken an das Ende, an meinen Tod. Die Logik dahinter ist in etwa folgende: Wenn ich mich dermaßen schutzlos zeige, so verletzlich und unvollkommen wie hier, kann das nur zum Tod führen. Die Leute werden mich völlig seltsam und unberechenbar finden. Sie werden ihren Blick von mir abwenden und ihre Sympathien von mir abziehen, und das kommt dem Ende gleich. Wer nicht angeschaut wird, muss vergehen.

Doch trotz und vielleicht gerade wegen meiner Verletzlichkeit denke ich: Ich gewinne mit jedem Atemzug mehr Raum. Ich sauge Mut in meine Adern, Mut, Neues zu erschaffen und mich dabei angreifbar zu machen. Ich möchte es wagen, der Mensch zu sein, den ich selbst liebe. Ein Mensch, der seine Begeisterung, Kreativität und Transformationskraft offen zeigt und auch die Quellen dahinter nicht verbirgt. Bei mir sind diese Quellen meist Trauer, Verlust oder Angst. Wenn man es wagt, sich diesen Gefühlen zuzuwenden, obwohl die Scham einen bremst, dann ist man echt, dann ist man authentisch und kann andere berühren.

Das Gegenmittel für die Scham ist Empathie. Zuhören, akzeptieren, warme Worte sprechen, berühren.

In mir existieren verschiedene Schichten. Es gibt Bereiche, die den Nährboden für Scham bilden, und andere, die meine Schuldgefühle triggern. Und es gibt den Tanzsaal, in dem die Aggression sich austobt. Manchmal bin ich mir selbst ein Minenfeld, kann mir nicht vertrauen. Dann gehen wahllos Sprengsätze in mir in die Luft.

Ich kann sehr direkt, fast brutal und grausam mit meinen Mitmenschen sein. Gleichzeitig liebe ich nichts mehr als sie. Ist meine Liebe unempathisch oder gar krank? Oder bin ich einfach nur müde?

*Paris, 2. 6. 2018*

*Notre-Dame, verkündet die raue Frauenstimme, die die Metrostationen ansagt. Die Bremsen quietschen, die Türen ächzen. Ich sitze allein auf der Bank, richte meinen Blick durch das spiegelnde Fenster auf die weiß gekachelten Stationswände. Ich sitze auf nur einer Pobacke, die andere schwebt in der Luft. Ich möchte sein wie die Französinnen, die für mich Leichtigkeit verkörpern. Luftigkeit mit einem Schuss Geheimnis, und den habe auch ich.*

*An die zwanzig Menschen steigen ein, die erste Person gleitet gewohnheitsmäßig auf die Bank gegenüber. Sie löst den Blick nicht von ihrem Handy, also kann ich sie heimlich beobachten. Zugleich halte ich mich bereit, jederzeit schnell wegzusehen.*

*Die Frau ist ungefähr in meinem Alter. Sie ist dünner als ich, das ist meine erste Feststellung. Sie hat ein hübsches Gesicht, in dem die Knochen leicht hervortreten, das dezente Make-up steht ihr gut, besonders der verwischte Kajalrand um die Augen. Ihr Mund ist ungeschminkt. Ihr Gesicht ist ständig in Bewegung, sie kaut auf der Unterlippe, saugt die Wangen nach innen. Beim Einatmen schiebt sich ihr Bauch leicht nach vorn, als würde sie einen Gegenstand vom Zwerchfell aus nach unten pressen. Irgendwie wirkt diese Frau surreal. Wäre sie eine Patientin und ich müsste eine Diagnose stellen, würde ich sagen: Diese Frau knabbert an ihrem eigenen Gesicht, spielt mit ihrem Bauch und existiert außerhalb der Sterblichkeit. Anders kann ich mir ihre strahlende Schönheit nicht erklären.*

# TEIL 5

*So nicht mehr.*

# BRIEF VON MEINER TOCHTER

*Mama.*

*Ich möchte dir etwas mitteilen. Ich hoffe, du kannst es annehmen und ehrlich über unsere Situation nachdenken. Und dich dabei auch in meine Situation hineinversetzen. Auf gar keinen Fall möchte ich, dass du traurig wirst oder wütend. Ich will einfach nur ehrlich sein. Es geht dabei auch um meine Wohnsituation und warum ich es schwierig fände, wieder mit dir in einem Haus zu leben. Bitte vergiss nicht, dass ich dich absolut und über alles liebe.*

*Du hast mein Leben jahrelang kontrolliert und eingeschränkt. Jetzt, wo ich endlich davon losgekommen bin, möchte ich nicht mehr an einem Ort leben, an dem ich fremdbestimmt bin. Ich finde es schrecklich, dass du dich in meine Ess- und Schlafgewohnheiten eingemischt hast und in meine Verabredungen und Termine. Wenn ich mit dir zusammenwohnte, würde genau das wieder passieren.*

*Ich kann es dir und mir selbst und jedem, den es interessiert, mit folgendem Beispiel veranschaulichen. Stell dir vor, mein Bruder ist gerade dabei, von den Drogen loszukommen. Und gleichzeitig konsumiert Papa heimlich Drogen. Mein Bruder würde das sofort merken: all die Vertuschungsmanöver, die Auswirkungen auf Papas Verhalten und Aussehen, der Druck, sich wieder neu betäuben zu müssen. Nach außen hin unterstützt Papa meinen Bruder und will, dass er clean wird, aber selbst hält er sich nicht an seine Worte und konsumiert weiter. Das würde meinen Bruder in den Wahnsinn treiben, es wäre das Ende einer gesunden Vater-Sohn-Beziehung. Der Sohn müsste zum Vater werden, und so ein Rollentausch ist für ein Kind das Schwerste überhaupt. Glaub mir, ich weiß, wovon ich rede.*

*Ich denke nicht, dass ich die Einzige in deinem Umfeld bin, die Bescheid weiß. Mama, du hast eine Essstörung. Du leidest an derselben Krankheit, die einen Großteil meines bisherigen Lebens zerstört hat und die ich endlich Stück für Stück hinter mir lasse. Und je besser es mir geht, desto klarer erkenne ich, was bei uns eigentlich los ist.*

*Ich bin es leid, den schönen Schein zu wahren. Offiziell heißt es, ich wäre die einzige Essgestörte, und alle wundern sich, wieso ich mich ausgerechnet mit dir so schlecht verstehe. In Wirklichkeit haben du und ich dieselbe grausame Krankheit, doch nur bei mir wird darüber gesprochen. Deshalb ist unser Verhältnis so kompliziert. Ich habe keine Lust und keine Kraft mehr, dieses Szenario aufrechtzuerhalten, und daher spreche ich es hier, als Erste in unserer Familie, offen an.*

*Du könntest jetzt behaupten, ich hätte als Betroffene nicht genug Abstand, um mich über die Gesundheit oder Krankheit anderer zu äußern. Das sehe ich anders. Jetzt, wo ich in meiner Genesung weit fortgeschritten bin, sehe ich die Dinge besonders deutlich. Ich durchschaue sie viel besser als die anderen. Mama, du bist sehr gut darin, deine Krankheit und die Symptome zu verbergen. Vielleicht auch vor dir selbst. Aber als Expertin auf dem Gebiet Magersucht erkenne ich deine Strategien. Ich sehe deine Täuschungsmanöver, und das auszuhalten kostet mich unfassbar viel Kraft.*

*Wie soll jemand diese Krankheit vollständig hinter sich lassen, wenn die Person, die ihm am nächsten steht, mit derselben Krankheit kämpft, zugleich aber nicht bereit ist, das zuzugeben und sich Hilfe zu holen? Ich weiß, wie groß deine Sorge um mich war, denn ich mache mir dieselben Sorgen um dich! Kinder können um ihre Eltern genauso große Angst haben wie Eltern um ihre Kinder. Ich fürchte nur, dass Eltern sich das kaum vorstellen können.*

*In all den Jahren meiner Krankheit hast du, Mama, gebetsmühlenartig wiederholt: Ich tue alles, damit du gesund wirst. Aber als ich und die Ärztinnen und Therapeutinnen gesagt haben, dass gesund und normal zu essen das Beste ist, was die Familie für die Kranke tun kann, hast du dich taub gestellt. Plötzlich galt dein Satz nicht mehr. Da kam bei dir eine Grenze, und ich denke, das sagt mehr als lange Diskussionen.*

*Es ist unglaublich schwer für mich, dass du meine Bitte, mit mir zusammen ein Eis, ein Stück Kuchen oder eine Zimtschnecke zu essen, immer zurückweisen wirst. Oder mitkommst, aber bloß einen Cappuccino mit Hafermilch trinkst. Ich habe das meiner Therapeutin erzählt. Sie sagte zu mir, ich sei viel weiter als meine Mutter, viel gesünder. Sie sei stolz auf mich, und ich selbst hoffentlich auch. Und sosehr ich es auch versuchen würde, ich könne meine Mutter nicht retten. Meine Mutter muss sich selbst auf den Weg machen, sagte sie.*

*Ich erinnere mich glasklar an einen Moment im letzten Jahr, der das alles auf den Punkt bringt und den ich nicht vergessen kann. Du, dein neuer Partner und ich saßen gemeinsam im*

*Wohnzimmer, und ich lud euch für später zum Essen ein. Ich wollte eine Suppe und Muffins machen. Dann gingen du und ich los zum Einkaufen, und kaum waren wir aus der Tür, sagtest du: Aber Muffins werde ich nicht essen.*

*Ich war enttäuscht und irritiert. Ich wusste, dass die Chance klein war, trotzdem hatte ich gehofft, du könntest mir zuliebe eine Ausnahme machen, ein einziges Mal! Oder die Situation wenigstens so lösen, wie du es meistens tust: Sobald es Nachtisch gibt, stehst du auf und machst den Abwasch. Aber nein, die Muffins waren für dich ein so großes Thema, dass du es schon Stunden vor dem eigentlichen Essen ansprechen musstest. Und dann hast du noch hinzugefügt, ich solle das deinem Partner nicht weitererzählen.*

*Verstehst du jetzt, wie ich mich fühle, Mama?*

Ich knalle die Tür meines Apartments zu, setze mich auf die Treppe vor dem Haus und zünde mir eine Zigarette an. Ich trage meine rosa Pyjamahose und Zehensocken und sehe mich von außen. Ich sehe, wie meine Finger hektisch eine wütende Antwort tippen:

*Jetzt gehst du eindeutig zu weit! Wie kannst du mir nur einen solchen Brief schicken und alles komplett verdrehen? Eine typische Reaktion, wenn man verzweifelt ist und den eigenen Problemen ausweichen will! Du projizierst deine Themen auf andere. Logisch, dass ich die Erste in deiner Schusslinie bin. Wenn du wirklich so gut wie genesen wärst, so wie du behauptest, wäre es dir egal, was und wie die anderen essen und wie sie sich verhalten. Aber Essgestörte beobachten ihre Mitmenschen ganz genau und wollen sie streng kontrollieren, das ist ein zentrales Symptom der Krankheit. Und wo du nun wieder etwas mehr Kraft hast, verstärkt sich dieses Verhalten.*

*Ich finde es sehr arrogant von dir, zu behaupten, dass du aufgrund meiner Art zu essen nicht mehr nach Hause kommen könntest. Damit übergehst du, was wir alles für dich getan und geopfert haben. Ich finde es unbegreiflich, dass unser Zuhause angeblich nicht gut genug für dich ist!*

*Ich esse schon seit vielen Jahren keine Süßigkeiten und Desserts mehr, aus Prinzip. Und ich achte sehr auf meine Gesundheit, keine Sorge, es steht gut um mich. Ich wünsche mir aus tiefster Seele, dass du deinen Blick von mir abwendest und ihn auf dich selbst und dein kostbares junges Leben richtest. Hör auf, mir bei den Mahlzeiten auf den Teller zu starren. Ich bin eine gesunde Erwachsene und brauche meinen privaten Raum. Und nicht die hässlichen Ratschläge meiner Tochter. Es ist sehr bedauerlich, dass deine Therapeutin so dreist ist und dir solche Flöhe ins Ohr setzt!*

Die Haustür quietscht, meine Nachbarin kommt fröhlich grüßend auf mich zu. Als sie meinen Blick sieht, wirkt sie irritiert. Ich brumme etwas Unverständliches und mache eine abwinkende Geste mit der Hand; heute muss man mich nicht weiter beachten, soll das heißen. Ich versuche, mich zu beruhigen, und schreibe weiter:

*Deine Dramen machen mich so was von müde. Wieso steckst du deine Energie in ein solches Überwachungsprogramm? Wie kannst du es wagen? Niemand auf diesem verdammten Planeten hat mehr für dich getan als ich, wirklich, ich habe mehr gegeben, als ich konnte!*

*Hoffentlich wirst du irgendwann selbst eine Mutter sein und verstehen, wie schwierig, ja unmöglich es ist, in dieser Rolle deine Identität zu wahren. Vermutlich kapierst du erst dann, dass ich mein Bestes gegeben habe, dass mehr nicht geht, dass alles seine Grenzen hat. Die Mutter bleibt die Mutter und die Tochter die Tochter. Auch wenn wir viele Gemeinsamkeiten haben, so bist doch du es, die hier die Kranke gewesen ist, und ich habe dich dabei begleitet und alles für deine Genesung getan. Das hatte immer Priorität. Sei so gut und kümmere dich um dein eigenes Leben, deine eigene Psyche – in der Hoffnung, dass du irgendwann auch so etwas wie Empathie und Dankbarkeit empfinden kannst.*

Die Nachbarin kommt zurück. Ich sitze genauso da wie eben und weiche dem Kontakt erneut aus. Als sie an mir vorbeigegangen ist, gehe auch ich hinein, mache ein paar tiefe Atemzüge und beschließe, die Nachricht nicht abzuschicken. Angriff ist nicht immer die beste Verteidigung. Ich setze mich an den Schreibtisch und versuche es auf die erwachsene Art:

*Meine liebe Tochter,*

*danke für deinen Brief. Du hast viel über uns nachgedacht – genau wie ich. Die letzten Jahre, die von deiner Krankheit überschattet waren, sind schwer für mich gewesen. Diese Krankheit ist die schlimmste, quälendste und komplizierteste, die ich kenne. Wie oft habe ich gebetet, du mögest schnell und vollständig wie-*

*der gesund werden. Und immer wieder habe ich gedacht: Bei jeder anderen Krankheit hätte ich eine bessere Mutter sein können. Wieso ausgerechnet wieder Anorexie? Wieso noch einmal dasselbe Schicksal?*

*Du hast recht, wenn du sagst, dass Süßigkeiten zu essen mich stresst. Der Grund ist: Ich will nie wieder anderen zuliebe essen. Dieses Vergnügen könntest du doch auch mit deinen Brüdern und deinem Vater teilen. Und wir beide haben viele andere schöne Dinge, die wir gemeinsam machen können.*

Delete. Nein. So nicht mehr.

*Geliebte Tochter.*

*Du hast vollkommen recht. Bereits als Kind habe ich beschlossen, heikle Sachen allein zu regeln. Ich wollte immer vermeiden, dass andere hinter meine Geheimnisse kommen. Mein Leben lang bin ich auf dem schmalen Grat zwischen Dünnsein und Dicksein balanciert. In der Theaterhochschule gab es ein Mädchen, das eine schwere Anorexie entwickelte. Der alte Mechanismus hat sich sofort aktiviert, ich konnte gar nicht anders, als mehr zu essen und zuzunehmen. Allmählich wurde ich dick oder jedenfalls sah ich mich so, und zugleich als eine Person, die es nicht wert war, geliebt zu werden. Es ging mir schlecht. Ich bekam Fressattacken, von denen ich nie jemandem erzählt habe. Irgendwann fand Essen nur noch als Strafmaßnahme statt. Je schlechter mein Befinden, umso härter musste ich hungern. Um danach wieder exzessiv zu fressen. Ich entwickelte darin eine geradezu perfekte Heimlichkeit, niemand merkte etwas.*

*Von meinem Verhältnis zum Essen zu sprechen ist unglaub-*

*lich schwer. Es liegt eine Art Schloss davor, ein generationenumfassendes Kettenschloss.*

*Als ich deinen Vater traf, einen von Natur aus dünnen, sogar untergewichtigen Mann, fühlte ich mich sofort dick. Als ich dann plötzlich schwanger wurde, wog ich tatsächlich mehr als er. Das stresste mich enorm. Wieder war ich die Dicke und mein Gegenüber dünn. Ich kompensierte das, indem ich versuchte, ein besonders unkompliziertes und unbekümmertes Verhalten an den Tag zu legen.*

*Die Schwangerschaften und Geburten machten meinen Körper zum Gegenstand von Kommentaren. Ohnehin gehörte er mir nicht mehr allein, er war Nahrungsquelle, Zufluchtsort und sogar eine Art Spielplatz für euch Kinder. Andere waren auf meinen Körper angewiesen, was nach Jahren der Einsamkeit auch eine gewisse Erleichterung brachte.*

*Der Tod meiner Schwester löste in mir nicht nur Trauer aus, sondern auch Wut. Ihr Tod bedeutete nicht einfach nur, dass sie tot war. So viel mehr schwang mit. Die Entfernung ihrer Brust, ihr Leiden am Krebs, ihre schicksalhafte Kinderlosigkeit, ihr Kampf mit dem Todesurteil. Aus der Perspektive des Essens bewirkte das alles wiederum eine Linderung meiner Qual. Ich war erleichtert, nicht mehr den Titel der Normalgewichtigen, Gewöhnlichen mit mir herumtragen zu müssen. Meine Schwester starb, und ich war frei. Aber da ich dieses Gefühl nicht nach außen zeigen durfte, lebte ich es im Geheimen. Endlich gab es kein Zwillingswesen mehr. Zum ersten Mal im Leben schaute ich auf mich selbst als Einzelperson, nicht auf ein Wir. Ich stand allein auf der Waage, und das war eine erlösende Erfahrung. Ich konnte endlich frei mit mir reden, alle Hüllen von mir streifen, mir nackt und wahrhaftig begegnen. Der Drang dazu war übermächtig. Und aus dieser Wahrhaftigkeit resultierte auch der schwerwiegende Entschluss, mich von eurem Vater zu trennen. Darüber in solcher Kürze zu schreiben ist kaum möglich, ohne damit jemandem auf die Füße zu treten. Ich weiß, dass unsere Trennung für euch Kinder entsetzlich war. Trotzdem halte ich meine Entscheidung für richtig. Immer weiter auf der Bühne zu stehen und ein Stück zu spielen, in dem Liebe nur noch bedeutet, gemeinsam Kinder zu haben, das konnte ich nicht.*

*Mit dem Tod meiner Schwester und der Trennung von eurem Vater musste ich den Mut aufbringen, erstmals wirklich allein zu sein. Ich zog in einen Kellerraum in der Nachbarschaft mit dem Klo direkt im Zimmer. Drum herum gab es Platz für ein Bett und einen Nachttisch. In den kleinen Kühlschrank in der Ecke passte alles hinein, was ich brauchte und was ich essen wollte. Es war eine Befreiung, endlich ohne Familie zu essen. Jede zweite Woche lebte ich hier für mich allein. In der anderen Woche wohnte ich bei euch Kindern. Egal, wo ich mich befand, die Kontrolle über das Essen zu haben war meine Rettung. Diese Macht tröstete mich. Mein Körper wurde mein einziges Zuhause, und in diesem Zuhause wollte ich ganz bewusst entscheiden, was ich zu mir nahm und was nicht. Je weniger ich aß, umso besser ging es mir. Ich verriet das niemandem und passte gut auf, nicht zu dünn zu werden. Ich wurde eine wahre Trapezkünstlerin.*

*Dann brach deine Krankheit aus. Als du zum ersten Mal Nein zu Pralinen und Schokolade sagtest, wanderte ein eiskalter Schauer durch meine Brust. Erst wollte ich nicht glauben, was da begann. Doch ich musste die Augen öffnen, und während der vielen Arztbesuche und Therapiegespräche dämmerte mir irgendwann, dass auch ich eine Patientin war.*

*Wenn ich deine Hand hielt, spürte ich in der anderen Hand die dünnen Finger meiner Schwester. Wieder saßen wir ratlos da, geschlagen mit dieser furchtbaren Krankheit. Der Fluch unserer Familie, jedenfalls der Frauen. Deine Essstörung zwang mich, den Tatsachen ins Gesicht zu sehen. Ohne Sicherheitsnetz. Die Angst, Mutter einer* Tochter *zu sein, wurde wieder riesig groß. Und ich fühlte mich extrem allein, denn meine Mutter ertrug es nicht, dieser Krankheit ein zweites Mal zu begegnen. Sie hatte nur zwei Reaktionen zur Verfügung: Erst weigerte sie sich, die Wahrheit zu sehen, dann hob sie wehrlos die Hände und sagte, sie könne nichts tun. Die Last hatte damals zu schwer gewogen. Den Anblick der dahinschwindenden Enkelin hielt sie nicht aus, darin spiegelte sich ihre verlorene Tochter. Auch in mir war diese Verweigerungshaltung aufgeflackert, aber ich konnte und wollte ihr nicht nachgeben. Was man als Mutter alles aushält, kapiert man erst, wenn man tief in dieser Rolle steckt.*

*Ich hatte immer gedacht, meine Gedanken seien gut vor euch verborgen. Meine Welt sei privat und ohne meine Eintrittserlaubnis könne niemand hinein. Aber du, meine Tochter, hast immer in mich hineinschauen können. Schon als Embryo hast du mich gekannt, warst mit meinem Inneren vertraut. Ich werde mich nie auf diese Art erleben können. Du kennst mich besser als alle anderen. Und gerade dir gegenüber ist das Eingeständnis meiner Krankheit am schwersten. Aber wir sind durch unsere Gene miteinander verbunden, und ich schulde dir die Wahrheit. Ich leide an derselben Krankheit wie du. Mich zu lieben fällt mir schwer, und es ist klar, dass die Liebe zu anderen damit sehr un-*

*vollkommen ist. Zugleich sollst du wissen, dass ich auf meiner Reise zu körperlicher Selbstakzeptanz noch nie so weit war wie heute. Wie sehr wünschte ich, frei zu sein, auch mit meinem doch so menschlichen Gewicht. Frei als deine Mutter. Als Frau. Und als Mensch, der nichts und niemanden so liebt wie dich.*

Ich drücke auf Senden. Mir ist kalt, mein Kopf ist leer. Ich bin gefunden worden und aus meinem Versteck getreten. Endlich bin ich echt, und zum ersten Mal in meinem Leben rückhaltlos ehrlich.

*In mir lebt eine dünne Wahrheit.*

Ich habe eine Essstörung. Wie meine Schwester sie hatte, wie meine Tochter sie hat. Allerdings tut meine Essstörung so, als wäre sie nicht da. Was man versteckt, ist aber dennoch anwesend und zeigt sich indirekt. Das gilt auch für mich, da diese Störung mich beherrscht und den gesamten Alltag dominiert. Erst jetzt, mit über fünfzig, bin ich bereit, mich im Ganzkörperspiegel anzuschauen. Bereit zu erkennen, was meine Störung mit meinem Leben und dem meiner Angehörigen gemacht hat. Mein Geist führt einen fortwährenden Kampf im Grenzland zwischen Krankheit und Gesundheit. Ich verzichte auf so vieles, weil ich mich immer wieder für die Kontrolle entscheide. Bisher hatte ich das verdrängt. Ich habe mir eingeredet, mit mir sei alles okay, mein Zyklus und mein gesamter Körper funktionieren ja schließlich.

Schon immer fand ich bei Märchen und Geschichten die Anfänge besonders spannend. Und die Anfänge von menschlichem Leben sowieso. Die Lebensmitte kann deprimierend sein und das Finale eine Erlösung; endlich kann man mit allem aufhören. Aber ist es nicht anmaßend, das einfach so zu schreiben? Ich denke schon, dass ich mich noch immer in Kinder und irgendwie auch in Sterbende hineinversetzen kann – ich habe meine Schwester in diesem Prozess begleitet. Und alles dazwischen, zwischen Anfang und

Ende, ist für mich ein jahrzehntelanges bombastisches Theaterstück, in dem nur echte Bekenntnisse eine Wendung bringen können.

Tote können nichts mehr ändern. Aber ich kann es, ich lebe noch. Ich kann mich dafür entscheiden, meiner Tochter eine Erklärung zu geben. Ich kann sie von der Last befreien, nach meinem Tod ein Lügenphantom zu betrauern und nicht mich. Ich gestehe es: Wenn mir jetzt jemand die Pistole auf die Brust setzen und fragen würde, willst du lieber dünn sein oder glücklich, ich würde antworten: dünn. Zugleich würde ich mich elend fühlen, weil ich nie erfahren kann, wie es ist, unabhängig vom Gewicht glücklich zu sein. Ja, ich wollte immer dünn sein. Und ich will das noch heute.

Als meine Schwester krank wurde und Gewicht verlor, beneidete ich sie insgeheim, auch wenn ich mich über ihre Nahrungsverweigerung bei den Mahlzeiten ärgerte. Ich konnte mich mit ihrer Disziplin, ihrem Verzicht auf Zucker und Fett und dem Wunsch nach Aufmerksamkeit bestens identifizieren. Am liebsten hätte ich mitgemacht, aber das ging ja nicht, ich musste schließlich meine Eltern beschützen. Ich entschied mich, normal zu sein, fühlte mich dabei aber fett. Ich entschied mich, der kranken Seite in mir zu widerstehen. Dabei hätte ich lieber die Symptome meiner Schwester gehabt, als die moppelige Vernünftige zu spielen. Nie stand ich im Mittelpunkt. Dabei wollte ich doch so gern die Schönste und Beste sein und damit Aufmerksamkeit erlangen. Es war schwer zu ertragen, dass meine Schwester mir diesen Platz abspenstig machte, und zwar mit dieser Krankheit.

In der Tiefe einer Essstörung schlummert immer eine Wunde, eine Beschädigung der seelischen Gesundheit. In unserem Fall muss sie durch eine bislang unerklärliche Erfahrung hervorgerufen worden sein, einen Ruck in der tektonischen Platte, einen winzigen unguten Abschnitt im DNA-Strang.

Ich will dünn sein, damit ich ein leichtes Leben habe. Ich wollte immer leicht sein und will es weiterhin. Ich will leer sein und dass mein Magen leer ist. Ich will wenig wiegen. Ich will keine Speckrollen und keine Cellulite haben. Ich will das so sehr, dass ich lieber allein lebe als mit anderen, denn dann kann ich meinen Körper ungestört beherrschen. Ich will allein essen, ohne dass andere zugucken. Ich will ungestört meinen ölfreien Salat essen, obwohl ich Öl mag und weiß, dass mein Körper es braucht. Ich will ungestört auf Brot verzichten, obwohl ich Brot liebe und es dauernd für andere backe. Ich will erst essen, wenn der Hunger schmerzt. Ich will lieber leiden als satt sein. Ich will, dass man mich für meine Schönheit und Energie bewundert, dass die Leute sagen, wie ist das möglich, eine Vierfachmutter und so schlank und attraktiv. Ich will, dass meine Knochen zu sehen sind und das registriert wird. Leckeres und fettiges Essen will ich um jeden Preis meiden. Ich hasse meinen Körper, wenn er nicht dünn ist. Wenn *ich* nicht dünn bin. Das alles beherrscht mich. Es dominiert mein Denken. Es ist mein Leben.

Meine Schläfen kribbeln.

Mein Geheimnis lag tief im Meer begraben, unter einem großen Stein. Obwohl ich schon einige Jahrzehnte lebe und mein Leben reflektiere, hat meine Essstörung sich sogar vor mir selbst verborgen. Ich habe nicht erkannt – oder wollte nicht erkennen –, dass mein Kontrollwahn eine Sucht ist. Der Weg hin zur Wahrheit ist steinig und schwer zu gehen.

*Ich lebe, obwohl tot zu sein leichter wäre.*

Meine Schwester hat bei ihrer Essstörung Hilfe bekommen. Meine Tochter auch. Ich selbst beginne erst jetzt, im mittleren Alter, ein Verständnis für meine Erkrankung zu entwickeln. Auch ich kann Hilfe bekommen. Aber erst, wenn ich mir mein Problem rückhaltlos eingestehe.

Die Essstörung ist die Krankheit unserer Familie. Als Kind dachte ich, dass dieses Los und die Opfer, die wir in diesem Zusammenhang bringen, unabwendbar und kollektiv sind. Damals war mir noch nicht klar, dass alle die Krankheit für sich allein durchleiden, auf individuelle Art. Jeder kämpft den Kampf allein. Auf eigenem Terrain, im eigenen Körper.

Ich trage eine tiefe Unsicherheit mit mir herum, sie klebt an mir wie ein junges Wesen, das zu wenig Schutz erhalten hat. Das kostet Energie. Dieses Wesen erinnert mich mit jeder seiner Bewegungen an die Möglichkeit, mit einem Schlag alles zu verlieren. Es ist eine früh erlernte Schutzlosigkeit, und der Hass auf meinen Körper hat viel mit ihr zu tun. Auch die riesige Angst, die mich manchmal packt.

Meine essgestörten Gedanken sind dieselben wie die meiner Schwester und meiner Tochter. Genau wie sie kämpfe ich gegen den Hass auf meinen Körper an. Wenn ich zunehme, ist das jedes Mal wie ein Selbstverlust.

Ich verstehe Menschen, die nicht essen, die zierlich bleiben wollen. Für die Dünnsein identisch ist mit Schönsein. Ich verstehe sie, denn sich von physischen Zwängen loszusagen und nach und nach zu verschwinden, das Leben einfach nicht zu leben, ist verführerisch. Aber es ist keine Alternative. Allerdings: Wenn man nicht isst, dämpft man seine Gefühle, und das macht es einfacher. Wenn man nicht isst, erwirbt man sich trotz körperlicher Schwäche Stärke. Man schwebt wie ein Flaschengeist über den anderen, die essen und schwer sind. Die Vorstellung, in der Welt der Körper ein ätherisches, luftiges Wesen zu sein, birgt ein enormes Suchtpotenzial.

Bei meiner Arbeit begegne ich häufig Menschen, die nicht als das akzeptiert wurden, was sie sind. Vermutlich war bereits die Beziehung der Eltern zu sich selbst und dem eigenen Körper gestört. Und damit auch der Blick auf das Kind. Er war nicht frei, sondern an Bedingungen geknüpft. Wer so aufwächst, ist emotional nicht satt geworden. In der Regel wird das in Form von Strenge gegen sich selbst fortgesetzt. Kontrolle des Körpers, des Essens, der sportlichen Aktivitäten. Immer wieder der Blick in den Spiegel, in Schaufensterscheiben. Das Spiegelbild ist wie ein böses Flüstern aus der Dunkelheit, es zwingt zum permanenten Vergleich.

Essstörungen sind von außen oft nicht zu erkennen. Die Betroffenen leiden für sich allein, isoliert. Wie Menschen mit Depressionen. Der Hass auf das Zuhause, den eigenen Körper, zwingt zu einem endlosen Gemetzel mit sich selbst. Die Krankheit kann im schlimmsten Fall zum Tod führen und ist oft genetisch bedingt. Niemand trägt Schuld.

Alkoholiker können dem Alkohol abschwören und einen Bogen um ihn machen. Essgestörte dagegen haben immer weiter mit Essen zu tun. Es gilt, die extreme Kontrolle abzubauen und Nahrung zu zerkauen und runterzuschlucken, auch wenn es Panik auslösen kann. Der Hintergrund der Krankheit ist oft eine Verlorenheit, Schutzlosigkeit. Und es ist nicht bürgerlicher Wohlstand, der schützt, im Gegenteil. Magersucht trifft häufig Mädchen aus sogenanntem gutem Hause.

Es ist unsagbar schwer, mir einzugestehen, dass ich dieselbe Krankheit habe wie meine Schwester und meine Tochter. Bei der Polizei spannt man ein Absperrband um den Ort des Verbrechens. So habe auch ich es mit meiner Krankheit getan. Ich habe mir eingeredet, dass diese Krankheit niemanden ernsthaft betrifft, mich eingerechnet. Meine Essstörung fand in einer Art Parallelwelt statt, und über Leute, die Diät machten, habe ich mich furchtbar aufgeregt, mich ihnen überlegen gefühlt. Niemals hätte ich zugegeben, dass ich es genauso machte, heimlich. Dass ich im Verborgenen Diät hielt und es sogar vor mir selbst versteckte.

Ich habe alles gesagt. Ich habe alles getan. Ich habe alles versucht.

Ich bin eine Löwin, die das Schlachtfeld verlässt. In mir wogt mein Periodenblut, meine körperlichen Grenzen dehnen sich aus. Ich habe das Wurzelgeflecht zu fassen gekriegt. Jetzt muss ich es aus mir herausreißen. Wie einen Knochen aus dem lebendigen Fleisch. Ich habe keine Ahnung, wie weit ich mich ausdehnen und wohin ich stürzen werde, wie ich es wagen werde zu leben – *ohne* diesen Eisendraht der Kontrolle in meinem Innern.

Bei mir ist vieles falsch. Falsch gekleidet. Falsch behandelt. Falsch verstanden. Alles falsch, durch und durch. Vor allem bin ich es selbst, die sich so betrachtet und behandelt. Das steht meiner Selbstliebe im Weg.

In meinen Therapiestunden weine ich viel. Manchmal auch bei Arbeitsbesprechungen. Und im Konzert meines Sohnes. Jedes Mal haben die Tränen einen anderen Grund.

*Und eines Tages wurde alles wahr.*

Wir warteten im Erdgeschoss der Klinik, meine Tochter, mein Ex-Mann und ich; wir waren bereits getrennt und saßen nicht nebeneinander. Auch seelisch waren wir weit voneinander entfernt, alle drei. Ich und meine Tochter wegen der Herausforderungen, die die Krankheit mit sich brachte, mein Ex-Mann und ich, weil Kälte zwischen uns herrschte. Auf dem Flur mit dem Betonfußboden war es totenstill. Wir warteten auf den Termin bei der Therapeutin. Aus lauter Nervosität stand ich auf und ging im Flur umher. Ich musterte den grün-blauen Wandteppich und wunderte mich, dass offenbar jemand angenommen hatte, so ein Objekt könne trösten. Menschen trösten, die mit dem Gedanken an den Tod herkamen. In diesen Monaten hatte ich ständig Muskelkater in den Armen, was ich sonst nicht kannte. Anscheinend dachte ich die ganze Zeit, ich müsse meine zerbrechliche Tochter tragen. In Wahrheit hätte sie nicht die kleinste Berührung zugelassen.

Endlich rief die Therapeutin uns in ihr Zimmer. Wir waren schon mehrmals bei ihr gewesen und nahmen unsere Stammplätze ein. Die Therapeutin saß am Fenster, unsere Tochter zwischen mir und meinem Ex-Mann. Wenn er beim Termin dabei war, hielt sie sich tendenziell eher an ihn, von den Aussagen wie auch von der Körpersprache her. Die

Therapeutin hatte einen kleinen runden Tisch mit gelbem Tischtuch zwischen uns hingestellt, auf dem ein Teller mit einem Körbchen aus Birkenrinde stand. In dem Körbchen lagen Taschentücher bereit.

Sie eröffnete die Sitzung mit der Frage, wie es uns gehe. Wir antworteten mit zu Boden gerichteten Blicken und hochgezogenen Schultern. Es war nicht leicht. Ich musste bei diesen Terminen jedes Mal weinen. Unsere Tochter nur manchmal. Mein Ex-Mann nie, manche Tränen werden innerlich geweint.

Die Therapeutin schob das Körbchen beiseite und sagte, dies sei der Teller unserer Tochter. Sie wies auf die Größe hin, eine normale Größe für Hauptmahlzeiten, und erklärte, dass Magersüchtige mit dieser Tellergröße lernten, mehr Essen und mehr Gewicht zuzulassen. Sie schob den Teller direkt vor unsere Tochter, holte zwei weitere Teller und stellte sie vor mich und meinen Ex-Mann. Sie sagte, wir befänden uns in einer Situation, in der wir unserer Tochter am effektivsten helfen würden, wenn wir mit ihr zusammen äßen. Gleich große Portionen, am gleichen Tisch, zur gleichen Zeit.

Ihre Worte trafen mich mit einer ungeheuren Wucht. Gleich große, normale Portionen. Ich hatte dieser Frau vertraut, sie über alles geschätzt, nun griff sie mich unverhohlen an. Tauchte meinen Kopf gewaltsam unter Wasser. Ich bekam keine Luft mehr. Ich wäre lieber gestorben, als so viel zu essen, wie meine Tochter jetzt essen sollte. Ich weinte laut los, war untröstlich. Und sofort meldete sich auch die Angst, enttarnt zu werden. Ich befürchtete, die Therapeutin, meine Tochter, mein Ex-Mann, ja die ganze Welt würde nun hinter mein Geheimnis kommen. Es sei denn, ich rettete mich mit den richtigen Worten. Und das gelang mir. Ich atmete tief durch, entschuldigte mich für meine emotionale Reaktion und sagte, wie erschöpft ich sei. Dann tischte ich ihnen eine Version der Geschichte auf, die ich mir für genau solche Situationen zurechtgelegt hatte. Bereits als Kind wusste ich Geheimnisse mit vorsorglich ausgedachten Notlügen zu schützen.

Ich sagte, für mich verlaufe hier eine Grenze. Ich könne bei dieser Aufgabe leider nicht mitmachen, und zwar aus den folgenden Gründen: Schon in meiner Jugend musste ich wegen meiner Schwester mehr essen, als ich wollte. Ich arbeitete in einem Beruf, in dem ich vielen Essgestörten begegnete, alles Erzwungene sei für mich schwer zu ertragen. Ich hätte meinen Körper und meine Ernährung schon durch die Schwangerschaften und das Stillen in den Dienst anderer gestellt, ganze vier Mal. Ich arbeitete auf der Bühne, mein Körper sei mein einziges Ausdrucksmittel, und wenn ich mich in ihm nicht wohlfühlte, könne ich meine Arbeit nicht machen. Mein Körper gehöre mir. All das sagte ich. Ich sagte es mit so viel Nachdruck, dass niemand etwas dagegen einwandte. Nach einem Moment der Stille fügte ich leise hinzu, dass ich normalgewichtig sei und kerngesund, mein Zyklus sei stabil, mein Hormonstatus in Ordnung. Die Therapeutin beendete das Treffen, wir standen auf und verließen das Zimmer.

Ich wankte nach draußen und fühlte mich innerlich vollkommen zerschlagen. Ich war aufgeflogen. Sie hatten mich in die Ecke getrieben. Ich hatte gelogen. Ich war untröstlich.

Ich habe mir die Essstörung auch deshalb nie eingestanden, weil ich nicht untergewichtig war und mich nicht erbrach. Natürlich wusste ich, dass das nichts hieß, man konnte trotzdem essgestört sein. Im Grunde aß ich gern, aber nur, wenn ich den Zeitpunkt und die Menge selbst bestimmen konnte. Ich war normal, fertig, aus. Bloß was half es, das zu behaupten? Gibt es das überhaupt, normal sein?

Ich habe Angst vor Worten. Ich will nicht einmal denken, dass ich essgestört bin. Dann hätte ich plötzlich einen knöchernen Fremdkörper in mir. Auch außen – der Stempel würde an jedem Härchen haften, auf jeder Pore. Und sich innen in jede Windung meines Gehirns einschleichen. In jeden wachen Moment, jeden nächtlichen Traum. Die Essstörung ist für mich eine ausgeblendete Selbstverständlichkeit. Sie ist in mir, und ich bin in ihr, sie ist meine Wahrheit und ich ihre. Sie ist wie wabernde Luft, verzerrt das Bild, macht einen realistischen Blick auf die Welt unmöglich. Eigentlich liebe ich es, Menschen anzuschauen, aber vielleicht ist es in Wahrheit die Störung, die sie anschauen will. Die Störung vergleicht andere Körper mit meinem, schätzt ab, vergibt Punkte. Mein Blick auf andere ist in Wahrheit gnadenlos. Ich finde es schlimm, wenn jemand dick ist, aber wenn jemand dünn ist, ärgert mich das noch mehr. Ich bin ein wildes Tier, voller Hass auf andere und am meisten auf mich selbst. Ich führe das scheinheiligste Leben, das ich mir vorstellen kann. Die Krankheit hat mich durchdrungen. So vollständig, dass ich krank und gesund nicht mehr voneinander unterscheiden kann, und das ist das Schlimmste. Ich habe es von den Kindern fernzuhalten versucht. Dies war *mein* verbotener Karton, den sie nicht anrühren sollten. Mit meinen privaten Schutzmaßnahmen, die ich bis in den Tod geheim halten wollte.

Ich will meinen Kindern die nackte Wahrheit sagen. Dünnsein bedeutet klein sein. Wenig sein. Trocken sein. Leicht sein. Schwach sein.

Ich wollte euch eine Mutter sein, die schön ist. Eine, die alles schultern kann und keine Hilfe braucht. Ich wollte euch ein Vorbild sein, ein Mensch, der mit wenig viel zustande bringt. Ich wollte ein positives, gutes Frauenbild vermitteln. Mein Ansatz war durch und durch falsch, und ich bitte euch um Verzeihung. Ich war nicht gut, sondern böse – mit buntem Zuckerguss obendrauf. Nur außen lecker, wie die Alkoholpralinen, die wir als Kind ausspuckten, nachdem wir die Schokolade abgelutscht hatten. Ich wollte alles beherrschen, ein fehlerfreier, speckfreier, von Gewichtszunahme freier Mensch sein. So wollte ich alle lieben. Und vergaß, mich selbst zu lieben.

Essgestörte erkennen einander. Genau wie Finnen sich an Flughäfen erkennen. Körperhaltung, Habitus, Status – man weiß Bescheid, ohne dass man miteinander reden muss. Ich wage zu behaupten, dass ich oft auch Engländer erkenne (die rötliche Pigmentierung), Deutsche (sportliche Hinterteile) und Schweizer (Schnurrbärte). Alkoholiker erkennen einander an Codes, die man in Kneipen lernt. Und auch Essgestörte können ihr Leid vor anderen Betroffenen nicht verbergen, egal, was sie tun. Dass dieses Kettenschloss dermaßen fest um mein Leben liegt, schockiert mich. Dass ich die Wahrheit versteckt habe, noch mehr.

Ich dachte lange, meine Probleme wären ein Erbe meiner Schwester, die dunklen Augenringe Zeichen der Sorge um meine Tochter.

Die Frauen, mit denen ich über dieses Thema rede, haben fast alle in irgendeiner Form mit Essstörungen zu kämpfen. Und ich verstehe sie gut. Ich unterstütze sie, bemühe mich aber, meine eigene Krankheit nicht in den Vordergrund zu stellen, denn ich empfinde meine Geschichte nicht als Ermutigung. Immerhin ermöglicht sie ein tieferes Verständnis für die Komplexität des Themas. Ich beobachte mein Verhalten in diesem Bereich mittlerweile wie mit der Lupe, um mich nicht wieder im Netz der Lügen zu verstricken. Ich war unaufrichtig zu allen. Meinen Kindern, meinen Eltern, meinem Ex-Mann, meinem Partner. Und zu mir selbst. Ich konnte nicht anders, weil ich mich schämte, und ich schäme mich auch jetzt.

Es war immer einfacher gewesen, dem Thema auszuweichen und anderen die Schuld zu geben. Ausreden zu erfinden und die Perfekte zu spielen. Es war einfacher, die Maske der Tiefgründigen und Liebenden aufzusetzen, als das Wüten der brutalen Krankheit einzugestehen.

Ich schätze Menschen, die bis ins Letzte ehrlich sind. Das soll ab jetzt auch meine Messlatte sein. Die Begegnungen mit Genesenen und denen, die auf dem Weg dahin sind, verleihen mir Kraft, restlose Aufrichtigkeit schenkt mir Freiheit. Wenn mein Geist eingetrübt ist, macht er für jegliche Art von Misslichkeit meinen dicken Körper verantwortlich, das geht ganz schnell, und dick heißt auf meiner Skala nicht dünn.

Auch etliche Alltagssituationen werden von dieser Skala und meinem verzerrten Blick beherrscht. Ich kaufe zum Beispiel immer nur Pullover, die am Bauch eng anliegen. So vermeide ich den Eindruck, ich könnte unter dem Stoff Speckrollen verbergen. Zum Glück kann ich darüber inzwischen selbst schon lachen.

Wenn ich nachts wach werde, gehe ich ins Bad, mache das Licht an und kontrolliere meine Wangen: Wenn sie voll wirken, lege ich mich niedergeschlagen wieder ins Bett. Wenn sie schmal wirken, kann ich beruhigt weiterschlafen und freue mich auf den nächsten Tag.

Wenn ich mich wasche und mit nacktem Oberkörper vor dem Spiegel stehe, hebe ich die Arme und mustere meinen

Brustkorb. Ich betaste ihn bereits morgens im Liegen, da kann ich meinen körperlichen Status am besten kontrollieren. Auch der Spiegel sagt mir, ob ich dünn, schlank oder nicht dünn bin. Wenn ich dünn und leicht bin, beginnt mein Tag gut. Ich weiß, dass ich nicht in Versuchung geraten werde, zu viel zu essen, und meine Stimmung erst einmal positiv ist. Wenn meine Knochen bei diesem Test *nicht* deutlich hervortreten, geht die Stimmung nach unten. Ich halte den Tag für verloren, schimpfe mit meinen Mitmenschen, bin mir fremd.

Ich mache jeden Morgen Yoga und mindestens zwanzig Liegestütze, gehe aus einer Plank mit aufgestellten Zehen mindestens hundertmal nach unten auf die Unterarme und wieder hoch, bleibe acht tiefe Atemzüge in einer Brücke und mache Dehnübungen. Ich schließe mit hundertfünfzig Feueratemzügen ab, liege noch einen Moment auf den Yogablöcken, dann auf der Matte. Jeden Morgen sage ich mir: In dieser Welt kann ich nur meinen Körper kontrollieren. Und den halte ich meist für riesig. Aber mit meinen Übungen kann ich dieses Riesigsein stoppen. Ich bleibe so, wie ich bin, und das erleichtert mich ungemein. Das Seltsame dabei ist: Wenn ich Fotos anschaue, zum Beispiel vom letzten Sommer oder erst von gestern, bin ich überraschenderweise schmaler, als ich mich in aktuell empfinde. Ich war also erst kürzlich schmal, bin aber plötzlich dick geworden. Ein beschädigter Teil in mir fürchtet, ich könnte immer dicker werden. Daher die Kontrolle.

Zum Frühstück esse ich ballaststoffreich, einen kleinen Brei mit Kleie und gemahlenen Leinsamen in Sojamilch.

Dazu Beeren oder ein Stück Wassermelone oder einen großen Apfel. Das genügt, danach erhoffe ich mir von meinem Verdauungstrakt rasche Erleichterung. Ein kooperierender Darm ist für mich das Wichtigste überhaupt, die Basis für alles. Ohne ihn bin ich aufgeschmissen.

Danach beginne ich mein Tagwerk. Dafür ziehe ich am liebsten lockere, unprätentiöse Kleidung an. Ich mag Jeans, aber weil mein Bauch anschwellen kann und sie dann eng werden, trage ich sie eher selten. Meistens wähle ich Kleider und fühle mich dabei wie eine Verliererin, denn ich kann nur selten tragen, was ich am schönsten fände. Ich muss immer darauf achten, was bei mir funktioniert. Und egal, wie locker das Kleid sitzt, entscheidend ist, wie mein Bauch sich anfühlt. Wenn ich an einem Ort arbeite, wo es auf der Toilette große Spiegel gibt, gehe ich mitten in der Probe oder der Besprechung hin und überprüfe meine Figur. Ich schaue in jedes Schaufenster und genieße die Stunden vor dem Mittagessen, das ich regelmäßig ausfallen lasse; es sei denn, ich bin gezwungen, irgendwo mitzuessen. Mittags etwas zu essen passt aber nicht zu mir, das habe ich schon früh beschlossen. Anstelle einer warmen Mahlzeit esse ich lieber einen Apfel. Auch Kaffee trinke ich nicht, das verstärkt die Tendenz zum Blähbauch. Am frühen Nachmittag esse ich dann irgendwann einen Haferbrei oder eine Banane, manchmal auch einen Reiskuchen. Wenn ich es mir erlauben kann, mache ich ein Nickerchen und warte – sofern ich es bestimmen darf – mit dem nächsten Essen noch bis sechs oder sieben am frühen Abend, damit ich danach nicht noch einmal essen muss. Und wenn, dann höchstens einen Apfel. Vor ein paar Jahren hat einer meiner Söhne mir ein Poster mit dem Spruch *An apple a day* geschenkt. Er weiß, wie gern ich Äpfel mag. Er weiß nicht, dass ich weiß, dass er weiß, dass ich sie oft esse, um echten Hunger zu stillen.

Ich schäme mich, von meiner Essstörung erst heute offen zu erzählen, quasi wie im Nachhinein. Ich schäme mich, dass ich es meinen Angehörigen nicht schon eher habe sagen können. Und ich habe große Angst vor ihren Reaktionen.

Ich habe nie Kalorien gezählt, nie meinen Verbrauch berechnet. Aber ich fühle mich in meinem Körper nicht wohl, wenn ich über mein Essen nicht bestimmen kann. Mein Körper ist mir nur dann ein angenehmes Zuhause, wenn an ihm nichts Überflüssiges ist, wenn er leer und sauber ist. Sonst wird er zum Kampfgebiet. Dann mag ich ihn nicht. Hasse ihn. Ich will dann auch nichts Gutes über ihn hören oder Komplimente kriegen. Ich bin krankhaft selbstbezogen und selbstbezogen krank. Ich stehe mit dieser selbstbezogenen Krankheit in einer generationenübergreifenden Kette.

Ich verteidige mein Essverhalten. Ich bin passiv aggressiv. Ich gebe mich an bestimmten Stellen hart und undurchdringlich und habe riesige Angst, dieses Verhalten abzulegen und mich zu zeigen. Allzu lange habe ich eine andere Rolle gespielt. Ich war nie so dünn oder dick, dass es auffällig gewesen wäre oder ich mir Hilfe hätte holen müssen. Aufmerksamkeit bekam ich durch Stärke und Vitalität. Andere kriegten sie durch Schwäche und Krankheit. Ich habe mir oft gesagt, dass meine Probleme nicht groß genug seien und nur mich selbst beträfen, niemanden sonst.

Als ich mich zum ersten Mal vor meinem neuen Partner

auszog, vermeldete ich, heute seien meine Brüste ein wenig kleiner. Er amüsierte und wunderte sich. Für mich ist die Genauigkeit, mit der ich meinen Körper beobachte, etwas ganz Alltägliches. Auch die Körper meiner Kinder beobachte ich genau, besser gesagt befühle ich sie bei jeder Umarmung.

Ich kann Schönheit nie umfassend erleben. Es gibt immer irgendwo einen Fehler. Das liegt an diesem widerwärtigen Wurzelgeflecht, das unablässig wütet und schreit und alles verdirbt. Ich muss es endlich beim Namen nennen: Essstörung. Aber irgendwie scheint mir dieser Terminus nicht ganz zu greifen. Die Störung betrifft ja nicht nur das Essen und was ich zu mir nehme. Ich esse gesund, ich bewege mich viel und lebe auch sonst gesund. Das Entscheidende ist, dass ich trotzdem nie zufrieden bin. Wenn ich ein oder zwei Kilo zunehme, kann ich auf gar keinen Fall mehr schön sein. Die Waage benutze ich dabei nie – mein Gewicht lese ich an meinem Gesicht, meinen Oberschenkeln und meinem Bauch ab. Ich ekle mich vor mir, wenn ich zugenommen habe. Ich halte es für unverzichtbar, dass mein Körper nach einer hart trainierenden Tänzerin aussieht.

Und dann gibt es noch eine weitere Komplikation. Es ist absolut unmöglich, mir ein Kompliment zu machen. Wenn ich gerade sehr schlank bin und jemand mich dann schön findet, denke ich, dieser Mensch mag mich nicht, wenn ich zunehme. Wenn ich mich gerade geschminkt habe und jemand sagt, ich sähe hübsch aus, dann gehe ich felsenfest davon aus, dass dieser Mensch mich ohne Schminke unattraktiv findet.

*Immer wieder Wasser und die Angst davor.*

Hier spricht eine Frau, die sich erst mit fünfzig zum ersten Mal richtig ins Wasser getraut hat. Unter die Wasseroberfläche, in die Welt, die unter der Haut liegt.

Ich schließe die Augen. Ich spüre mein Gewicht auf dem Boden. Nichts. Wieso regt sich da nichts?

Ich konzentriere mich auf die Fingerkuppen, meine Lippen und meine Fußsohlen, die Stellen ohne Körperhärchen. Mit ihnen kann ich besonders gut fühlen, mich orientieren, aufrecht halten. Wenn ich lange im Wasser bin, schrumpeln sie ein. Wenn ich die Füße auf etwas Waagerechtes stelle, kann ich stehen. Die Hände helfen mir dabei, balancieren mich aus. Wenn ich die Lippen auf etwas lege, ist es genau andersherum, dann kann ich mich nicht mehr aufrecht halten.

Ich befühle die Haut auf meinem Gesicht, meinem Hals. Ein Schauer läuft mir vom Nacken über den Rücken. Ich berühre die andere Hand, einen Körperteil, der mir besonders vertraut ist. An den Innenseiten des Handgelenkes halte ich inne, befühle die Haut mit sanftem Druck. Dort, wo das Blut fließt und der Puls schlägt.

Alle Worte bleiben am Ufer zurück. Ich muss weiter gehen, dorthin, wo Bücher sich auflösen und Buchstaben forttreiben. Dort ist das Leben. Im Wasser. In Bewegung.

Wie groß doch meine Angst war, ins Wasser einzutauchen. Ich wollte mein Gesicht und die Ohren nie nass werden lassen, wollte die Kontrolle behalten. Ich hatte Angst vor dem Element, aus dem ich geboren wurde, aus dem ich zu einem Großteil bestehe. Ich war nicht bereit, die Stange loszulassen, an der ich die korrekten Bewegungen gelernt hatte.

Aber überall in mir sind Risse, und so kommt das Licht herein. Und wenn alles gesagt und getan ist, werde ich sacht aus dem Leben geleitet werden.

Freiheit bedeutet, dass einen nichts mehr hält. Keine Kleider, keine druckvollen Berührungen, keine bittenden Blicke, keine kommentierenden Blicke. Keine einordnenden oder mutmaßenden Blicke. Freiheit bedeutet Wasser. Wasser ist Ewigkeit. Ewigkeit ist Liebe.

Das Eisloch im Meer ist wieder leicht zugefroren. Ich ziehe mich noch wärmer an, nehme eine schwere Schaufel mit und schlage das Eis auf. Ich lege die Kleider ab und lasse sie auf den Steg fallen. Der Wind ist eisig, ich gleite schnell ins Wasser. Ich kann inzwischen bis fünf zählen, beinahe bis acht. Eisstücke schwappen über meine Schultern. Ich klettere wieder raus. Kann selbst entscheiden, wie lange ich dieser Herausforderung standhalten will.

Nur weniges lässt sich so unkompliziert bestimmen wie das. Zeit ist immer gleich, auch wenn sich manche Momente kurz anfühlen und andere lang. Manchmal ist Zeit zähflüssig. Manchmal verdichtet sie sich und schmerzt in den Ohren.

Ich betrachte einen Zweig, dessen Schatten auf dem blaugrauen Eis tanzt, vom Wind getrieben. Ich stelle mir vor, dass dieser Zweig wirklich tanzen, atmen und sprechen kann. Fantasie. In Wahrheit brauchte es Zillionen von erklärbaren Prozessen, damit dieser Zweig hier tanzen kann. Damit die grünen Nadeln an der rauen Rinde haften. Fotosynthese, die Wirkung der Jahreszeiten. Ich könnte mein restliches Leben mit naturwissenschaftlichen Studien verbringen und untersuchen, wieso der Schatten auf eine bestimmte Weise fällt, der Wind den Zweig auf eine bestimmte Art bewegt, wieso ein kleiner Teil beim nächsten Sturm abbrechen wird.

Ich bin in meiner Erde, meinem Blumentopf falsch herum gewachsen, meine Flügel gediehen unter der Erde. Ich erstickte an meiner Fixierung auf Fleiß und ein ordentliches Spiegelbild, in dem ich mich nie authentisch zeigen konnte. Ich war ein Baum, der nach außen hin tot war. Tief in der Erde war ich bereit, durch den Notausgang zu verschwinden, wenn die Katastrophe eintreten sollte. Es wäre kein schönes Ende gewesen, das ist klar.

Das Wasser fließt jetzt in umgekehrter Richtung. Leben oder Tod, diese Frage steht für mich nicht mehr im Zentrum. Dort steht die Liebe. Auch im Moment des Misslingens bleibt die Schönheit bei mir. Ich bin mir dessen zwar noch nicht bewusst, aber so ist es. Ich habe die Fähigkeit, mich immer wieder neu zu formen, und darin liegt meine Schönheit. In der Chronologie des Wassers. In den neuen Formen, immer und immer wieder. In den Grenzen des eigenen Terrains.

Ich bin eine Frau im mittleren Alter, nicht mehr jung. Trotzdem spüre ich die junge Frau in mir und dass sie in Schwierigkeiten steckt.

Wenn ich mich am Ende eines Tages nicht für Nützlichkeit und Effizienz loben kann, wird es schwierig. Mein Tatendrang bringt mich zwar in Bewegung, hat aber auch etwas von einem Korsett. Ich strampele wie wild, um es von innen aufzusprengen, schaffe es jedoch nicht. Ich muss langsamere Bewegungen entwickeln, um das enge Gerüst mürbe zu machen. Ich will, dass das Alte aufbricht und Neues auf die Welt kommen kann.

Und mehr als alles will ich frei sein von dem Gefühl, nicht frei zu sein. Denn ich bin es doch. Frei in meiner Zeiteinteilung, frei in meiner Arbeit. Sogar die Menschen dafür kann ich mir aussuchen. Ich kann mit denen arbeiten und leben, die meine Seele inspirieren und die ich liebe. Ich kann schlafen, essen und trinken, wann und wie viel ich will. Es ist das Paradox des westlichen Menschen und mein persönliches Problem. Ich habe alles und bin doch gestresst. Irgendetwas mache ich falsch. An irgendeinem Punkt agiere ich unklug.

Ich bin ein leer gepresstes Schlauchboot, mit dem man nicht mehr fahren kann. Gleichzeitig stehe ich am Anfang. Am Anfang von etwas Neuem, und ich rege mich unglaublich auf, weil ich schon so lange an diesem Punkt stehe. Werde ich mich je erneuern können?

Ich treibe durch die Tage, wiederhole meine Routinen, lasse mich manchmal für ein paar Momente herausreißen, durch Besonderheiten, durch Menschen, für die ich mich begeistere. Das Grundgerüst meiner Gedanken bleibt davon unberührt und immer dasselbe; ich wage nicht, loszulassen und wirklich neu zu beginnen. Ich verachte mich, weil ich in meiner Karriere nicht noch weiter gekommen bin, weil ich nicht noch mehr mache. Aber die Kehrseite beschäftigt mich ebenso. Wieso mache ich nicht weniger? Wieso reicht das, was ich schaffe und wie ich lebe, nicht aus? Wieso ist es nicht in Ordnung? Normal sein, in Ordnung, das war schon immer schwierig.

Wenn die Luftblase der Wasserwaage genau in der Mitte steht, läuft es auf Belohnung und Bestrafung zugleich hinaus.

Letzte Nacht sind Bomben explodiert, Menschen wurden in Leichenschauhäuser gebracht und auf Scheiterhaufen. Das alles, während ich den ruhigen Schlaf einer weißen Frau der oberen Mittelschicht schlief. Kinder haben ihre Eltern verloren, Häuser sind niedergebrannt. Schüsse, Verfolgungen, Missbrauch. Vermisste Kinder, ein tot aufgefundenes. Stau in der Notaufnahme. Niemand war bei den Sterbenden. Und ich schlief seelenruhig neben meinem Liebsten unter der Daunendecke.

Alles war gut, alles ist gut. Ich bin frei. Wohin mit meiner unerklärlichen Beklommenheit? Ist sie eine unbewusste Vorbereitung auf schlechtere Zeiten? Damit eine Krankheit oder Krise nicht unerwartet zuschlägt? Will ich schon jetzt im Schneematsch bibbern, damit eine plötzlich hereinbrechende Eiszeit mich nicht überraschen kann?

Je härter ich morgens trainiere, desto besser spüre ich, wer ich bin. Ich hoffe, dass Vorträge und Interviews, vor allem Radio- und Fernsehinterviews, erst in der zweiten Tageshälfte stattfinden, denn nach dem Aufwachen fühle ich mich zu unsicher. Wenn ich mich eine Weile intensiv bewege, kriege ich meinen Schatten eingefangen und kann ihn mir annähen. Mich ganz machen.

Ich verändere gern meine Position. Ich gehe gern los. Wenn niemand mich zwingt, am Platz zu bleiben, dann bewege ich mich. So war ich schon immer. Deshalb habe ich viel geschafft, deshalb bewundern die Leute mich. Sie bewundern meinen Fleiß, der in Wahrheit Rastlosigkeit ist – die im Verhältnis zur eigentlichen Aufgabe immer zu viel Energie verbraucht. Wenn man permanent in Bewegung ist, muss man nicht zuhören, was das Innere, die Seele sagt. Ich kämpfe. Ich bin mit mir im Zwiespalt. Ich will nicht, und ich will.

Ich verstehe nicht, wieso ein normaler Alltag mir nicht genügt, wieso *ich* mir im Setting eines Alltags nicht genüge. Eines Alltags, in dem es Pausen gibt, Ruhe.

Die Spur der Rastlosigkeit führt zurück in mein altes Zuhause, wo wir permanent beschäftigt waren. Ich lernte nähen mit der Hand und nähen mit der Maschine, mit und ohne Vorlage, lernte stricken und weben, Hemden bügeln, Kragen stärken, Plisseefalten in Röcke und Bundfalten in Hosen pressen. Lernte, wie man Überraschungen macht und Geschenke verpackt. Ich lernte putzen, weiß, was ein Alltagsputz, ein Wochenputz und ein Großputz ist, kann Silber polieren und Schuhe wienern, Socken stopfen und Laufmaschen in Strumpfhosen fixieren. Ich weiß, wie man abwäscht: erst das, was man zum Mund führt, also Gläser und Besteck, dann Teller, zuletzt Schüsseln und Töpfe. Zum Abwischen des Tisches macht man den Lappen nass, wringt ihn gründlich aus, faltet ihn auf und führt ihn mit der flachen Hand über den Tisch, immer zu sich selbst hin. Am Ende fängt man Krümel und Staub mit dem Lappen auf und spült ihn gründlich ab. Zum Trocknen hängt man ihn ausgewrungen und ausgebreitet an einem luftigen Platz auf. Ich kann auch Abflüsse reinigen, bin allerdings froh, wenn jemand anders das übernimmt. Ich weiß, dass man Rucksäcke und Taschen nicht auf Tische stellt, da an ihrer Unterseite Schmutz und Bakterien haften. Händewaschen hat nur Sinn, wenn man es gründlich tut und auch die nassen Stellen unter den Ringen abtrocknet.

Jetzt, wo meine Kinder auf eigenen Beinen stehen, niemand mehr Drogen nimmt und alle genug essen, gibt es keinen Grund mehr zur Angst. Da versuche ich, neue Gründe zu finden. Irgendwas wird sich doch finden lassen? Wohlbefinden macht Angst.

In mir ist ein Meer. Dort gibt es ein Buch. Und eine Choreografie, die ich noch nicht realisiert habe. Dort befindet sich die, die ich bin.

Ich kann einfach da sein, habe das Recht dazu. Kann über mein Leben nachdenken, ohne als egoistisch zu gelten. Denn zu reflektieren, was mit dem eigenen Leben los ist, ist nicht egoistisch. Ich habe diese Spanne an Zeit bekommen, und wenn meine Körnchen durch die Sanduhr gelaufen sind, werde ich abtreten, dann beginnt die Zeit anderer Menschen. Aber jetzt darf ich da sein. Mich in das zurücklehnen, was ich bin. Manchmal kann ich das kaum glauben.

Ich untersuche mein Feld Ähre für Ähre. Ich bin dabei zu lernen, wie unschätzbar wertvoll es ist, die Wirklichkeit anzuerkennen.

*Paris, 3. 6. 2018*

*Meine Reise nähert sich ihrem Ende. Ich möchte noch einmal ins Musée d'Orsay und die Statue der kleinen Tänzerin von Edgar Degas anschauen. Das Mädchen hat ihr Gewicht nach hinten verlagert, die Füße befinden sich in der vierten Position, die Hände hinterm Rücken, das Gesicht ist nach oben gerichtet. Ihr Brustkorb wirkt leicht eingefallen, wie ohne Spannung. Irgendetwas an ihrer Haltung ist falsch, und das macht es interessant.*

*Vor dem Museum ist die Straße abgesperrt. Irgendein Protest, Polizisten, Tränengas. Sofort erwacht meine Angst. Ich drehe um und beschließe, die Tänzerin doch kein zweites Mal sehen zu müssen.*

*Morgen fliegt mein Liebster hierher, wir werden meine letzten Tage in dieser Stadt gemeinsam verbringen. Sollen die Leute ruhig Angst und Chaos verbreiten. Bei ihm werde ich in Sicherheit sein.*

Nichts als Weiß und ein fernes Rauschen. Meine Ohren sind zu, meine Augen können nichts erkennen. Ich spüre einen Luftzug auf der Haut, erahne Lichter, Schatten. In mir fließt mein Blut. Ich weiß nicht, wohin es geht. Wenn ich nicht zu einer Veränderung gezwungen wäre, würde ich bleiben, wo ich bin. Wenn ich nicht die Augen aufmachen und ins Unbekannte schauen müsste, um zu sehen, was als Nächstes kommt, würde ich die alten Rollen aufrechterhalten. Mich nicht in den Strom werfen, sondern mein Geld, meine Gewohnheiten, meine Rituale beisammenhalten, alles, was ich mir in meiner Selbstfixiertheit erschaffen habe.

Ich altere mit jedem Jahr, ob ich will oder nicht. Mein Körper verändert sich mit großer Geschwindigkeit. Steifheit und Abnutzungserscheinungen schreiten schneller voran, als ich es verfolgen kann, und meine Stimmung schwankt wie in jüngeren Jahren munter auf und ab. Meine Rollen entgleiten mir, nur das Wesentliche bleibt. Am Ende vielleicht tatsächlich nur Weiß. Und die Frage, was ich am meisten ersehne. Was ich schlussendlich brauche.

Ich brauche Akzeptanz. Mir gehört nichts als dieser Körper. Ich brauche es so dringend, mich zu akzeptieren. Ich brauche den Mut, in diesem Körper zu leben, meinem einzigen Zuhause in dieser Welt.

Ich bin ein Sandkorn, ein Wassertropfen, eine Fichtennadel. In der Mitte bin immer ich, und mein Radius reicht nicht weit. Ich reiche an das, was ich fühlen kann, höre nur meinen eigenen Herzschlag. Mein Weltfrieden beginnt mit Zufriedenheit von innen heraus.

*Als Kind interessierte ich mich für erste Male.*
*Jetzt denke ich allmählich an die letzten Male.*

Ich liege neben meinem jüngsten Sohn oben im Doppelbett. Wie jeden Abend will er, dass wir noch ein bisschen reden. Und wie jeden Abend singe ich für ihn ein Lied, erzähle eine Gutenachtgeschichte und streichle seine kräftigen schwarzen Haare. Kurz bevor er einschläft, laufen stumme Tränen in sein Kopfkissen, wie schon die letzten Abende. Er vermisst die kleine graue Katze, die wir weggegeben haben. Genauso wie wir kurz darauf auch den Welpen weggegeben haben. Und dann haben wir obendrein noch die elterliche Paarbeziehung und das gemeinsame Wohnen weggegeben, sein Vater und ich. Ich, die brutale Mutter. Hat nicht irgendwer gesagt, dass Elternsein bedeutet, den Kindern ständig Enttäuschungen zu bereiten? Dann habe ich meine Aufgabe ja bestens erfüllt.

Jetzt sitze ich mit meinem jüngsten Sohn im Auto. Er ist am Steuer und längst erwachsen. Gerade hat er mir zwei Stunden therapeutische Dienste geleistet, hat es selbst initiiert. Wir wissen beide, dass das falsch ist, verkehrt herum. Er sagt, er mache sich große Sorgen um mich. Um meine Beziehung zu meinem Ex-Mann und unsere Kommunikationsprobleme. Um meine Gesundheit, mein Essverhalten, meine Knieverletzung. Um meine Beziehung zu seiner Schwester. Und wie gern er diese Sorgen los wäre. Er wird langsam sauer. Er findet, ich und seine Schwester verhalten uns genau gleich, wir haben dasselbe Problem. Und *er* muss eingreifen und die Elternrolle spielen, muss stark sein. Während wir uns benehmen wie Teenies, vor allem ich.

Wir halten an. Da sitzen wir, die Scheiben beschlagen allmählich. Mein Sohn verkündet, dass er ja gerade ausgezogen sei und im Grunde keinerlei Bedürfnis verspüre, mit mir in engerem Kontakt zu stehen. Prompt weine ich los, obwohl ich das nicht sollte. Doch ich kann nicht anders. Ich fühle mich wie die letzte Versagerin. Was passiert hier? Alles scheint mir zu entgleiten. Bleibt von mir nur eine leere Hülle zurück? Mein Sohn wächst von mir weg. Auch wenn wir uns lieben, muss er sich von mir lösen.

Ich erzähle ihm, dass ich als Kind dieselbe Rolle in der Familie einnahm wie er. Ich gab mich eigenständig, habe den anderen zugehört, bin immer ruhig geblieben. Tat erwachsen, obwohl ich ein Kind war. Ich weiß, wie mies es sich anfühlt, in dieser Rolle auf der Bühne zu stehen. Ich weiß, wie einsam man von dieser Bühne ab- und in sein Zimmer geht. Ich weiß, wie sehr sich das Herz zusammenkrampft und dass die Tränen nach innen fließen statt nach außen.

Ich erzähle meinem Sohn, was ich erst jetzt durchschaue. Dass ich dieselbe Krankheit habe wie meine Schwester und meine Tochter. Dass ich erst jetzt erkenne, wie viel Schönes kaputtging, weil ich mir die Krankheit nicht eingestehen wollte. Ich bin mein ganzes Leben auf dem Trapez balanciert. Hatte Panik, bin gewankt, aber immer irgendwie oben geblieben. Jetzt bröckelt alles. Ich verwittere wie ein altes Haus. Bin fragil und voller Fehler, bedürftig. Ich bin wie ein kleiner Vogel, der zum allerersten Flug ansetzt, habe für diesen Flug aber nur noch eine kurze Spanne Zeit.

Wir stupsen die kleine Babypuppe an, die seit Urzeiten auf dem Armaturenbrett liegt. Es gab eine Lebensphase, da war der junge Mann neben mir so klein wie diese Puppe. Sogar noch kleiner – und in mir drin. Sein gesamtes bisheriges Leben bin ich an seiner Seite gewesen, habe seine Reise begleitet. So viel steht fest, ich habe ihn stets geliebt.

Du bist schön bedeutet, du bist echt.
Du bist schön bedeutet, du musst nichts erklären.
Du bist schön bedeutet, du darfst fühlen, was du fühlst.
Es bedeutet, du musst keine Angst haben.
Du darfst einfach sein.
Es bedeutet, dass du den Mut hast, mit mir und mit dir zu leben.
Du bist schön, wenn du alle Gefühle fühlst.
Du bist schön bedeutet, dass du die Vögel hörst.

Ein Tag ist nur ein Wimpernschlag.
Er ist vorbei, ehe wir es bemerken. Ein Leben ist nichts, und es ist alles.
Nur eine Bewegung. Eine Bewegung, und das Leben geht weiter. Eine Bewegung, und das Leben endet.
Um weiterzumachen, braucht es zwei. Um zu enden, nur einen.

Mein Leben ist klein, und es gibt nur wenige Menschen, die von Bedeutung sind. Die, aus denen ich geboren bin; die, die aus mir geboren sind; und die, die mich hineinlassen. Unter ihre Haut, in ihre Seele, hinter ihre Blicke. Die, vor denen ich mich pur zeigen, mich in jeder Hinsicht ausziehen kann. Die ich vermisse, wenn die Sonnenstrahlen fort und die Straßen dunkel sind und die Bücher dieser Welt zerrissen. Die innegehalten haben, als ich nicht mehr wusste, was ich tun und sagen sollte, wohin ich gehen und woran ich mich halten sollte. Die, für die ich so viel wog, wie ich tatsächlich wog. Die, mit denen ich gekämpft habe und durch die ich zu der wurde, die ich bin.

Als Kind hielt ich eine lange Liste mit Namen unter meiner Matratze versteckt. Namen von Menschen, die beschützt sein sollten. Ich holte die Liste, die ich auf eine Reklame für Autos geschrieben hatte, nur hervor, wenn niemand im Zimmer war. Ich nahm die Liste mit unter die Decke, faltete die Hände darüber und fühlte mich mit meiner Bitte um Gottes Segen für all diese Menschen sehr edel. Ich wünschte ihnen nur Gutes. In der Pubertät legte ich die Hände direkt auf meinen nackten Bauch. Schon nach wenigen Sekunden stieg ein Schwarm Schmetterlinge in mir auf. Ich dachte nicht mehr an die Liste und ließ mich in eine unbekannte neue Welt des Frauseins sinken.

Ich spürte eine enorme Energie und eine flüchtige Leichtigkeit zugleich, tief unten in meinem Bauch. Ich wollte die Grenzen meines Körpers hinter mir lassen. Und zwar nicht durch den schneidenden Schmerz der Blutung – auch der ließ mich in andere Sphären taumeln –, sondern durch den Rausch, der in die Ewigkeit wies. Ich wollte berührt werden, um zu erleben, wohin Menschen auch ohne Flügel fliegen können.

Ich wollte fallen und steigen, beides zugleich, und wusste noch gar nicht, dass mir dies wirklich möglich war. Mit der Sexualität fand ich einen Weg, in einen schwerelosen Zustand zu geraten, mich mit der Schönheit, dem Atem, dem Wind zu verbinden, mich sogar in ihn zu verwandeln. Es waren blitzschnelle Wechsel der Aggregatzustände, von Eis zu Wasser, Wasser zu Luft, sogar in einen Zustand, den ich mit Tod assoziiere. Das Geheimnis meines Körpers ist die Fähigkeit, gleichzeitig zu steigen und zu fallen. Fort zu sein und ganz da zu sein und alles dazwischen, alles zugleich. Hier in diesem Bett, in dem schon die Großmutter meines Vaters gebetet hat, ist das alles möglich.

## ERZÄHLT WERDEN MUSS ALLES

Dies ist eine ewige Reise, ein ewiger Wasserstrom in meinem Inneren. Bestimmte Dinge führe ich dabei mit mir – auch diesen Hass auf mich selbst, obwohl ich das gern anders hätte. Ich könnte im Erdboden versinken, mich schämen, wie ich es als Kind von meiner Mutter antrainiert bekam. Aber ich spüre auch einen starken Lebenswillen. Ohne meine Freunde hätte ich den nicht.

Ich muss von mir berichten können. Muss alles sagen können. Leichter wäre es, ausschließlich über andere zu schreiben. Oder zu lügen. Den Stift in die Hand zu nehmen und zu schreiben verleiht eine Macht, die unkalkulierbar ist, wie das Schwimmen in gegeneinanderlaufenden Wellen. Denn ich weiß ja, was ich hier sage, wird öffentlich und bleibt. Die Reise ist mühsam, denn in meinem einzigen Zuhause gibt es Zimmer, die ich am liebsten nicht betreten würde. Aber wenn ich das nicht tue, bin ich nicht ehrlich.

Indem ich über mich erzähle, erzähle ich indirekt auch über andere. Darf ich das? Um ins Wasser zu tauchen, muss ich mich auf mich, auf meinen Atem konzentrieren. Ich muss mit meinem Blick auf das schauen, was hinter mir liegt, und ins tiefe Blau, das endlos ist.

Die Zeit hat eine Markierung in meinen Beziehungen hinterlassen, es gibt ein Davor und ein Danach. Meine Sehnsucht wird immer ein Stück unerfüllt bleiben, doch das kann ich jetzt, wo ich zu verstehen beginne, wirklich annehmen. Meine Mutter hat mich so lieb gehabt, wie sie eben konnte. Das hat sie mir mit den Taten und Worten und Blicken gezeigt, zu denen sie in der Lage war. Sie hat es gezeigt, indem sie sich um mich gesorgt, sich gekümmert hat. Über das Unausgesprochene zwischen uns senkt sich Milde. Niemand, auch meine Mutter nicht, muss meinen Schmerz verstehen. Außerdem lässt er nach. Ich bin heute älter, als die Mutter meiner Mutter je wurde. Ich trete in eine Phase ein, in der ich meine Mutter als die Schwächere von uns beiden betrachten sollte, als die, die der Fürsorge bedarf. Wenn Gott will, werde ich sie pflegen, ihr Liebe geben und sie mit dem warmen Blick anschauen, den auch sie vermisst hat, als sie klein war. Wer wenig bekommt, hat es schwer mit dem Geben.

Weil man mich gebraucht hat, bin ich immer für andere da gewesen. Ich habe in meiner Familie die Rolle der starken Person übernommen, habe Dinge initiiert und bei Schwierigkeiten etliches geschultert. Wenn es irgendwann wirklich bröckelte, bin ich weggerannt.

Die größten Probleme in meiner Herkunfts- und meiner heutigen Familie gibt es auf der Verbindungslinie von meiner Mutter zu mir und von dort weiter von mir zu meiner Tochter. In diese Linie ist Körperhass eingewoben, Verweigerung, das ganze generationenübergreifende Testament. Bitte schön, die Sache mit dem Gewicht wird weitergereicht und die inneren Überzeugungen auch. Als würde ein Hofnarr vor uns stehen und uns immer wieder dieselbe Botschaft einbläuen. Die Härte des internalisierten Hasses und der Angst wird noch besiegelt mit der Furcht davor, allein zu bleiben, eine Verliererin zu sein. Ich bin mit dem Glauben aufgewachsen, dass ich ertrinke, wenn ich meinen Körper nicht kontrolliere.

Wir saßen zu dritt beieinander, und ich schaute zu meiner Mutter, die am Esstisch schräg gegenüber Platz genommen hatte. Ihre Haare waren grau, ihre Haut faltig und glatt zugleich. Neu in ihrem Gesicht war die Narbe an der Nase.

Letztes Frühjahr war bei ihr Hautkrebs festgestellt worden, und mit dem bösartigen Gewebe hatte man auch ein Stück gesunde Haut entfernen müssen. Die Operation verlief gut, meine Mutter machte keine große Sache daraus. Sie war immer stark, wenn andere schwach waren. Vor allem dann, wenn die Gesundheit wegbrach, wenn jemand starb oder in Lebensgefahr schwebte. (Die einzige Ausnahme war meine Tochter.)

Ihre Schultern waren zierlich, ihre Gestalt erschien mir kleiner als früher. Sie hörte heute aktiver zu als sonst, führte weniger das Wort. Irgendetwas an ihrer Themen- und Wortwahl erweckte meine Aufmerksamkeit. Als würde ich zum ersten Mal überhaupt hören, was sie zu sagen hatte. Ich fragte sie, wie ihre Eltern ihr Liebe gezeigt hätten.

Meine Mutter reagierte irritiert und sagte, was sie immer sagte, wenn es um ihre Kindheit ging. Sie würde sich nicht erinnern. An nichts, was die Kindheit betraf. Dafür hatte meine Mutter die Todesjahre etlicher Leute im Kopf und wusste, in welch tragischen Lebensumständen viele ihrer Bekannten lebten. Heute fügte sie nach einer Weile doch noch etwas hinzu: dass niemand sie abends zudeckte, niemand mit ihr ein Abendgebet sprach, niemand ihr übers Haar oder die Stirn oder den Rücken streichelte. Niemand strich ihr die Haare aus dem Nacken. Ich vernahm etwas, das das Bild veränderte.

Meine Mutter wuchs als jüngstes Kind und einzige Tochter in einer wohlhabenden Familie auf. Sie war viel allein, sie war still und lieb. Ihre Mutter behandelte sie so, wie sie selbst schon von *ihrer* Mutter behandelt worden war, die wiederum ihrerseits keine echte Beziehung zur eigenen Mutter hatte, da die Eltern früh starben. Dann fielen auch noch drei Söhne und der Ehemann im Krieg. Die Beziehung zur Tochter (der Mutter meiner Mutter) blieb distanziert. Diese letzte Information hatte ich schon hundertmal gehört, und doch hörte ich sie heute zum ersten Mal richtig.

Vor mir saß die alternde Frau, aus der ich gekommen war. Bald würde sie eine Greisin sein. Meine Mutter, deren Unfähigkeit, mir ihre Liebe zu zeigen oder sie in Worte zu fassen, mir unsagbar viel Schmerz bereitet hat. Mit der ich über dieses Problem nie habe sprechen können und es erst recht nicht lösen konnte. So wie schon sie nicht mit ihrer Mutter. Und ihre Mutter nicht mit deren Mutter. Weil es ein Problem war, das nicht zwingend gelöst werden musste. Man blieb ja auch ohne Liebesbezeugungen am Leben, so war das bereits in den früheren Mutter-Tochter-Beziehungen.

Als ich meine Mutter in diesem Moment ansah und ihren scheuen, irgendwie bedrängten Blick wahrnahm, ihre hängenden Schultern, die glasigen Augen, die schützend vorgezogenen Arme, erkannte ich das kleine Mädchen. Ich sah das Mädchen mit den Schwefelhölzern, das im Frost fror. Sie war ohne Liebe geblieben, alleingelassen worden. Sie war sowieso schon allein gewesen, und dann starben auch noch ihre engsten Familienmitglieder. Auch ihre Tochter, meine Schwester. Zum ersten Mal begriff ich es: Es ging nicht darum, dass sie mir ihre Liebe bewusst verweigert hätte. Nein, sie konnte einfach nicht anders. Und nun will ich sie lieben. Meine Mutter lieben.

Im Bewusstsein der schwindenden Zeit sah sie mich aus ihren braunen Augen an. Mit einem Blick, der um Vergebung und Hilfe bat. Wenn ich es richtig verstand, lag in ihrem Blick Bedürftigkeit. Sie wollte die Kette des Schmerzes nicht weiter fortsetzen. Aber sie wusste nicht, wie man sie durchtrennte. Wie hätte sie denn lernen sollen, mich und meine Nähe zu brauchen, wenn sie immer ohne ausgekommen war. Noch hatte sie Zeit. Ein kleines bisschen. Genug Zeit, um die Hand auszustrecken.

Meine Mutter hat kaum Kindheitserinnerungen.

Da kam mir der Gedanke von C.G. Jung in den Sinn. Man ist nicht das, was einem passiert ist, sondern das, was man wählt zu werden; so in etwa.

Meine Tochter saß neben mir am Tisch. Sie war das nächste Glied in der Kette. Sie erzählte uns von ihrem neuen Tattoo – *das machen wir,* stand jetzt über ihrem Knöchel. So lautete das Motto von ihr und ihren Brüdern, und es erinnerte sie an ihren Mut. Daran, das Leben zu leben, sich nicht aus Angst zu limitieren. Ich war stolz auf meine Tochter. Ich war stolz auf meine Mutter. Meine Seele machte ein Foto von uns dreien, die wir unser Bestes gaben.

Diese zwei Frauen hier neben mir kannte ich so gut wie niemanden sonst, und fast alle wichtigen Erinnerungen haben mit den Wurzeln und den Trieben zu tun, die uns verbinden. Wir waren wie ein Erbsenbeet. Zwischen den Pflanzen wucherten die gewundenen Fäden, die sich klebrig umeinanderrankten. Unangenehm und zugleich wunderschön. Wie oft hatte ich mehr Distanz zu meiner Mutter und meiner Tochter gewollt? In diesem einen Moment waren wir eins. Waren wir wir. Und während ich die Zerbrechlichkeit meiner Mutter wahrnahm, spürte ich in meinen Knochen ein Geheimnis. Ich fühlte Liebe. Ich sah die Züge meiner verstorbenen Schwester im Gesicht meiner Mutter. Ihr Ausdruck für Nachdenklichkeit und Verwunderung war der gleiche wie bei meiner Schwester, ich konnte dieses flüchtige Doppelbild in einem kurzen grellen Blitz erkennen.

In mir formte sich ein Gedanke, der aus dem Körper kam und nicht aus dem Kopf: dass meine Mutter und ich uns noch begegnen werden. Vielleicht würden wir sogar noch lernen, uns zu lieben. Das wäre leichter jetzt, wo ich verstand, dass alles, was wir hatten, längst da war.

Morgen konnte alles schon anders sein. Der nächste Tag, sogar die nächste Stunde konnte alles durchtrennen und beenden.

Jetzt betrachtete ich meine Mutter mit Mitgefühl. Sie suchte nach Verbindung und Wärme. Sie wollte lieben und geliebt werden.

Manchmal kann ich nachts nicht schlafen. Dann denke ich darüber nach, ob die Menschen, die mir nahe sind, den Kontakt zu mir abbrechen werden, wenn sie diese Zeilen lesen. Werden sie sich von mir entfernen und ich mich von ihnen? Bin ich zu direkt, missbrauche ich meine Macht? Wiegen die Geheimnisse einer Familie schwerer als die Freiheit, die ein offenes Sprechen mit sich bringt? Hat mein Vater am Ende doch recht, wenn er meint, man solle schwierige Dinge lieber beschweigen als besprechen?

Man kann aus zweierlei Gründen putzen. Um Klarheit zu schaffen. Oder um Schmutz zu verstecken. Mich interessiert die Klarheit. Indem ich schreibe, will ich das biblische Doppelgebot der Liebe erfüllen. Ich formuliere es um und weite es auf ein Dreifachgebot aus: Ich will das Leben über alles lieben und meine Tochter und meine Mutter wie mich selbst. Ich will mich durch mein Schreiben bewusst in die Menschheit einreihen, in die ich hineingeboren wurde. Ich will in die begrenzte und demütige Körperlichkeit einwilligen, die uns trägt. Es gibt mich, weil es uns gibt.

Ich trage denselben Körperhass in mir wie die beiden. Aber ich bin für meine Gedanken selbst verantwortlich, meine Gefühle, meine Worte. Was meine Wahrheit für die anderen bedeutet, liegt nicht in meiner Verantwortung. Sie haben ihre eigenen Perspektiven, stecken in eigenen Prozessen.

Aus dem Spiegel schaut mir eine Frau entgegen, die ich kritisiere, die ich quäle, die ich zum Schweigen verdamme, die ich lieben will. Sie hat drei Kinder. Zwei Töchter, doch nur eine ist noch am Leben. Auch eine Enkelin gibt es. Die Frau im Spiegel ist Furcht einflößend und zugleich auch nicht. Ein gedehntes Ausatmen lang denke ich mit Empathie und Akzeptanz an sie. Und auf einmal tritt sie mir aus dem Spiegel entgegen, verbindet sich mit mir. Sie ist meine Mutter. Sie ist ich. Ich schließe die Augen. Nichts, was stört.

Auch über den Tod denke ich nachts nach, jede Nacht. Wenn ich aufwache und aufstehe, bin ich ganz leise, ich will niemanden wecken. Nacht für Nacht wird mir aufs Neue klar, dass die Zeit endet. Dann kommt der Tag, an dem ich zittere. Nicht weil ich neues Leben gebäre, sondern weil ich sterbe. Ich werde meinen letzten Vogel aus dem Käfig lassen, ich atme zum letzten Mal aus.

Wie sehr ich mir wünsche, vorher meine eigene Stimme gefunden zu haben. Meine unverhüllteste, nackte Kraft. Die Grenzenlosigkeit, die im Kern aller Dinge steckt.

So fühle ich all das, auch wenn die Bedeutung dieses Gefühls schwer in Worte zu fassen ist.

Es ist leicht loszulassen, wenn das Wurzelgeflecht beseitigt ist. Ich habe getan, wovon ich immer träumte, ich habe mich von ihm frei getanzt. Ich vertraue auf Gnade, die sogar noch über dem Verstehen steht. Und ich sehne mich nach dem frischen Geschmack von Grapefruit, nach den Armen meines Liebsten und tiefem, gutem Schlaf.

# DANKE

Mikko
Elsa, Amos, Johannes, Robert
Mutter und Vater
Juho
Laura
Iina
Minka

Anna-Riikka Carlson
Hanna Pudas
Kaisa Hyväri
Saara Tiuraniemi

Outi Havia
Maija Rydman
Kaarina Kaila
Katsku Haapanen
Anu Miettinen
Eeva Reponen
Tuuve Piispa
Mika Koukkunen
Jana Fagerholm
Senja Seppänen

Elli Brotherus
Jenni Pääskysaari
Elina Timgren
Marie Kajava
Anna-Kaisa Larkio-Miettinen
Päivi Sotkas
Maria Heliste
Eeva Bergroth
Taina Kyllönen
Raisa Cacciatore
Jouni Seppänen
Jonathan Maxwell

**Wir verpflichten uns zu Nachhaltigkeit**
- Papiere aus nachhaltiger Waldwirtschaft und anderen kontrollierten Quellen
- Druckfarben auf pflanzlicher Basis
- ullstein.de/nachhaltigkeit

Wir danken FILI für die Förderung der Übersetzung.

FILI Finnish Literature Exchange

MIX Papier FSC FSC® C014496

ISBN: 978-3-550-20238-4

1. Auflage 2024



Original edition published by WSOY, 2021, Helsinki



Gesetzt aus der Granjon LT Std

Satz: LVD GmbH, Berlin

Druck und Bindearbeiten: GGP Media GmbH, Pößneck